해킹

2

공 지 영
장편소설

해
리

2

해냄

차례

10

차가 있으면 갑시다. 날 데리러 와줄래요? 신데레사 수
녀가 지금 어디 있는지 알아냈어요. 교구청 임명 법률 대리인 자
격으로 정식으로 면담도 요청했고요.

강 변호사는 다급하게 문자를 보냈다. 그렇게 그들은 서울로
떠났다.

"운전하기 힘들지 않아요? 내가 하면 좋은데, 내가 뉴질랜드 가
버리려고 차를 팔아서 그래요."

강철 변호사는 고속도로 휴게소에 내리며 변명하듯 말했다.

"그럼 교대해주세요. 사실 좀 피곤하기도 해요."

그녀가 말하자 강 변호사는 순간 몹시 당황하더니 머리를 긁
적였다.

"그게 차를 팔려고 맘먹고 마지막으로 이별주를 한잔 딱 했는
데 그만 걸렸어요. 지금 면허정지 중이라⋯⋯."

이나가 어이없다는 듯 바라보자 그는 다시 덧붙였다.

"차는 진짜로 팔았어요."

한이나는 더 대답하지 않았다. 겸연쩍었는지, 운전 말고 자신이 이렇게 많은 일을 했다는 것을 자랑하고 싶어서였는지, 강 변호사는 서울 가는 내내 서류를 뒤지며 이야기를 계속했다.

"물어보고 싶은 게 좀 있어요. ……어떻게 수녀가 신부랑 아기를 낳을 수가 있죠? 내 말은 모럴이 아니라, 그러니까 현실을 말하는 거예요. 알아보니 백 신부가 무진 복지관에 근무할 때 수녀가 무진 외곽의 고아원에서 일을 했더라고요. 그 둘이 여관을 갔을까요? 수녀복 입고? 아니면 신부네 집? 신부의 사제관이라는데는 누구든 지켜볼 수 있는 곳에 있잖아요. 보니까 둘이 여행간 기록이 하나 있던데 만나자마자 여행 간 건 아닐 거고. 수녀님들은 옷 벗고 다니나요? 길거리에서 다 수녀복 입고 다니던데요? 참, 가톨릭은 그나마 나을 줄 알았더니, 에혀, 세상 전체가 미쳐돌아가는 것 같아요."

"이냐시오라고 하시지 않았어요? 세례받은 신자시잖아요? 성당 안 다니세요?"

한이나가 반문하자 강 변호사가 잠깐 혼란스러운 표정을 지었다.

"아, 그건 대학 때 민 변호사님이 저 감옥에 갈 거 빼내주시면서 조건으로 영세받으라 하시기에 우리 대학 교목 신부님하고 술내기 해서 이겨서 받았어요."

"술 내기에 이겨서 뭘 받아요?"

"그러니까 내가 어떻게 하면 영세받나요? 하니까 육 개월 동안 교리 공부를 해야 한다고 하더라고요. 민 변호사님이랑 약속은 했는데 육 개월간이나 그런 공부를 할 시간이 없었어요. 제가 대학 때 무지 바빠서요. 그래서 제가 내기를 했죠. 그 당시 그 신부님이 술 잘 드시는 분으로 유명했는데 제가 말했어요. 신부님, 영세는 받아야겠는데 시간이 없으니 술 내기를 해서 제가 이기면 그냥 영세를 주고 신부님이 이기면 제가 교리를 받기로 하죠. ……그 신부님이 좀 생각해보더니 어쨌든 자네가 영세를 받는 거군, 하시곤 곧 시작했어요. 그래서 제가 이겼고 며칠 동안 술병을 앓던 신부님이 일어나셔서 저에게 영세를 주셨죠."

"말도 안 돼."

강 변호사는 큭큭 웃었다.

"그리고 그 신부님 그 길로 술을 끊었다는 소문입니다요……. 아무튼 이야기를 해봐요. 어떻게 두 사람이 아기를 만들 수 있는 건지 말입니다."

이나는 잠시 머뭇거리다가 대답했다.

"몰라요, 저도…… 냉담자 된 지 거의 이십 년이 다 되어가요. 고등학교 일 학년 입학할 무렵 신부에게 성추행당했었거든요."

왜 그 말을 그렇게 쉽게 했는지 나중까지 이나는 의아해하긴 했다. 이 사건을 맡은 그가 어떻게든 알게 될 거라고 믿어서였을까. 강 변호사가 입을 다무는 것이 느껴졌다. 자세도 약간 고쳐 앉는 것 같았다. 무거운 침묵이 두 사람 사이로 내려앉았다. 이나는 문득 그가 신경이 쓰였다.

"그게 백진우였군요."

이나는 운전대를 잡고 있지 않았다면 무슨 표정을 지었을지 몰랐을 거라고 생각했다.

"……엄마에게 들었나요?"

"엄마? 아, 오 화백님요? 아직 못 뵈었어요. 그냥 뻔하지 않습니까? 그게 백진우가 아니라면 당신이 내게 굳이 그 말을 할 필요가 없는 거고, 또 오승화 화백이 고소당한 그 댓글— 백 씨, 젊은 시절 우리 집에 왔던 거 기억나죠? 당신은 나쁜 신부였는데 나는 그것도 모르고 당신에게 잘해주었어요—이 이상했거든요. 그때서부터 나쁜 신부였다? 이상해서 기억하고 있어요. 그러니 결론은 뻔하게 나오는 거고요."

이나는 자기도 모르게 약간은 감탄하는 시선으로 강 변호사를 바라보았다.

"어때요? 어릴 때 셜록 홈스를 라이벌로 놓고 머리깨나 굴려보는 연습을 했었거든요."

강 변호사는 약간은 거만하게 웃었다. 이나는 문득 경계심이 풀렸고 그래서 그 후에 셜록 홈스 이야기를 나누며 웃었다. 성추행이라는 단어를 꺼내놓고 웃어보기는 그때가 처음인 것 같았다.

마리아의 수호자 수녀회 서울 모원의 입구에서 그들은 면회실로 안내를 받았다. 모든 준비가 끝났는지 다과가 차려져 있었고 갓 끓여낸 커피의 향기도 진했다. 남쪽의 무진과는 다르게 서울의 공기는 확실히 까슬했다. 가을이 바람으로 먼저 느껴졌다. 텅 빈 면회실로 두 사람을 안내한 수녀가 나가자 마치 긴 행렬을 짓듯이 회색빛 정복의 수녀가 세 명 들어서고 이어 원장이 들어섰다.

한이나는 누가 신데레사일까 몹시 궁금했다. 원장은 아닐 테니 저 흰 얼굴에 안경을 낀 호리하고 예쁘장한 수녀가 가장 의심이 되었다. 수녀복으로도 가릴 수 없는 여성성이 있을 테니까. 그러나 그녀의 얼굴은 맑았다. 간음을 저지르고 아이를 낳고 버리는 여자가 가져 마땅한 어둠이 전혀 느껴지지 않았다.

의례적인 인사가 오고 간 후에 원장이 입을 열었다.

"신데레사 수녀는 몸이 너무 안 좋아 제가 일단 방에서 좀 쉬라고 했어요. 아, 염려 마세요. 이따가 내려오라고 하면 오기로 했으니까요. 그리고 여기는 우리 수녀원 참사 수녀님들이세요. 저와 함께 이 일을 의논하고 책임지실 분들이죠. 일단 변호사 선생님의 용건을 좀 알고 싶군요. 그런데 이분은……."

원장 수녀가 한이나를 바라보며 말했다. 목소리는 약간 높은 전형적인 서울 말씨였고 듣기에 따라서는 카리스마가 대단했다. 단단하고 자신감 있는 음성이었다.

"아, 제 비서입니다. 뭐 신경 쓰실 거 없고요. 저와 이야기를 나누시면 됩니다."

한이나는 순간 약간 당황했지만 기자 생활에서 익힌 대로 자연스럽게 펜과 수첩을 꺼냈다. 이왕이면 동료 변호사라고 하지, 이나는 약하게 헛기침을 했다.

"먼저 말입니다. 몇 가지 확인을 좀 하겠습니다. 신데레사 수녀가 무진 외곽에 근무한 것이 2008년에서 2012년 맞습니까?"

"글쎄요, 그게 잘 모르겠네요. 저희가 그걸 다 외우고 다니는 게 아니라서요."

단단하고 근엄하며 얼마간 교만한 원장 수녀의 목소리 속에는 '너희들에게 협조하고 싶지 않다'라는 의지가 노골적으로 드러나 있었다.

"아, 제가 알아보니……."

강 변호사는 서류를 꺼내 들었다.

"신명순 데레사는 2008년에서 2012년까지 무진 외곽의 고아원에서 근무를 했더군요."

원장 수녀는 아무 말도 하지 않았다.

"그게 거기서 돈을 백 신부와 주고받을 일이 있을까요? 의심이 아니라 증인에 의하면."

강 변호사는 차마 불법으로 획득한 통장 이야기는 하지 못하는 듯했다.

"증인에 의하면 백 신부와 신 수녀가 돈을 아주 빈번하게 주고받았고 주로 신 수녀가 백 신부에게 돈을 송금했다는데."

"저희 수도회는 다른 모든 수도회와 마찬가지로 입회 시에 청빈을 서원합니다. 청빈이란 개인적으로 돈을 가질 수 없다는 것을 의미하기도 하죠. 누가 그런 증언을 했는지 모르지만, 그런 일은 있을 수 없습니다."

"아니 무슨 좋은 의미로, 백 신부가 뭘 주면 그걸 팔아서 돈을 보낼 수도 있는 거 아니겠습니까? 예를 들어 무진항에서는 멸치가 많이 나니 멸치를 팔 수도 있고요. 실제로 백 신부의 페이스북에 보면 멸치를 계속 팔아요. 본인은 불우 이웃을 돕겠다고 하면서 팔긴 하지만요."

"잘 모르겠습니다."

원장 수녀가 다시 말했다.

"이해리라는 여자를 아십니까?"

"이해리요? 수녀인가요?"

"아니 평신도입니다."

"글쎄요……."

원장 수녀의 얼굴로 희미한 경련이 지나가는 것을 이나는 놓치지 않았다.

"무진 교구에 접수된 자료에 따르면 이해리라는 여자가 백 신부와 함께 이곳에 찾아와 신데레사 수녀를 내놓으라며 난동을 피웠고, 그래서 신데레사 수녀가 원장 수녀님의 허락을 받아 밤 중에 그녀를 만나러 나간 일이 있다고 하는데요. 그리고 다음 날 다시 이해리라는 여자와 함께 공증까지 했고요."

"글쎄요. 그런 일까지 제가……."

원장 수녀가 어색하게 웃었다. 강 변호사의 눈매가 날카로워지고 있었다.

"그리고 그 이후에 또 한 번 찾아왔다가 이번엔 허락을 하지 않자 수녀회 인터넷 게시판을 온통 신데레사 수녀 욕으로 도배를 하여 게시판이 한때 폐쇄된 일이 있었죠? 그게 이해리 실명으로 된 게시물이었는데 이래도 기억이 안 나시나요?"

원장 수녀가 희미하게 웃었다.

"그럼 우리 홍보 수녀님을 불러볼까요? 전 인터넷엔 문외한이라서."

"원장님, 게시판이 몇 달 동안 마비된 사건이에요. 그걸 원장님이 모르셨다는 겁니까? 밤중에 찾아와 난동을 부려서 밤중에 수녀를 내보내 그녀를 진정시키게 하는 게, 그게 흔한 일이라 기억을 못 하신다는 겁니까? 게다가 게시판까지 폐쇄시킨 일, 그게 홍보 수녀 혼자서 결정할 일인가요? 2014년 12월부터 석 달 동안 게시판이 폐쇄되었죠……."

강 변호사의 목소리는 크고 위협적이었다. 원장과 함께 동행한 참사 수녀들은 교장실에 불려온 학생회 간부들처럼 두 손을 모으고 고개를 깊이 숙인 채였다.

"아 뭐, 그런 적이 있던 것도 같네요. 그죠? 수녀님들 기억나세
요? 내가 나이가 들어가니 이제 정신이 가물거리는지."

원장 수녀는 말을 돌리며 웃었다. 연극 무대의 노배우 같았다.
원장 수녀가 웃을 때마다 참사 수녀들의 고개가 더 깊이 숙여지
고 있었다. 마치 양심의 가책을 느끼는 사람들처럼도 보였다. 원
장 수녀는 왜 이 수녀들을 병풍처럼 둘러놓은 것일까? 강 변호사
가 잠시 침묵 속에서 원장 수녀를 노려보았다.

잠시 후 강 변호사는 마음을 바꾸었는지 서류들을 내려놓고
신 수녀를 불러달라고 요청했다. 원장은 신 수녀를 내려오도록
하고 참사 수녀 셋을 내보냈다. 문득 바라보니 참사 수녀 한 사람
이 다리를 휘청하고 있었다. 그녀들이 깊은 충격을 받았다는 것
을 이나는 느꼈다. 그렇다면 이 원장은 무엇을 그토록 많이 알고
있기에 충격을 받지 않은 것인지 이나는 이해할 수 없었다. 다른
사람은 몰라도, 하다못해 신부 건까지는 그렇다고 백번 이해해
도 정복을 입은 수녀가 이런 추문에 휩싸인다는 것은 이례적인
일이었다. 스스로 강철이라는 강 변호사까지도 놀란 표정을 감추
지 않은 일이 아니었던가.

신데레사 수녀가 문을 열고 들어왔다. 이나는 순간 자신의 눈
을 의심했다. 그녀는 이나의 예상과는 전혀 달랐다. 신 수녀는 우
리가 수더분하다고 생각하는 얼굴을 하고 있었고 우리가 수더

분하다고 하는 몸매를 가지고 있었고 우리가 수더분하고 선하다고 하는 목소리를 가지고 있었다. 만일 사복을 입혀놓는다면 그냥 몸이 퍼져버린 편안한 아줌마, 만일 수녀복을 입고 있다면 고향의 큰 누님 같은 수녀님, 언제든 세상살이가 고달플 때 달려가 치마폭에 얼굴을 묻고 울면 '앉아요. 내가 밥 많이 퍼줄게'라고 말할 것 같은 수녀님, 뭐 이런 형용사 외에는 아무것도 붙일 수 없는 얼굴이었다. 또 한 번 예상이 보기 좋게 빗나가는 것을 느끼며 이나는 숨을 들이켰다. 강 변호사도 생각 탓인지 아까 원장 수녀에게 지르던 호통을 거두고 잠시 망연해했다.

"신데레사입니다."

목소리는 부드러웠고 분노나 교활기가 없었다. 순수한 표정은 약간의 백치스러움까지 느껴졌다. 오래전 보았던 영화 〈신의 아그네스〉의 아그네스 수녀가 좀 늙고 살이 쪘다면 저런 얼굴이었을 것이다. 오히려 그녀 옆에 앉아 있는 꼿꼿한 원장 수녀가 훨씬 더 속되어 보이려면 보일 지경이었다.

"예, 이번에 교구청에서 변호를 의뢰받은 강철입니다. 고소 사건에 앞서 먼저 면담을 해야 해서 왔어요. 단도직입적으로 묻겠습니다. 이 각서 본인이 쓰셨지요?"

강 변호사는 지난번 이나에게 보여줬던 각서를 내밀었다. 신데레사는 그가 내미는 서류를 마치 흉물이나 되듯이 곁눈으로 얼핏 보았는데 그때 그녀의 눈매에 교활함 같은 것이 스쳐 지나가는 것을 이나는 보았다. 아니 그것은 어찌 되었든 간음의 흔적을 찾으려는 이나의 헛된 노력이었을까. 그러나 그녀의 얼굴은 곧 창백해졌고 아무것도 모르는 중년의 순박한 수녀의 얼굴로 돌아와 있었다.

"전 안 썼어요."

강 변호사가 놀라 다시 그녀를 바라보았다.

"안 쓰셨다고요? 그럼 공증은 누가 한 겁니까? 공증은 변호사 사무실에 가서 주민등록증을 내고 본인 확인을 해야 하는 거잖아요."

"……전 하라는 대로 했어요."

신데레사는 세상 물정에 어두운 시골 아낙처럼 대답했다.

"하긴 한 거잖아요. 그런데 누가 하라는 대로요?"

신데레사는 눈을 집요하게 아래로 내리깔고 아무 말도 하지 않았다. 이 세상을 살아오면서 뭉개고 버티고 개기고 침묵함으로써 여러 번 위기를 모면해온 사람이 부리는 절박한 수 같아 보였다.

"이해리입니까? 백진우 신부입니까?"

신데레사가 얼핏 웃었다. 기가 막히다는 표정이었다.

"모르겠어요, 아마 둘 다겠죠."

"……겠죠."

강철 변호사가 기가 막히다는 듯 신데레사의 말을 반박하다가 다시 물었다.

"다시 묻습니다. 이것은 본인이 공증한 것입니다. 누가 협박했든 말이지요. 그건 맞지요?"

"맘대로 생각하세요. 이해리는 미쳤어요."

강철보다 한아나 쪽에서 먼저 한숨이 나왔다. 신데레사는 백치일까? 그러나 그 순간 이나는 보았다. 곁눈질로 원장의 눈치를 살피는 그녀의 찢어진 눈꼬리를 말이다. 얼핏 그녀가 보통내기가 아닐지도 모른다는 생각이 공포처럼 스쳤다. 이나는 지금은 퇴사한 여자 팀장에게서 저런 얼굴을 본 일이 있다는 것을 떠올렸다. 그녀는 회사의 남자 기자나 간부들에게 의외로 인기가 많았는데 언제나 마음씨 좋은 고모 같은 역할을 자처하고 다녔기 때문이었다. 자신은 등치가 크고 뚱뚱해서 언제나 남자 옷을 입어야 한다는 말을 자랑처럼 해댔다. 그녀는 집안의 큰 종조모 같은, 아니면 종부 같은 성품으로 비춰졌다. 남자 마초들인 언론사의 남자 원로들은 그녀라면 무슨 말이든 그대로 넘어갔다. 의외로 성적인 긴장을 하지 않아도 되는 용모라서 그랬을지도 모르겠다. 그러나 그녀는 여자 기자들 특히 자기보다 예쁘다거나 자기보다 유능하다고 생각하는 여자 기자들에게는 가혹하기가 이루 말할 수 없는 사람이었다. 처음엔 아무도 그 이유를 알지 못했다. 나중에야 알게 되었지만 그녀는 현진건의 「B 사감과 러브레터」에 나오는 B 사감 같은 일면을 가지고 있었다. 당연히 B 사감만큼 순진하지도 않았다. 그녀는 그러니까 여성스러운 의상을 입는 모든 여성을 저주했고 남성의 옷을 입어야 하는 자신을 증오했을 거라고 나중에서야 여기자들은 모여 심리 분석을 해댔다. 어쨌든 그래서 결론적으로 여성의 적이었던. 결국 그녀는 수많은 젊고 유능한 여자 기자들 여럿의 자리를 빼앗거나 흔들리게 만들어놓고 이미 언론사에서 나간 다른 남자 상사를 따라 더 좋은 곳으로 자리를 옮겼다. 그녀의 첫인상이 바로 신데레사 같았다. 너무도 수더분하고 마음씨 좋아 보이는 인상이었기에 수많은 여성 기자들이 무방비로 그녀에게 당했던……. 생각해보면 봉건 가문의 남성을 대리하는 여성 악역은 꼭 저런 여자들이 하긴 했다.

"전 수도자입니다."

신데레사가 말했다. 그제서야 말을 탁 자르며 야물게 다물어지는 입매가 비열해 보였다. 강 변호사가 다시 한 번 그녀를 바라보았다. 신데레사는 눈을 아래로 내리깔았다. 약간의 표독스러운 면이 얼굴 전체에 딱딱하게 어렸다. 아까 처음에 들어왔을 때 보였던 서글서글하고 곧 울음을 터뜨릴 것 같은 얼굴은 어디에도 없었다.

"두 사람은 2011년 7월 제주도로 여행을 갑니다. 맞죠?"

이나는 신데레사 수녀보다 원장을 보았다. 원장의 얼굴에는 아무런 변화도 일어나지 않았다. 혼란이 온 것은 한이나 쪽이었다. 실은 이나도 놀라고 있었던 것이다.

"이보세요, 변호사님. 무슨 자격으로 이러시는지 모르겠지만 전 수도자입니다. 제가 어찌 남자 신부와 여행을 갈 수 있었겠습니까?"

강 변호사는 한숨을 쉬고 서류를 들추며 말했다.

"2011년 7월 두 사람이 부산으로 가서 거기서 제주 가는 페리에 오릅니다. 여행사를 통해 예약을 했고요, 삼 박 사 일 코스로요. 이게 여행사에서 보내온 당시 계약자 명단입니다. 백진우, 신명순. 설마 이걸 우연이라고 하지는 않으시겠죠."

강 변호사가 내미는 서류를 신데레사는 받지 않았다. 강 변호사는 그것을 원장에게 내밀었다. 원장은 어찌 된 영문인지 잔뜩 미소를 띠고 그것을 받아 바라보고 있었다. 이유는 알 수 없지만 자신감에 찬 미소를 띠고 포즈를 취하는 듯한 느낌이었다. 선거철에 저 사진을 올리면 바로 포스터가 될 그런 표정 말이다. 곧이어 펑펑하고 플래시가 터지고 촬영이 끝나면 "수고하셨습니다", 뭐 이럴 분위기였다. 생뚱맞고 우스웠다. 이나는 이런 두 사람에게, 이 상황에 엄청난 배신감과 혐오를 느끼기 시작했다. 대체 이게 다 무슨 일인지 도저히 상황을 파악할 수가 없었다.

"가기는 갔죠. 휴가라서요. 같이 가자고 하셔서요. 그래서요? 저희는 방을 두 개 잡았고 아무 일도 없었어요. 저는 수도자로서 부끄러운 짓은 하나도 하지 않았습니다. 왜 수도자는 두 사람이 여행을 가면 안 됩니까?"

강 변호사가 다른 서류를 찾다가 안경 너머로 신데레사를 바라보며 설핏 웃었다.

"안 된다고는 안 했어요. 가셨냐고 물었던 거지요. 가도 돼요! 가도 되는 걸 왜 안 갔다고 아까는 그러셨나요?"

강 변호사는 서류를 탁탁 치더니 잠시 머뭇거리다가 말했다.

"그리고 신데레사 수녀는 2012년 11월쯤 무진 근교 고아원을 떠나 6개월 휴직하셨죠? 원장님……."

원장은 생뚱맞은 미소를 그대로 띤 포즈를 취한 채 말했다. 여전히 선거 포스터용 얼굴이었다.

"변호사님, 여기 수녀님이 180명이에요. 제가 누가 휴직을 했는지 일일이 기억을 하지는 못해요."

강 변호사는 신데레사를 바라보았다.

"그런가요? 그럼 당사자 되시는 분은요?"

신데레사는 뜻밖에도 배시시 웃었다.

"그랬나, 뭐 그런 것 같아요. ……아, 그래요. 기억나요. 그때 어머니가 편찮으셔서요."

두 수녀는 마치 영화 감상이라도 하고 나온 사람들처럼 태연히 말했다. 세간에선 이런 걸 '유체이탈화법'이라고 한다던가. 강 변호사의 얼굴이 딱딱하게 굳었다.

"어쨌든 지금 이해리가 키우는 입양아 중 한 명은 2013년 1월로 출생신고가 되어 있네요. 우연일까요?"

강 변호사는 일부러인 듯 두 수녀를 바라보지 않고 말했다. 한

20

이나는 메모를 하다 말고 두 여자를 보았다. 원장 수녀는 아까의 그 선거 포스터가 약간 판세가 기우는 듯한 미소로 살살 바뀌어 갔다. 뜻밖에도 신 수녀는 어느새 순박한 첫인상으로 돌아와 있었다. 무슨 가면을 가지고 다니다가 그때그때 바꿔 쓰는 것 같았다. 이나는 처음으로 신데레사 수녀의 뚱뚱한 몸이 오히려 저 수녀복 속으로 임신을 감출 수도 있었겠다는 생각을 했다. 강 변호사가 다시 입을 열었다. 약간 무거운 목소리는 천천히 이어졌다.

"제가 벼락 영세를 받고 이어서 쭉 냉담을 하는 사람이긴 하지만……. 그래도 여태까지 길거리에서 수녀님들을 보면 일부러 존경을 표시하기까지는 안 해도, 그래도 이 세상을 나보다 순수하고 착하게 사시는 분들이구나, 그래서 마음은 경건했어요. 세월호 미사한다고 서울 광화문에 몇 번 나가보면, 바람 불고 비 오고 눈보라 치고 아니면 한여름 뙤약볕에 아스팔트 열기 한증막처럼 올라올 때! 수녀님들 그 치마에 스타킹 신고—가톨릭은 왜 여자들은 옷도 그걸 꼭 입고 다니게 하는지 모르겠어요. 신부들은 다 편하고 따뜻하고 시원한 옷 입으면서— 아무튼 전철 타고 버스 타고 오셔서 겨울엔 찬 바닥, 여름엔 뜨거운 바닥에서 미사 드리시고, 신부님들은 그래도 나 어디서 온 아무개 신부라고 한마디라도 하고 가실 때 단 한마디, 난 아무개 수녀입니다, 할 기회도 없어도, 세월호 유족들 손 붙들고 울어주실 때 그랬죠. 그분들 보면서 몰래 차비도 쥐어드리고 돌아서면서 가끔 다시 성당에 가고 싶다 그런 생각 했어요. 그런데 오늘 당신들을 보니 내가 변호하겠다고 허락한 것 자체가 치욕스럽다고 느낍니다. 내가 도둑놈도 변호해보고 강도 새끼들도 변호해봤는데 당신들처럼 뻔뻔한 사람들은 처음이에요."

강 변호사의 언성은 낮았다. 원장과 신데레사가 그 자리에서 약간 굳어졌다.

"말이 어떻게……. 심하시네요. 당신들이라뇨? 그리고 도둑……."

원장이 발끈하며 끼어들었다. 강 변호사는 개의치 않고 말했다.

"한 가지 제안을 하지요."

변호사는 서류들을 가방에 챙겨 넣기 시작했다.

"신명순 당신 그 베일 벗어. 난 인간에게는 존댓말을 쓰지만 범죄자에게는 반말로 해. 베일 벗으라고! 내가 그러면 변호를 하지, 아니면 못 해. 그건 모든 이 세상 낮은 곳에서 일하시는 수녀님들에 대한 나의 존경심의 표현이야. 교구에서 내게 당신 변론까지 하라고 돈을 주었지만 당신 변호해주라고 한 그건 특별히 돌려줄 생각이야. 알았냐고? 옷 벗고 와. 아니면 난 죽어도 변론 못 해. 쓰레기를 식탁에 도로 올리려고 변호사 공부를 한 건 아니니까. 알았어요? 더구나 다른 범죄도 아니고 아이를 버리는 범죄라……. 원장님, 이대로 무진 주교님께 보고하겠습니다. 당신의 이야기도요!"

말소리는 차분했으나 엄청난 분노를 억누르고 있어서인지 약간 떨렸다. 이유를 알 수 없는 미소를 짓고 있던 배우 같던 원장 수녀의 얼굴이 굳어졌다.

"강 변호사님, 말씀이 너무 심하신 거 아닙니까?"

강 변호사가 일어나려다 말고 대답했다.

"저 욕 잘하거든요. 하지만 여기가 수녀원이라 참는 겁니다. 주교님께 보고하겠어요. 신 수녀하고 그 아이 유전자 검사 하자고."

순간 원장의 얼굴이 하얗게 질렸다. 원장이 얼결에 강 변호사를 잡았다.

"강 변호사님, 잠깐 저와 옆방으로 가시지요."

강 변호사가 떨떠름하게 원장 수녀를 따라가자 이제 방에는 한이나와 신데레사 두 명만이 남았다. 신데레사는 '나는 너무나도 결백하다'라는 표정을 지으며 앉아 있었다. 아무리 그래도 이런 때 어울리지 않는 표정이자 태도였다. 만일 이나에게 저런 모욕이 가해졌다면 이나는 가만히 있지 않으리라. 아니 가만히 있었다 하더라도 분노의 표정만은 감추지 못했으리라. 다시 바라보니 그녀도 사진관 앞에서 포즈를 취하고 있는 듯했다. 아까 원장이 시장 선거용이라면 그녀도 시의원 선거쯤 나가는 것 같은 표정이었다.

그래도 좋게 생각하자고 이나는 어눌하게 입을 열었다.

"힘드시죠? 강 변호사가 좀 말이 직설적이라서……."

여기까지는 아무 생각이 없었다. 그러자 수녀가 이나의 말이 끝나기도 전에 대답했다.

"참아야죠, 저희는 수도자니까요. 용서해야죠, 저희는 수도자니까요."

녹음된 목소리 같았다. 순간 이나의 마음속으로 수많은 생각들이 지나갔다.

"혹시 법정에 나오시게 되더라도 함께 싸울 수 있어요……."

"용서할 겁니다, 전."

말은 단호했다. "나 거기 안 끼어!" 하는 거부였다. 순간 그녀가 무슨 일인가를 저질렀다는 것이 확신으로 다가왔다.

이나는 약간 현기증을 느꼈다. 아니 속이 메슥거렸는지도 모른다. 어쩌면 쓰린 것도 같았다. 그때 전화벨이 울렸다. 엄마였다. 이나는 망설이다가 전화를 받았다.

"이나야, 이나야, 지금 어디니? 어떤 놈이 우리 집에 돌을, 돌을……."

이나는 서둘러 일어나 복도로 나갔다.

"뭐라고, 엄마? 나 여기 서울이야. 강 변호사님하고……. 뭐라고?"

"우리 집에 돌을 던졌어. 담을 넘어 정원으로 들어와서. 내 작업실 창이 다 깨졌어."

엄마의 목소리는 몹시 떨렸고 울음이 섞여 있었다.

"뭐? 누가? 이게 대체, 다쳤어? 엄마, 괜찮아? 그놈은? 경찰에 신고했고?"

이나는 최대한 억제하려고 했지만 큰 소리로 말하고 있었다.

"아니. 그놈은 돌 던지고 도망을 갔나 봐. 나 여기 무서워서 목욕탕에 들어와 문 잠그고 전화하는 거야. 다친 데는 없어. 경찰이 오고 있대. 이나야, 이거 그놈이 시킨 걸까? 이나야, 나 떨려. 무섭고……. 너 어디야, 어서 와."

"말도 안 돼. 엄마, 일단 경찰들보고 집에 있어달라 해. 내가 가도 밤일 텐데 어쩌지. 엄마, 어떻게 해……."

"이나야, 전화 들어온다. 경찰이 집 찾고 있나 봐. ……알았어, 또 전화할게."

앞이 캄캄했다. 이나는 다시 상담실로 들어갔다. 신데레사가 자리를 고쳐 앉는 것이 얼핏 보였다. 왜 그게 보였는지 나중까지도 이상하긴 했다. 이나는 문득 뉴스텐의 게시판에 백 신부의 지지자들이 항의로 도배를 해놓던 날, 엄마가 경찰에 신변 보호를 요청하자던 것을 그만두게 말린 일을 떠올렸다. 엄마, 호들갑 떨지 마. 그런 생각을 했었던 거다. 이나는 울컥 치미는 죄책감을 느꼈다. 안전을 지키는 데 호들갑이 어디 있겠는가? 만일 엄마가 다치기라도 했다면 자신은 평생 그 죄책감을 어떻게 할 뻔했을까 말이다. 이나는 정신이 없어 자신의 백이 조금 열려 있는 것도 눈치채지 못한 채로 원장과 함께 나갔던 강 변호사가 들어서자 자리에서 일어났다.

"급히 내려가봐야 할 것 같아요. 무진에서 조금 급한 일이 있네요."

이나는 최대한 침착하게 말했다. 서둘러 차에 올라타고 이나는 강 변호사에게 자초지종을 설명했다. 서울의 길은 언제나처럼 막혔다. 이나는 침을 삼키며 부질없이 막히는 서울의 넓은 도로에서 이차선과 삼차선 다시 이차선과 일차선을 오갔다.

"천천히 가요. 내가 무진 경찰서에 있는 내 동기 놈에게 문자로 연락해놨어요. 뭐, 한 기자보다 우리 경찰들이 힘이 더 셀 테니 걱정 마시고요."

핸들을 돌리며 차선을 바꾸어 조금이라도 일찍 가보려고 애쓰던 이나는 그제서야 맥이 쭉 빠지는 느낌이었다.

"그럽시다. 후회해봤자 늙기만 하고 울어봤자 기껏 코만 풀면서 갈 테니까요. 서유진 아줌마가 그랬어요."

이나는 큰 숨을 들이켜고 잠시 웃었다.

"보기보다 통이 좀 있네요. 그래요, 후회는 뭐 한다고 해요. 울지도 말고요."

차가 남산을 통과하면서 이나는 혼잡 통행료를 내기 위해 백을 열었다. 이나의 비명 소리가 톨게이트의 열린 창문으로 흘러나갔다. 나중에 이야기를 들은 엄마가 말했다.

"기가 막혀! 그 시간에 나는 무진에서, 너는 서울에서 비명을 지르고 있었다니."

이나의 지갑은 텅 비어 있었다. 누군가 그녀의 지갑 속에서 지폐들—왜 이런 날에는 꼭 현금자동지급기에 다녀오는 것일까—을 깨끗이 쓸어가버린 것이었다.

11

무진으로 들어섰을 때는 거의 밤 8시가 넘어가고 있었다. 무진 지역 뉴스에서는 오늘 일어난 오승화 화백 집 테러 사건이 흘러나오고 있었다. 용의자는 범행 직후 경찰에 자수를 한 것으로 알려졌다. 경찰은 용의자가 가톨릭 무진 교구에 불만을 품고 범행을 저질렀으며 소망원에서 죽은 사람의 유족이라고 했다. 사건은 컸다. 뉴스마다 오승화 화백 집의 박살 난 유리창과 병원으로 실려가는 오승화 화백의 동영상이 반복되고 있었다. 소망원 유족의 죽음도 다시 소개되었다.

엄마가 병원에 입원했다는 연락이 왔다. 한이나는 먼저 병원으로 갔다. 집은 경찰이 지키고 있었고 주치의인 김 박사는 엄마에게 안정제와 수면제를 투여해 잠들었으니 걱정하지 말라는 전언을 보냈다. 수면제에 취했으면서 엄마는 이나의 기척에 눈을 가늘게 떴다.

"놀랐지? 엄마가 너무 호들갑 떨었나?"

"아니야, 엄마."

이나는 엄마의 손을 꽉 잡았다.

"내가 김 박사님께 그랬어. 암으로 죽고 싶다고……."

이나는 그 와중에도 농담을 하는 엄마를 보자 그제서야 안심이 되었다.

"암이 제일 낫더라고. 고소당하고 열 받아 죽는 거, 돌에 맞아 죽는 거, 너무 튀는 일이야, 그렇지? 그래서 암에 대해 차라리 감사하는 맘까지 생겼다니까."

엄마의 입술은 말라 허옇게 일어나 있었다. 이나가 엄마를 따라 나지막이 웃었다. 그제서야 그래, 엄마는 괜찮은 거야 하는 안심이 되었고 잠시 후 엄마가 잠든 것을 보고 이나는 강 변호사와 함께 무진 경찰서로 갔다. 뜻밖에도 창백한 인상의 청년이 앉아 있었다. 그리고 뜻밖에도 서유진이 경찰서 대기실에 앉아 있었다.

"이나 씨, 한 기자…… 일이 정말 우습게 되었다."

서유진은 당황해했다.

"저 사람…… 소망원 유족이야. 무진 교구 가톨릭 쇄신 평신도 운동본부라고 거기 회원이고. 그게 말이야, 백진우가 거기 지도 신부였어. 백진우 그 인간은 좋은 요직은 다 차지하고 있었으니 사람들이 속을 만도 하다니까. ……아까 범행 동기 물을 때 옆에 가보니까 백진우 신부를 면직시킨 가톨릭 지도부에 불만이 있어서 그랬다고 하네. 어머니 오승화 화백이 댓글 다신 걸 보고 오해를 했나 봐. 소망원 사태를 저지른 교구를 비호하는 줄 알고. 그리고 저쪽은 백진우가 교구에 소망원에 대해 항의하다가 억울하게 면직되었다고 철석같이 믿고 있어. 막상 생각나는 사람이 없어서 강 변호사에게 번호 좀 부탁하려고 하고 있었는데…….”

“백진우가 가톨릭 쇄신을 위한 모임의 지도 신부라구요? 어이가 없군요.”

그때 화장실에 가려는지 용의자가 일어나 이쪽으로 오는 게 보였다. 그는 다쳤는지 손에 붕대를 감고 있었다. 머리칼은 흐트러져 있었고 안색은 창백한 청년이었다. 그는 서유진을 바라보다가 이어 한이나에게 눈을 돌렸다. 적의가 가득한 눈이 한이나를 노려보고 있었다. 이나는 그 눈빛이 자신에게 돌멩이를 던지는 것처럼 아팠고 두려웠다. 왜 자신과 엄마가 이런 변을 당하는지 그녀는 아직도 이해할 수 없는 기분이었다.

“극단적으로 보자면 살인 미수까지도 기소가 가능해요. 안에 사람이 있는 걸 알면서 던졌거든요. 것도 큰 돌을.”

경찰이 와서 서유진에게 설명을 했다.

“마침 오 화백께서 작업실 안 화장실에 계셔서 그 돌을 안 맞으신 게 다행이지요. 사실 끔찍해요.”

“장 경사님, 살인 미수는…… 너무하다. 어떻게 좀 해봐요. 그럴 사람 아니에요. 제가 알아요. 착하고 성실한 사람인데…….”

“우리 서 간사, 아니 서 센터장님은 맨날 사람들 보고 그럴 사람 아니라 하네요. 다 그럴 사람 아니면 경찰 굶어 죽었어요. 내가 보기엔 다 그럴 놈이고 그러고도 남을 놈이구먼. 아까 조서 받다 보니까 원래 무진 교구부터 가려고 했다고 하네요. 그런데…… 알잖아요, 요번에 새로 지은 무진 교구청 건물 보안 빵빵한 거. 그래서 전자동으로 된 건물 출입에 실패하고 홧김에 오승화 화백 집으로 갔다고 하네요. 바닷가 외딴집이고 유명하시니까."

"맞아, 무진 교구. 이번에 돈 억수로 들여서 새 건물 지었어! 사람 못 들어가게 자동화한다고."

서유진이 대답했다.

"아, 돈 있으면 요새 다 그런 데 사는 것이죠. 그럼 교회가 새집 지으면서 옛날 식으로 지을 건 없잖아요."

그 와중에도 이나는 저 남자가 도가니 사건 때 못되게 굴었던 그 장 경사란 인간이구나 싶었다. 한이나는 천천히 걸어가 소파에 털썩 하고 앉았다. 강 변호사가 한이나에게 다가왔다.

"괜찮아요? 밥 먹으러 갑시다. 내가 오늘 괜히 서울까지 운전을 시켰나 봐요. 내가 밥 살게요. 기운 내요."

한이나는 잠시 침묵하다가 중얼거리듯 말했다.

"이상해요. 내가 지금 왜 여기 있는 건지 실감이 안 나요. 엄마는 또 왜 이런 일을 당해야 하는 거죠? 백 신부, 이해리…… 내가 서울로 간 그해, 열일곱 살 봄에 모든 게 다 끝난 줄 알았어요. 그런데 이게 다 뭔지…… 어이없어 정말. 시간이 흐르지 않고 고여 있다가 무슨 뚜껑을 여니까 확 솟구쳐 튀어오르는 것처럼…… 여기 다 모였어요."

세 사람은 바닷가의 한 해물 식당에 앉았다. 한이나의 침묵 때문에 두 사람 다 말이 없었다. 바다에서는 미지근한 바람이 불어오다가 그쳤고 잠시 후 해무가 밀려오기 시작했다. 원귀가 풀어놓는 흰 머리칼처럼 해무는 어둠을 감쌌고 이어 사물들의 윤곽을 삼키기 시작했다.

"무진 교구에서는 적당히 저쪽을 구슬려서 사건을 끝내려고 했던 모양인데 일이 커져버렸네요. 오늘 무진은 온통 그 뉴스이고 무진 지역의 이 나쁜 기레기들이 '피의자는 소망원 사태에 불만을 품고'라고 보도를 해야 맞는데 온통 '백진우 신부 면직에 불만을 품고'라고 제목을 뽑아버렸어요. 마치 오승화 화백과 백진우 신부의 대결처럼 말이에요. 어쩜 각본도 그리 예측대로 짜는지, 진짜 진부해."

서유진이 말했다.

"이나 씨, 아까 그 사람 독실한 가톨릭 신자예요. 그런데 무진 교구가 하도 나쁜 짓 하니까 성당 안 나간다고 하더라고. 실은 그 사람 유족…… 소망원에서 솥에 빠져 죽었어요."

한이나가 놀라 고개를 들었다. 강 변호사도 놀라 밥숟갈을 든 채로 손이 허공에 멈추었다가 천천히 밥을 입에 넣고 씹었다. 서유진은 휴대폰으로 검색한 후 기사 하나를 내밀었다.

"이게 작년 기사예요."

'사람 구실도 못하던 놈, 잘 죽었지.'

18일 오후 1시, 기자와 만난 김현 씨(남·42세)는 인권 침해 논란을 빚고 있는 무진 소망원에서 과거 의문의 사고사(死)를 당한 원생의 유족 가운데 일부가 내뱉은 말들이 자꾸 생각난다고 했다. 급기야 기억을 떠올리는 것조차 고통스러워했다.

김 씨는 2014년 무진 소망원에서 발생한 사고로 사망한 고(故) 강○○ 씨의 유족이다. 정신장애로 입소한 강 씨는 조리실의 가마솥에 빠져 전신 화상을 입고 병원 치료를 받던 중 일주일 만에 사망했다.

당시 강 씨는 서류상 무연고자였지만 엄연히 가족이 있었다. 그는 현재의 위탁 운영기관이 맡아 운영한 지 2년이 지난 2012년, 공무원이던 김 씨의 큰아버지 김 모 씨에 의해 무연고자로 서류가 조작돼 시설에 입소하게 됐다. 당시 무진 소망원은 무연고자만 입소가 가능했기 때문이다.

서류상 무연고자임에도 강 씨의 사고 사실을 유족에게 알려온 곳은 놀랍게도 소망원이었다. 당시 시설 측도 가족이 있는 장애인들을 서류 조작해 시설에 입소시킨다는 것을 알고 있었단 뜻이다. 당시 시설 측은 유족에게 "강 씨가 장난치다가 솥에 빠져 사망했다"고 밝혔다.

강 씨의 죽음에 대해 유족들은 아무도 이의 제기를 하지 않았다. 서류 조작 사실이 들통날 것을 염려했기 때문이다. 유족 가운데 일부는 사망한 강 씨에 대해 '차라리 잘됐다'는 반응을 보이기도 했다. 강 씨는 온몸에 붕대를 감고 누워 고통에 겨워 소리치다가 일주일 만에 병원에서 숨을 거뒀다.

하지만 유족들은 강 씨의 서류 조작 사실을 인정하면서도, 사망 원인에 대해선 의혹을 제기했다. 통상적으로 사회복지 시설에서 거주인의 조리실 출입을 엄격하게 금하고 있는 점에 비춰, 소망원이 강 씨에게 식사 준비를 돕는 일을 강제로 시키다가 사망에 이르게 했을 가능성이 높다는 것.

유족인 김 씨는 "지적 장애인들은 음식에 대한 통제가 부족하기 때문에 일반적으로 조리실에 들어갈 수 없다"면서 "1천 명 분이상의 식사가 준비되는 솥에 빠져 전신 화상을 입었다는 것으로 미뤄 조리실에서 식사 보조로 일을 하고 있었을 가능성이 높다"고 말했다. 이어 "하지만 시설 측이 단순하게 '사고사'로 서둘러 처리했을 개연성이 크다"고 말했다.

강 씨의 사망에 충격을 받은 김 씨는 2년 동안 소망원 원생을 대상으로 봉사를 했다고 했다. 죽은 강 씨에 대한 죄책감 때문이었다.

—남귀영 기자,《무진일보》

기사를 읽어 내려가던 한이나의 얼굴은 점점 더 굳어졌다. 세상은 얼마나 악한가, 세상은 얼마나 뻔뻔한가. 한 사람이 국을 끓이던 솥에 빠지고 일주일 동안 비명을 지르는 사건을 왜 자신은 모르고 있었을까……. 오래전도 아니고 불과 2년 전이다. 심지어 자신은 기자가 아닌가 말이다. 정말 자신이 기레기가 된 것 같은 기분이 들었다. 아니 말은 똑바로 하자, 기레기가 아니다. 쓰레기!

"이 사람 지난 십 년간 죽은 삼백십이 명 중 하나일 뿐이에요. 그나마 이분은 사고가 커서 어떻게 죽었나 알려진 거고요. 나머지는 어떻게 죽었는지조차 몰라요. 모두가 연고가 없고……. 그게 지금 무진 가톨릭이 은폐하려고 하는 것의 핵심이에요."

"솔직히 서 대표님…… 이게 가능해요? 어떻게 솥에 들어가죠? 어떻게 거기에 빠져서, 어떻게……."

한이나는 너무나 끔찍해져서 두 손으로 얼굴을 가렸다.

"그것조차 은폐하려고 했어요. 우리 센터가 개입해 겨우 밝혔고요. 경찰, 검찰, 교구 다 한패예요, 다. 여기 무진이 그래요."

그때 전화기를 들고 밖으로 들락거리던 강 변호사가 자리로 들어와 앉았다. 그의 얼굴은 많이 어두웠다.

"좋은 소식 하나, 나쁜 소식 하나 있어요. 뭐부터 알려드릴까요?"

"간단한 것부터 들려주세요. 제 머리가 오늘 더 이상의 무엇을 담을 용량이 있을까 모르겠지만."

한이나가 대답했다.

"방금 우리 사무실에 전화를 해보니까, 서 대표가 우려하던 대로 갑자기 백 신부가 주교와 총대리 신부 그리고 신 수녀에 대한 고소를 취하했어요."

"무슨 의미일까요?"

"주교에 대한 고소가 취하된 이상 교구가 개입할 일이 없어요. 소망원 사태를 방송국에 제보하고 전직 신부로 출연하는 것을 막고 교구는 이 사람이 저지른 비리를 발표하지 않겠다고 딜을 했겠지요. 그리고 수녀는 아마도 우리가 오늘 수녀원을 방문하고 돌아오는 동안 그 수녀들이 일을 도모한 것 같아요. 말하자면 우리 고소 취하해주면 우리도 너와의 일을 발설하지 않겠다. 뭐 이런 식으로……. 제가 유전자 검사 의뢰한다고 큰소리를 쳤으니 수녀원은 겁이 난 거예요. 교구가 징계하면 수녀원으로서도 일이 커지니까요. 게다가 백진우로서는 교구와 대립해서 좋을 게 없고요. 백진우는 지금 개신교로 가서 목사가 되어 모금을 하려는 계획을 가지고 있는 듯해요. 그러려면 혹시라도 수녀가 무언가를 폭로하는 날에 좋을 일이 없지요. 수녀는 수녀대로 각서를 폐기해야 했고……. 이 정도면 거래가 가능하지요."

"그래서 이 일을 우리 엄마와 나, 백진우 신부의 개인적 감정 대결로 만들어야 하는 거군요. 이제 남은 사람들은 그럼 나, 엄마, 최별라 씨하고 정성일 씨. 평신도들만."

"그렇죠. ……무진 지역지들도 그렇게 보도하고 있고."

"이게 좋은 거예요? 나쁜 거예요?"

"나쁜 거죠."

"다행이네요, 다행. 오늘 처음 다행이다. 이게 나쁜 거라서 다행이네요. ……그럼 좋은 거는요?"

강 변호사는 핸드폰을 내려놓고 녹음기를 켰다. 녹음기에서는 조심스러운 목소리가 흘러나왔다.

—여보세요. 예, 제가 누군지 묻지 말아주시기 바랍니다. 제가 쓰는 전화도 제 것이 아닙니다. 변호사님에 대해 검색해보았습니다. 믿고 전화 드리는 겁니다. 비밀을 지켜주실 수 있으신가요?

—예, 말씀하시죠.

—오늘 수녀원에 오셨다고 들었어요. 잘은 모르지만 우리 수녀원은 곧 원장 선거를 앞두고 있어요. 신데레사 수녀는 원장 수녀의 오른팔이에요. 그 수녀는 제가 알기로는 자금을 관리하고 있어요. 신데레사 수녀는 아랫사람들에게는 매몰차고 가혹하지만 주교님이라든가 권력 있는 노인네들에게 인정을 받는 사람이에요. 수더분해 보이는 인상으로 주교님들이나 늙은 신부님들의 총애를 받고 있어요.

한이나는 아까 언론사의 선배와 비슷하다는 인상이 틀리지 않았다는 것을 확인했다.

　―그래서요?

　―신데레사 수녀가 어떤 약점을 가지고 있어도 원장은 그걸 터
뜨리거나 문제 삼을 수가 없을 거예요. 제 말은 그러니까 신데레
사 수녀는 원장의 재정적 약점을 알고 있고 만일 그게 밝혀지는
날에는 원장은 선거는 물론 수녀 옷을 벗어야 될지도 모를 거예
요. 두 사람, 우리 수녀원의 적폐 중의 적폐이고 그 두 사람 때문
에 수많은 자매들이 상처받고 이 수녀원을 떠나갔어요.

　―법조인으로서 제가 어떻게 해야 할까요.

　―전 모르겠어요. 신앙인으로서 그들에 대해 아는 것을 말씀
드려야 한다고 생각했어요. 기도하겠습니다. 신데레사 수녀, 수도
자로서 부적절한 일을 했다면 옷을 벗어야 합니다. 정보에 따르면
원장이 그녀를 프랑스에 있는 우리 수녀원 본원으로 빼돌린다고
해요. 파견 근무 형식으로요. 그녀는 곧 한국을 떠나 명목상으로
는 파견 형식으로 외국 수녀원에 적을 두게 될 거예요. 원장은 자
신의 비리를 아는 수녀를 영원히 따돌리고 데레사 수녀는 수녀대
로 자신의 비리를 아는 사람들로부터 피신하고. 제 말은 그들이
서둘러 신 수녀를 빼돌리려는 것은 거꾸로 비리의 의혹을 확증해
준다는 것이에요.

　―알겠습니다.

—빼돌리기 전에 밝혀주십시오, 진실을.

—해보지요. 그러나 도와주셔야 합니다. 그리고 하나 더 물어볼 게요. 오늘 이야기하는 자리에 먼저 세 수녀님들이 나왔는데 그분들은 왜 나온 겁니까?

—세 수녀는…… 알리바이용이지요. 모두가 원장 밑에 있는 어린 수녀들……. 저도 그게 이해가 안 가지만 만일 원장이 혼자 변호사님과 만나면 모든 이야기를 지어냈다고 반대파에서 들고일어날 수 있고, 나이 든 수녀님들 모시고 가면 사태를 바로 눈치로 파악해버릴 테니 순진한 수녀님들을 데리고 간 거지요. 알리바이용으로요.

—그렇군요. 수녀님들 참으로 노련하십니다.

— ……죄송합니다.

—제가 앞으로 혹시 여쭤보거나 의논할 일 있을 때 어떻게 연락하면 될까요?

—연락은 불가능합니다. 이 전화도 겨우 드리는 거니까요. 죄송합니다. 그러나 하느님께서 원하시면 우리는 다시 연락할 수 있겠지요.

그렇게 전화는 끊겼다.

"막상 다 풀고 나니 뭐가 좋은 소식이고 뭐가 나쁜 소식인지 알 수가 없네요. 일단 밥은 먹는 거고, 결정할 일이 있어요. 어떻

게 하시겠어요? 한이나 씨, 갑자기 피고소인이 일곱 명에서 네 명
으로 줄었어요. 교구가 선지급한 변호사 수임료를 도로 달라 할
지는 모르겠습니다만, 어쩔까요? 저를 계속 선임하시겠습니까?
최소한 비용 절약은 될 겁니다."

이나는 창밖을 보았다. 바다는 온통 안개였다.

"돈 아껴야죠. 엄마 수술비도 실은 벅찬데."

막상 내려와서 보니 엄마의 그림은 근 십 년째 거의 팔리지 않
고 있었다는 말을 이나는 하지 않았다.

"뭐 꼭 돈 때문인 것처럼 말하니 기분이 좋지는 않네요."

이나의 말에 피식 웃으며 강 변호사가 덧붙였다.

"참 나……. 모처럼 바닷가에 왔는데 또 바다를 못 보네요. 안
개 참 지독하군요. 이렇게 가까운 바다까지 감추어버리는군요."

12

정말 가슴이 아픕니다.

소망원의 피해자 유족이며

가톨릭 쇄신 평신도 협의회 회원으로 적극 활동하던

김현 요한 형제가 경찰에 구속되었습니다.

요한 형제는 빈방에 돌을 던져 유리창을 깨었을 뿐인데

살인 미수로 기소된다는 기사도 났습니다.

있는 사람들은 무슨 짓을 해도 풀려나고

없는 사람은 중죄를 받는군요.

요한 형제는 소망원을 비판하는 제 페이스북 포스팅에

반대하는 오승화 화백을 응징하고자 한다 했습니다.

물론 돌을 던져 유리창을 깨는 행위는 나쁜 일입니다.
그러나 그가 도둑질을 하려던 것도 아니고
강도를 하겠다는 것도 아니고
사람을 죽이려 한 것은 더더군다나 아닙니다.
그의 사촌은 소망원에서 솥에 빠져 돌아가셨습니다.
김현 씨는 늑장 대처한 소망원 측 때문에 일주일 동안이나
비명을 지르며 고통스러워하다 돌아가신 분 생각에
참회의 의미로 소망원에서 이 년이나 봉사하신 분입니다.
돌 던진 것은 잘못이나 예수님께서는 간음한 여인에게
"너희 중에 죄 없는 자가 돌을 던지라" 하셨습니다.

어제 저는 땅콩을 가져다주지 않는다고
스튜어디스를 때리고 사무장을 비행기에서
쫓아버렸다는 재벌 딸의 기사를 다시 보았습니다.
우리 사회가 어쩌다가 이런 가진 자들이
갑질을 하는 사회가 되었는지 눈물로 하느님께 기도드렸습니다.
노동자들이 대우받는 세상이 되게 해주십시오.
일하는 자들이 제 권리를 찾는 세상이 되게 해주십시오, 하고요.

오승화 화백은 우리나라에서 둘째가라면 서러워할 정도로

그림 값이 많이 나가는 분입니다.

오 화백의 두 번째 남편은 무진 대학교 예술대 학장이셨고

무려 이십 년 전, 어린 따님을 서울 강남에 유학시킨

갑 중의 갑이시죠.

그 따님은 유수한 대학을 나오신 소위 금수저이시구요.

저는 그렇다고 이분들을 미워하지 않고

매일 기도해드리고 있습니다.

감옥에 갇힌 김현 씨는

지금 변호사도 구할 수 없는 형편이라고 합니다.

저는 이제 사제도 아니어서 아무 힘도 없습니다.

저는 어머님께 돈을 조금 빌려달라고 말씀드렸습니다.

저라도 변호인을 구해드리고 싶습니다.

뜻이 있으신 분은 우선 제 계좌로 조금의 성의를 보여주십시오.

곧 면회를 갈 예정인데 여러분들의 성금 액수가 아니라

이름 면면이 그분에게 희망이 될 것입니다.

"또 돈이야. 일관성 있어, 유치찬란한 말투도."

이나는 지희가 할 말을 대신 중얼거려보며 시내의 한 커피숍으로 들어섰다. 문자는 이른 아침 도착했다. 이나는 그 문자를 따라 서둘러 나온 길이었다.

저는 이해리 씨가 대표로 있는 장애인 주간보호 센터의 직원입니다. 제보해드릴 일이 있으니 연락 주십시오. 저를 믿으셔도 됩니다. 기도해보고 전화 주십시오.

이나는 잠시 망설였다. 우선 엄마 오승화 화백도 아니고 자신의 전화번호를 알아냈다는 것이 의심스러웠다.

제 전화번호는 어떻게 아신 거지요?

어떻게 알아냈는지 만나서 말씀드리겠습니다. 저는 주님의 종입니다. 거짓말을 하지 않습니다.

여자는 선량하고 인상 좋은 중년이었다. 말끝마다 주님의 뜻, 주님의 뜻이라고 하는 게 약간 걸리긴 했지만 조용하고 신중해 보이는 용모는, 그러나 얼핏얼핏 분노로 번득였다. 그리고 지치고 슬퍼 보였다.

"나와주셔서 감사합니다. 주님께서 우리 두 사람을 만나게 해주실 거라고 미리 말씀하셨습니다."

이나가 자리에 앉자마자 두 손을 모으고 기도부터 시작한 여자는 자신의 이름을 이수미라고 소개하고 작은 파일 하나를 보여주었다.

"저는 이해리 씨와 백 신부라는 사람으로부터 지속적으로 괴롭힘을 당하다가 해고된 사람입니다."

"예? 아, 예."

"이해리 씨네 주간보호 센터에 근무한 것은 지난봄부터였어요. 그런데 알량한 월급에서 십일조를 떼어 자신의 센터에 다시 성금으로 내라고 했습니다. 저는 그것이 하나님을 모독하는 행위—십일조를 받다니요?—일 뿐 아니라 부당하므로 거부했습니다. 이 여자가 자기가 하나님이 되고 싶어 하나? 하고 놀랐어요. ……게다가 그들은 함께 자신들의 페이스북이나 카카오스토리에 찬양하는 댓글을 매일 달라고 지시했습니다. 제가 알기로 우리의 월급은 국민들이 내는 세금으로 시청에서 지원하는 것인데 그걸 도로 내라는 것도 말이 안 되는 거지요. 제가 거부하자 그들은 업무 시간 내내 저를 불러 괴롭혔습니다."

"잠깐만요."

한이나가 수첩을 꺼내 메모를 하다가 물었다.

"이해리가 그런다는 것은 어찌어찌 이해가 갑니다만은 백 신부는 지금⋯⋯."

"백 신부는 얼마 전 우리 센터의 센터장이 되었어요."

"네?"

한이나가 하도 놀라자 이수미가 잠시 머뭇거리다가 웃었다. 한이나는 기억을 더듬었다.

"아침에 일어나면 죽고만 싶습니다. 갈 데가 없는 실업자들을 위해 기도합니다." 이런 페이스북 글을 본 게 어젠가 그제의 일이었다.

"지난달부터 신부 잘렸다면서 바로 우리 센터로 오셨어요."

"그럼 정식 직원인가요?"

"예, 그 정도가 아니라 책임자인 센터장이세요. 연봉도 사 천이 넘어요."

주문을 받으러 온 카페의 아르바이트생이 한참을 서 있는 동안에도 한이나는 망연해있었다. 언제쯤 이들의 거짓말에 익숙해질 수 있을까, 아니 거짓말이라는 것에 익숙해진다는 것이 도대체 가능한 일일까.

"기도해봤는데 하나님께서 오승화 화백과 한이나 씨에게 가라고 하셨어요. 그래서 제가 어느 날 야근을 하는 척하고 그들의 컴퓨터를 뒤졌어요. 그리고 중요한 자료들을 복사해 왔습니다. 한이나 씨의 전화번호도 거기서 알아냈어요."

놀라운 반전이었다.

"그리고 한 가지 중요한 걸 찾아냈어요. 이해리는 원래 센터장으로 엔젤스 윙 장애인 주간보호 센터를 차렸는데 자격 조건이 미달이에요. 이상하게 무진시가 그걸 허가해줬어요. 아마도 허위 경력을 제출한 것 같아요. 여기 자료 속에 보시면 이해리의 사회복지사 자격증이 있어요. 그녀는 2010년 사회복지사 자격증을 땄어요. 그리고 2011년 바로 센터장이 되어 엔젤스 윙 주간보호 센터를 열었지요. 사회복지사법에 따르면 '센터장은 사회복지사의 자격이 있는 자로서 3년 이상의 사회복지 경력을 가진 자'로 되어 있어요. 이해리가 입만 열면 시청, 도청, 경찰, 검찰까지 자기 손 안에 있다는 말을 하는데……. 아마도 누군가가 여기 개입해서 이 가짜를 다 승인해준 것 같아요."

"그런 일이……."

"이 자료는 엄청 중요해요. 이거 하나를 가지면 시청에 자료를 내서 이들의 근거지인 엔젤스 윙 주간보호 센터의 자격을 원천 무효화할 수 있어요. 그러면 이들이 인터넷에서 모금을 하는 기반도 사라지게 되고, 이건 무지 중요한 거지요."

이수미는 한이나에게 USB를 건넸다.

"어떤 분이신지 저는 모르지만 믿고 드립니다. 하나님의 부름을 받은 종인 제가 목숨 걸고 빼내온 거예요. 하나님께서 한이나 씨를 찾아 드리라고 하셨어요. 저는 주님의 종이니 그 말씀에 순종합니다. 저도 그들에게 명예훼손으로 고발당해서 기소 취지로 검찰에 불려 다녀요."

"예?"

한이나가 USB를 받아 들며 다시 물었다.

이수미는 주변을 돌아보며 불안한 기색을 보였다.

"저 원래 이 지방 사람 아니에요. 시어머니가 편찮으셔서 일 년 전에 내려왔다가 노느니 사회복지사라도 하려고 취직했어요. 이해리가 얼마나 무서운 여자인지 알았다면 저는 고소당하지 않았겠지요."

"무슨 말씀이신지."

"왜 다른 직원들이 그녀 말이라면 꼼짝도 못하는지 알게 되었어요."

"……."

"모르세요? 이해리는 검찰까지 움직여요. 전 사실 두려워요. 돕기는 하겠지만 아빠가 공무원이고 애들도 공무원 시험 준비해요. 두려워요."

"이해리가 검찰을요?"

"저는 이 센터에 들어오면서 무진 시내 사회복지사들의 모임인 단체 톡방에 가입했어요. 해고되고 나오는 날 탈퇴 의사를 밝히니까 사람들이 물었어요. 왜 나가느냐고요. 제가 대답했지요. '몰라요. 페이스북에 찬양 댓글 달고 돈도 내라고 해서 싫다고 하니까 나가래요. 안녕히 계세요' 했지요. 이게 다였어요. 그런데 다음 날 경찰에서 연락 왔어요. 허위 사실 유포에 의한 명예훼손으로 고소당했다고요. 어이가 없어 하니까 출두하래요. 세 시간 동안 조사받았어요. ……경찰도 어이없어 하더라구요. 자료가 있어서 하나도 두렵지 않았죠. 그들이 나를 협박한 거 다 녹음해놨거든요. 그거 풀어서 갖다주니까 경찰이 걱정하지 말래서 그런가 보다 했어요. 그런데 일주일 후 검찰에 송치되었다고 출두하라고 하더라고요……. 그때 알았죠. 이해리가 경찰 정도야 우습게 움직이고 검찰 일부까지 움직인다는 것이 빈말이 아닌 것을요."

"말이 되나요? 그걸 가지고 검찰까지?"

"모르시나요? 자기를 비난한 동네 아저씨를 뺑소니로 고발해 일 년 형도 살렸어요."

"네……?"

"잡일 하시는 분인데 이해리가 공사시켜놓고 돈 떼어먹으려고 뺑소니 누명 씌워 실형 사셨어요. 그분 돈 떼이고 감옥 다녀오고, 지금도 이해리가 부르면 가서서 무료로 일해주세요. 기가 막히지요. 얼마나 불쌍하신지 몰라요."

이나는 입을 다물 수가 없었다.

"왜요, 이해리가…… 무슨 권력이 있지요?"

순간, 한이나의 머리 속으로 강렬한 예감이 지나갔다.

"혹시 봉침?"

"예?"

이수미가 되물었다.

"혹시 봉침에 대해 들어보셨나요?"

"아뇨. 그건 전혀……."

"아 예, 그러면……."

순간 이수미의 표정이 어두워졌다

"저기 그건 모르겠고…… 이해리가 변태인 것은 알아요. 컴퓨터를 열었는데 온통 남자들 성기 사진이……. 망측스럽게 침대에 누워 있고 벌겋게 부어 있고……. 오, 하나님. 사탄아, 물러가라."

"그래서요? 그것도 다운 받으셨나요?"

생각보다 이나가 큰 소리로 묻자 이수미가 몹시 놀라며 고개를 저었다.

"믿는 사람으로서 어찌 그 더러운 음란 마귀를 어찌……. 이 말을 옮기는 제 입이 더러워질……."

13

이수미의 자료들은 분명했다. 이해리는 사회복지사 자격증을 따고 만 삼 년이 안 된 시간에 센터를 열었고 어찌 된 일인지 그것이 허락되어 일 년에 이억 오천에서 삼억 원 정도가 지원되고 있었다. 행정 착오거나 시청 공무원 중 누군가와 협잡했던 결과물이리라. 강 변호사에게 파일을 보내고 난 후 그에게 연락이 왔다. 이수미라는 여자에게 법률 자문을 해주고 났더니 이수미가 고맙다며 한 사람을 소개시켜준다고 했다는 것이다. 한 사람이란 바로 그녀의 말 속에 있던 '이해리가 찔러 징역까지 산' 동네 사람이었다.

"변호사 사무실로 오라고 했더니 그런 데 드나들어 이해리 귀에 말이 들어가면 안 된다고 집사람이 난리라고 하면서 어디 외곽의 조용한 데서 저녁을 먹자고 해요. 어디가 좋을까요. 조용한 데서 녹음도 하고 그랬으면 좋겠는데……. 내가 별로 아는 데가 없어서……. 참 이거, 시간이 지나갈수록 사건이 이상하네. 이해리를 왜 무서워들 하는 거지, 왜?"

한이나는 무진 바닷가의 한 해물 식당에 방을 예약하고 엄마의 병실로 갔다. 다행히 엄마의 간 수치가 떨어져 내린 것이었다. 내일이라도 수술을 하자는 김 박사의 말에 따라 엄마는 그대로 입원했다. 깨어진 유리창은 다시 끼워졌지만 엄마에게 아직 집은 두려운 것 같았다. 경찰의 권유에 따라 이나는 집에 사설 경보 장치 그리고 CCTV를 설치했다. 유리창을 끼우는 사이에는 여경 두 명이 파견되었다. 고마운 일이었다. 무진 시장님이 오승화 화백의 팬이라면서 한 여경이 이나에게 수줍게 말을 걸어오기도 했다.

"내가 차라리 암으로 죽고 싶다고 하니까 왜 간 수치는 떨어져 내리는 거니? 참 세상 알다가도 모를 일이야."

"엄마, 나한테 했던 말 기억 안 나? 운명을 극복하는 제일 좋은 방법은 그것을 받아들이는 것이다."

"왜 안 나? 평생 그 생각 하면서 살았는데……. 내가 또 그 말도 했지. 풍랑을 만난 배가 할 수 있는 일은 전속력으로 그 풍랑을 넘어가는 일뿐이다. 동력을 끄거나 머뭇거리면 배는 곧 파도에 휩쓸린다고."

엄마의 병실 유리창 밖으로는 따가운 햇살 아래서 나뭇잎들이 물들어가고 있었다. 멀리 바다는 반짝이며 이리로 밀려오고 있었다. 요 며칠 안개는 주춤해 있었다.

그때 이나의 휴대폰이 메시지 도착을 알리며 진동했다. 이상한

직감으로 이나에게 약간의 소름이 일었다.

"엄마, 나 서울 회사에 전화 한 통 하고 올게."

이나는 일어나 병실 복도로 나왔다. 링거를 든 앳된 간호사들이 복도를 뛰어가고 있었다. 이나는 복도 끝으로 난 창 앞으로 가서 메시지를 열었다.

안녕하세요, 윤이나 안토니아. 아니 한이나 안토니아. 오랜만이네요.

문자는 그렇게 시작하고 있었다. 이나의 옛 성까지 부르며 문자는 시작되고 있었다. 악의적이었다.

나는 안토니아를 그때나 지금이나 사랑하는데 안토니아는 나를 미워하고 있는 거 같아 마음이 아파요. 늘 안토니아를 위해 기도해왔고 앞으로도 그럴게요. 오늘은 안토니아가 그토록 믿었던 사람의 실체를 알려줄게요.

문자의 배경음으로 낮고 음울한 웃음소리가 들려오는 듯했다. 뱀이 휘감겨오는 것 같았다. 미파솔만 사용하는 도저하고 낮은 음성. 다시 한 번 이나의 어깨로 소름이 지나갔다. 문자에는 몇 개의 파일이 첨부되어 있었다. 이나는 떨리는 손가락으로 사진

파일을 열었다. 사진은 이해리와 정성일이 주고 받은 문자였다.

정성일　　언제요? 언제 되시겠어요?

이해리　　제가 좀 바빠요.

정성일　　꼭 한 번 더 맞고 싶어요. 꼭요, 연락 주세요.

정성일　　지난번 효과가 좋았어요. 한 번 더 시술할 수 있을까
　　　　　요. 연락 주세요.

이해리　　너무 자주 맞으시면 안 돼요. 한 달 있다가 오세요.

정성일　　예, 예.

문자를 주고받은 날짜들은 한 달 간격이었다.

"겨우 그녀를 밀치고 나왔어요. 어떻게 나왔는지 모르겠어요.
운전대를 잡고 한참을 달렸습니다. 그때 문득 문을 밀치고 나오
는 길에 대기석에 앉아 있던 덩치가 산만 한 발달장애인, 휠체어
에 앉은 장애인들을 보았던 것이 생각났지요. 들어갈 때 이해리
가 이야기하는 것을 들었거든요. '이 사람들 봉침 맞으러 왔는데
우리 정 선생님 급하시니 양보하는 거라고요.' 그녀는 높은 소리
로 웃었어요. '봉침 맞고 싶어 환장한 사람들이 아침부터 돈 싸
들고 와서 저렇게 서 있다니까요.'"

장애인들이 줄 서 있는 모습을 헤치고 뛰쳐나왔다던 그의 말을 떠올렸다. 그때 그는 분명 울고 있었다.

온몸이 알 수 없는 이유로 계속 떨려왔지만 일단 이나는 나머지 파일도 열었다.

파일에는 이런 설명이 붙어 있었다.

잘 들어보세요. 안토니아가 좋아하는 남자가 안토니아 씨 이야기도 꺼내네요. 잘 들으시면 그의 실체가 드러나게 될 거예요.

이나는 파일을 눌렀다.

—여보세요.

처음의 목소리는 백진우의 것이었다.

—여보세요.

다음 목소리는 자다 깬 듯 보였다.

—여보세요, 정성일 씨.
—어, 누구? 신부님, 왜 전화했어요? 지금 몇 시야?

—호호호. 보고 싶어 전화했지요. 정성일 씨, 왜 저를 욕하고 다니지요? 다 거짓말 아닙니까?

—뭐라고? 내가 무슨 거짓말을 해요? 야, 지금 한 시야! 왜 전화했어, 신부면 다야?

—정성일 씨, 나는 정성일 씨를 미워하지 않아요. 기도하고 있어요. 그런데 자꾸 제 욕을 하고 다니시면 저도 가만히는 안 있을 겁니다.

—가만히 안 있으면 어쩔건데. 나 다 망해서 이제 망할 것도 없어, 뭐?

—그러니까 제 욕 하고 다니시지 마세요.

—이게 미쳤나. 신부라고 내가 봐주니까 이 새끼가 어디서 밤중에 전화를 해서 지랄이야, 지랄이.

—정성일 씨, 좋게 말하는데 왜 욕하고 그러시나요? 욕하지 마세요. 제가 언제 정성일 씨 망하게 했나요?

—야, 이 나쁜 새끼야, 내가 너 가만히 두나 봐라.

—가만히 안 두면 어쩌실 건데요.

—어째? 두고 봐, 이 새끼야. 내가 너 이 무진 바닥에서 망신당하고 죽어 자빠지는 꼴 보고야 말 거야.

—정성일 씨, 말 험하게 하시면 무섭습니다.

—무섭다고 이 개새끼! 너 우리 마누라…….

요약하자면 그런 내용이 한 시간 조금 못 되는 시간 동안 반복되었다. 녹음을 다 듣고 이나는 그 자리에서 얼어붙었다. 알 수 없는 종류의 오물을 뒤집어쓴 것처럼 온몸이 떨려왔다. 문득 다시 문자를 바라보았다.

잘 들어보세요. 안토니아가 좋아하는 남자가 안토니아 씨 이야기도 꺼내네요. 잘 들으시면 그의 실체가 드러나게 될 거예요.

이나는 잠시 서서 기억을 더듬어보았다. 그녀에 대한 이야기는 없었다. 너무 정신이 없어서 자신의 이야기가 나온 부분을 놓쳤나 싶어 이나는 다시 재생 버튼을 눌렀다.

한 사람은 침착하게 전화를 건다. 그는 이 전화가 녹음되는 것을 아는 사람이다. 한 사람은 자다가 전화를 받는다. 그는 상처투성이로 모든 것을 잃고 술에 취해 잠든 참이었다. 그는 이 전화가 녹음되는 줄 모른다. 자다 말고 그는 분노하고 소리치고 욕한다. 다시 한 시간이 지나갔다. 꼬박 두 시간 동안 그녀는 그들의 이상한 욕설을 듣고 있어야 했던 것이었다. 그리고 이 미친, 미친 욕설 속에서 이나라는 이름도, 안토니아라는 이름도, 어떤 이름도 불려지지 않는다.

우선 호흡을 세 번 하고 나서 떨리는 손으로 강 변호사와 서유진에게 백진우로부터 받은 파일을 보내고 이나는 화장실로 갔다.

찬물을 틀어놓고 손을 담근 채 서서 이나는 거울을 올려다보았다. 지옥의 입구에서 나오는 엄청나게 덥고 더러운 바람을 맞기라도 한 것처럼…… 이나의 얼굴은 순식간에 검고 초췌해져 있었다. 이나는 생각했다. 지옥이구나, 이게.

14

강 변호사와 함께 바닷가 해물 식당으로 가는 동안 서유진에게서 전화가 왔다. 강 변호사도 알아야 할 일이라고 생각해서 이나는 자동차의 스피커폰을 그냥 틀어놓았다.

"……어이가 없어서 말이 안 나오네. 갈수록 태산이라더니……. 나도 이나 씨 이름 나오나 해서 두 번이나 들었잖아. 장장 도합 두 시간이야."

"저돕니다! 우리 셋이 합해서 도합 여섯 시간을 들었군요. 그 미친 짓거리 하는 거를."

옆에서 강 변호사가 스피커폰으로 끼어들었다.

"아, 강 변호사님 같이 계시는군요. 다행이에요. 이나 씨 생각하면 날마다 왠지 조마조마한데."

강 변호사가 말했다.

"잘되었어요. 잠깐 미팅을 하죠, 세 사람이요. 전화지만 말이지요. 일단 좀 정리를 해봅시다. 정성일 씨가 이해리에게 봉침 맞혀달라는 문자는요?"

"제가 아까 정성일 씨에게 연락했어요. 문자를 그대로 보냈지요. 한참 있다가 울먹이며 전화를 해서 시인하더라고요. 봉침 한 번 맞고 와서…… 두 번 더 자청해서 갔다고……."

운전을 하던 이나가 급브레이크를 밟아 두 사람의 몸이 앞으로 출렁 쏠렸다. 하마터면 앞차에 부딪힐 뻔했다. 강 변호사가 이나를 힐끗 보았고 이나는 아무 말도 하지 않고 앞만 보고 있었다.

"이나…… 괜찮아요? 또 뭔 사고 아니지? 이나 씨, 인간이 말이야. 열 받을 거 없어. 열 받으면 내 피부만 망가지고 걱정하면 나만 늙고 울면 코만 풀어. 내가 살아보니까…… 그래."

유진은 천천히 말했다.

"내가 도가니 때부터 말했었는데 이 무진은 온통 발정 났어."

이나는 아무 말도 하지 않았다.

"그리고 또 생각해봤지. 저 인간이 갑자기 이나에게 저 음성 녹음을 왜 보냈을까? 그리고 왜 거기에 한이나의 이름이 나온다고 했을까?"

"저도 그게 아직 해결이 안 돼요."

강 변호사가 끼어들었다.

"저도 내내 그 미친놈이 왜 그걸 보냈나 생각해봤어요."

"왜 보낸 거 같아요?"

"알아냈는데 그냥요. 그냥이에요. ……아무 의미 없어요, 무의미! 우리 셋이 이러고 골탕 먹으라고요. 이렇게 궁금해할 게 그 인간은 재미있었던 거예요. 무의미! 그 자체가."

이나와 강 변호사가 헛바람을 뿜으며 웃었다.

"깊이 생각해봤자 술만 먹고 싶어져요."

유진은 제가 말해놓고 제가 우스운지 깔깔거리며 웃었다.

"참, 경찰에 한이나와 최별라 그리고 정성일을 어떻게 알고 백 신부가 고발했는지 알아냈어요. 교구에서 누군가 한이나 씨가 보낸 문서를 백진우에게 미리 전달했어요. 경찰에 제출한 백 신부의 고소장에 한이나 씨의 문건을 보지 않고는 쓸 수 없는 내용들이 들어 있더라고요."

"기가 막히는군요. ……교구라는 데가 대체! 맘 같아서는 당장 해물 식당으로 달려가고 싶지만 오늘 중요한 약속이 있어서요. 이나 씨, 툭툭 털어버려. 오늘 만나는 사람들 이야기나 귀 기울여 들어줘요. 하루 벌어 먹고사는 사람들이 인테리어 값 다 뜯기고 징역 살고 나와서 지금도 그 여자네 일하러 간다니 얼마나 기막혀요."

"예."

"내가 애들 커서 독립하고 나가니까 자꾸 다른 사람에게 잔소리하는 것 같아 미안한데……. 싸움, 자신이 다칠 거 같으면 시작하면 안 돼. 그 사람들을 위해서 억지로라도 기도할 수 있을 때 싸워야 해. 안 그러면 우리는 괴물과 싸우다 괴물이 된 사람들처럼 되는 거야."

서유진은 천천히 말했다. 이나는 이번에는 대답하지 못했다.

15

해물 식당에는 중년의 부부가 앉아 있었다. 한눈에도 살기가 어려운 행색이었고 남편에게는 담배 냄새가 심하게 났다. 여윈 남편에 비해 아내 쪽은 살이 많이 찐 편이었는데 눈매가 좀 충혈되어 있었다. 이런 사람들에게 일을 시키고 돈을 주지 않고, 누명을 씌워 감옥에 보내다니, 한눈에도 기가 막힐 노릇이었다. 이 식당이 지역의 유명한 덕자를 하는 집이어서 덕자회와 찜을 주문하자 남자는 소주를 주문했다. 강 변호사가 내민 명함을 받아 들고 남자는 음식이 나오기 전에 글라스에 반쯤 소주를 따라 쭉 들이켰다. 그러고는 정작 음식이 차려졌을 때는 생선에는 손도 안 댄 채 김치만 몇 점을 집어 우적우적 씹었다.

"내가 원래는 변호사 선생님께 이런 것도 다 사드려야 하는데 타지에서 오신 두 분한테 이런 비싼 음식을 얻어먹으려니 염치가 없어서…… 이게 무진의 법도는 아니지요. 차마…… 먹기가 송구합니다. ……여기 덕자가 워낙 유명한데 요즘은 잘 안 잡혀서 가끔 나온다고 하는데, 예전에는 저 같은 사람 상 위에서도 흔하던 생선이었는데 요즘은 참 귀한 생선이 되었지요."

남자와는 다르게 여자는 식탐이 있어 보였다. 덕자회를 보는 순간 순식간에 반 이상 후루룩 먹어치우더니 남편의 말과는 상관없이 덕자찜 쪽으로 젓가락을 돌려 생선을 파헤쳐놓는 것이었다. 아까 백 신부의 난데없는 문자를 받고 속이 약간 뒤집어져 있던 이나는 통 입맛이 없었다.

"변호사 슨생님, 기자 슨생님, 제가 이해리 옆집서 이십 년을 살았어요. 원래 그 집이 채수연이라는 여자가 살던 집이었죠. 장님 남편하고. 그 두 사람도 나쁜 놈들이었죠, 나쁘기로 유명한 놈들이었어요. 장님도 아닌 놈이 국가 장애인 돈 받으려고 장애인이라고 속이고 안경 끼고 다니고. 여기 장애인들 위한답시고 그들 위해 나오는 국가 세금 다 떼어먹었으니까."

"뭐라고요? 그래요? 시각 장애인이 아니라고요?"

강 변호사가 물었다.

"그래요! 그 뭐냐, 약간 눈이 나쁜데 여기 무진이란 디가요 돈 쫌 쥐어주고 친분 있으면 다 해주거든요. 나 장애인 됐어, 그럼 장애인증 줘. 이누무 데가요. ……식구 같다고 하믄서 나쁜 짓은 다 해요. 이해리가 그 부부에게 똑같이 배운 거예요."

강 변호사와 이나의 눈이 어이없다는 듯 마주쳤다. 이나의 가슴이 다시 한 번 쿵 하고 내려앉았다.

"어느 날 경찰이 집에 들이닥쳤어요. 세금 포탈과 장애인 시설 비리 신고가 들어왔다고 하더라고요. 아시는지 모르겠지만 장애인 시설 운영하는 데 국가가 자금을 줘요. 그런데 이 회계를 다 맞출 수는 없어요. 굳이 뒤지자면 코에 걸고 귀에 걸어서 다 털리게 되어 있는 것이 이쪽의 세계였어요."

채수연이 하던 말이 떠올랐다. 귀에 걸면 귀걸이가 아니라 이 세계에 부패가 만연되어 있었고 해리는 그 틈새를 파고들었던 것이었다. 채수연을 교훈 삼아 해리는 일찌감치 경찰과 검찰에 손을 쓴 것일까? 모두가 그 커다란 부패의 포충망 속으로 들어오도록 말이다.

"아무튼 여자가 감옥엘 가더니 이번엔 이해리라는 여자가 그 집을 떠억 차지합디다. 내 채수연인가 그 여자 있을 때부터 이해리를 좋지 않게 보았어요. 여자가 헐벗고 다니는 거야. 그러면 뻔하지, 다른 사람들 눈은 속여도 내 눈은 못 속여. 저렇게 헐벗고 다니는 속셈이 무엇인지 말이야. 가끔 마주치면 내가 싫은 소리를 했어요. 옷 입고 다니라고! 동네서 같은 동네 사람이랑 흘레붙으면 못쓴다고 했지! 내가 입은 비뚤어졌어도 말은 바로 하는 사람이거든요."

"그러길래 그 화냥년한테 뭐 할라고 바른 소리를 해대냐고. 누가 표창장 주냐고. 표창장은 그년이 나라에서 종류별로 두루두루 받두만! 구청, 시청, 도청, 국회의원."

여자가 입이 미어지게 음식을 넣다 말고 그것을 다 삼키지도 않은 채 끼어들었다. 남자가 여자를 확 하고 째려보았다. 여자가 얼른 눈을 내리깔고 다시 먹기 시작했다.

"그래 그렇게 이웃에 살면서도 사이가 별로 안 좋았어요. 그래도 내가 리나는 이뻐했지. 그년이 매일같이 늦게 오고 술 처먹고 오고 남자 끌고 오는데 리나 그 어린 게 밥도 못 먹고 맨날 삼립빵 먹고 있는 거야. 그래 나랑 우리 집사람이 리나 데려다 먹이기도 하고 재우기까지 했지, 수태 그랬어."

"그러니까 원수로 갚잖아, 그년이……. 내가 그러지 말자고 몇 번을 이야기했어. 자고로 머리 검은 짐승은 거두는 법이 아니라고 우리 엄마가 그렇게 말했는데."

뚱뚱한 여자가 다시 끼어들었다. 남자가 다시 여자를 옆눈으로 노려보았다. 여자는 다시 눈을 내리깔고 이번에는 소주를 꿀꺽꿀꺽 들이켰다.

"그런데 몇 년 전 어느 날 봄이었던 거 같애. 내가 낮술 좀 먹고 우리 집 앞에서 따뜻한 볕을 쬐고 있는데 이년이 짧은 치마를 입고 살랑살랑 내 곁으로 오는 거야. 그러고는 웬일로 고운 말로 자기 집 부엌에서 물이 새는데 이 층 어디서 물이 새는지 좀 잡아달라는 거야. 뭐 낮술도 한잔 했겠다. 그년 치마가 살랑살랑거리는데 봄날이고 향수 냄새도 좀 나고. 내가 그러마 했지."

"그러니까 내가 그년 조심하라고 했잖아! 남자들이라는 게 그냥 치마 두른 것만 보면 환장들을."

여자가 다시 말하곤 남자가 째려보기도 전에 얼른 눈을 내리깔고 다시 소주를 들이켰다.

"가보니까 물이 새는 거 잡는 게 워낙 힘든 데다가 공사가 크게 생겼어. 깎고 깎고 깎아서 육백에 목욕탕을 다 뜯기로 하고 공사를 했지. 내가 공사를 하면 잘하거든. 누수 잡는 것은 보통 어려운 일이 아닌데."

"그러믄 뭐 해? 돈만 띠고 다니면서."

남자가 이번에는 길게 여자를 노려보았다. 여자는 술기운 때문인지 남자를 정면으로 바라보았다. 남자가 먼저 고개를 돌렸다.

"그래서 공사를 얼추 다 끝냈어요. 힘든 공사였지. 공사하는 동안 이년이 물 한잔 안 줘. 그래 말하자믄, 내일이 공사가 다 끝나는 날이면 오늘 내가 가만히 보니까 마지막으로 어디 못질을 해야 하는데 마침 못이 다 떨어진 거야. 그래서 후딱 가서 철물점서 못 사가지고 와서 박고 공구리 치면 일 끝나겠다 싶어 자전거를 끌고 철물점 쪽으로 갔어요."

"그게 걸어가지! 왜 코앞의 상점에 자전거를 타고 가! 가길! 뒤로 자빠져서 코가 깨지려니까."

남자가 다시 여자를 노려보았다. 여자는 빤히 남자를 바라보았다. 남자가 커다란 글라스에 소주를 콸콸 부었다.

"좀 천천히 드시지요, 어르신."

강 변호사가 겨우 끼어들었다.

"아, 그런데 내가 자전거로 집 앞에서 한 십 미터 갔나? 그년 딸 리나가 확 나타나 내 사이드 미러와 부딪히고 넘어진 거야. 그래서 자전거를 세우고 봤더니 리나가 벌떡 일어나. 내가 '리나야, 너 어디 보고 다니냐? 여기 차도 다니는 덴데 조심해야지. 어디 다쳤나 보자' 하니까 애가 뭐에 정신이 팔렸는지 말로는 '예, 아저씨. 저 괜찮아요, 갈게요!' 하더니 그대로 저기로 뛰어가버리더라고. 그래 돌아보니까 리나 또래 아이들이 몰켜서 뭘 하고 있더라고. 그래 나는 못을 사 와서 박고 공구리 치고는 공사 대금 청구서를 그 집에 놓고 집으로 왔어요."

"그러니까 처음부터 선금으로 다 받고 일을 시작해야지, 왜 그년이 꼬리 친다고 그렇게 덜컥 일을 시작해, 왜! 당신도 그년 다리 보고 사족을 못 쓴 거잖아."

여자가 다시 끼어들었다. 남자는 이번에는 그녀 쪽을 전혀 보지 않은 채 잠시 말을 멈추었다가 다시 말을 이었다.

"그런데 며칠 후 우리 집에 경찰이 찾아온 거야. 내가 집 앞에서 담배를 피고 있는데 다짜고짜 내 이름을 부르더니 경찰서까지 가야 되겠다는 거야. 놀라서 내가 경찰서에 갈 일이 뭐 있냐니까 뺑소니 신고가 들어왔다 이러더라고. 내가 음주운전 걸려서 면허 취소된 이후로 요새 운전도 안 한 지 몇 달인데 무슨 뺑소니냐니까 가보면 안대."

"그러길래 왜 술 처먹고 운전을 하고 다니고 지랄이야, 지랄이."

"운전 안 했다니까!"

"그전에 말이야."

강 변호사와 이나는 약간 어이가 없었다. 남자는 이번에는 결심을 했다는 듯 절대로 여자 쪽을 바라보지 않았다.

"갔더니 이해리가 접수한 고발장이 있더라고. 어이가 없었지. 사정을 이야기하니까 경찰이 그래. 아, 별것도 아니고 이웃끼리 그게 뭐 뺑소니라고 하고 집에 가라고 하더라고. 그런데 검찰에서 연락이 왔어. 가보니 송치가 되어 있고 기소 의견이 나온 데다가 그 자리에서 구속을 시키더라고. 내가 음주운전 자숙 기간인데다가 죄질이 나쁘다는 거야. 리나가 팔이 부러지는 전치 삼 주의 부상을 입었고 정신적 충격으로 학교도 못 가고 있다고."

"다 거짓말이야!"

여자가 다시 끼어들었다. 처음으로 두 사람의 의견이 일치하는 것 같았다. 둘은 이번에는 서로를 노려보지 않았다. 대신 둘 다 소주잔을 다 비웠다.

"변호사 양반, 원래 안 되는 거 알지만 나 여기 창문 열고 담배, 열불이 나서 아우! 좀 피워야겠소. 룸이니까 뭐……."

"아 그게. 여기가 금연이라. 그러시면…… 안 돼……."

강 변호사가 말릴 새도 없이 남자는 담배를 물었다. 강 변호사가 일어나 창문을 열었다. 바다 쪽에서 다시 해무가 밀려들어오고 있었다. 안개는 거대한 담배 연기 같기도 하고 백발을 흐트린

마녀의 가느다란 머리카락 같기도 했다. 이나는 문득 그 창밖이 숨이 막혔다. 이 사람들이, 이 상황이, 안개가……. 담배 연기는 방 안으로 쉴 새 없이 역류해왔다. 이나는 기침을 했다.

"그래 꼼짝없이 재판에 갔어요. 내가 뺑소니 전과가 실은 하나 있어요. 판사가 그걸 묻더라고. 아이가 심한 충격을 받아 정신과 치료를 받는다고……. 그래 육 개월을 꼬박 살았어요. 육 개월을! 더 웃긴 건 목욕탕 공사 대금 육백을 못 받은 건 물론이고 혹시 합의가 될까 싶어 공탁금을 이백만 원 걸어놓았는데 그것만 딱 가져가고 입을 씻었어. 우리 집사람이 가서 지랄을 했나 봐. 그랬더니 그년이 하는 말이 '콩밥 더 오래 먹고 싶어 그러나?' 이러더라는 거야."

"그게 아니야! 이렇게 말했어. '아주머니가 이러시면 아저씨가 더 괴로워요. 제가 거기 간수 오빠들 좀 알거든요.'"

여자가 다시 끼어들었다.

"나중에 그 이야기를 들었는데 교도관 놈들이 얼마나 지독하게 해대는지 내가 곱징역을 살았어. 그게 다 이 여자가 가서 지랄을 해갖고."

"내가 뭘 어쨌다고 내 핑계야! 괜히 애는 치어갖고 생활비도 없어 빚만 지게 한 사람이 누군데."

"시끄러! 내가 일부러 그랬냐고."

"그러니까 그전에 술 처먹고 운전은 왜?"

70

순간이었다. 전혀 여자 쪽을 보고 있지 않던 남자가 여자의 얼굴을 그대로 팔뚝으로 올려 때렸다. 무방비 상태의 여자가 뒤로 벌러덩 나자빠졌다. 자빠지며 올라간 발이 상을 올려 차는 바람에 음식상이 출렁거리며 덕자찜이 엎어지고 술병이 쓰러졌다. 여자의 입에서는 피가 약간 배어나오고 있었다. 여자보다 더 놀란 이나가 수건을 들어 여자의 입술을 닦아주려는 찰나, 여자가 큰 몸으로 번개같이 일어서더니 소주병으로 남자의 머리를 뒤에서 내리쳤다. 미처 손 쓸 수도 없는 시간들이었고 한번 시작된 싸움은 상을 다 엎고 병이 깨어지고 깨진 병을 밟은 그들의 발에서 흘러나온 피가 바닥에 여기저기 족적을 남기고서도 끝나지 않아 끝내 주인이 부른 경찰이 방으로 들이닥치고서야 끝났다.

"괜찮아요? 운전할 수 있겠어요?"

신고를 받고 출동한 경찰에게 변호사라고 명함을 내밀고 이혼 상담 중에 그랬다고 둘러댄 후, 음식점에 음식 값은 물론 청소비까지 지불해야 했다. 아마도 다시는 한이나의 이름으로 예약을 받아주지 않을 것이었다. 경찰이 그들을 병원까지 데리고 간다며 신고 간 후, 강 변호사가 이나에게 물었다.

두 사람은 바다가 보이지 않는 바닷가에 둘만 남았다.

"운전은 할 수 있어요. 다만 술을 약간 마시고 싶어요. 연 데가 있을까요, 이 근처에?"

한이나의 목소리는 의외로 차분했다. 얼이 나가 있었는지도 모른다. 강 변호사는 잠시 망설이다가 차에서 내렸다. 그러고는 이나 쪽으로 와서 문을 열었다.

"일단 술 한잔 합시다. 내가 웬만하면 안 그러는데 나도 정신이 다 나갔네. 안개 때문에 음주 단속은 안 하겠지만 차는 위험할 듯해요."

두 사람은 해무가 몰려오는 바다를 걸었다. 걷다가 보니 이나네 동네 쪽이었다. 해변 입구 가게에서 파라솔을 두엇 펴놓고 맥주를 팔고 있었다. 약간 축축하고 찬 기운 속에서 두 사람은 파라솔 밑에 앉았다. 강 변호사가 소주와 새우깡 그리고 가게에서 파는 골뱅이 무침을 주문했다.

"여기가 이나 씨네 동네예요?"

"무진 참 좁죠? 십 분만 가면 저희 집이에요. 차는 제가 내일 아침에 가서 가지고 올게요. 안개에게 잡아먹히지 않는다면."

"안개에게 잡아먹힌다?"

"저는 가끔 어릴 때부터 저 안개가 두려웠어요. 한번은 엄마랑 걸어가는데 엄마가 사라진 거예요. 순간 안개가 엄마를 잡아먹었다는 생각이 뜬금없이 들었어요. ……참 무서웠어요. 어둠도 아닌 것이 모든 것을 가려버리잖아요. 어둠은 전등 하나 켜면 내몰 수 있는데 안개는 어떤 것으로도 거둬지지 않아요. 안개 스스로 걷힐 때까지 말이에요……. 내 생각에, 왜 그 동화 알지요? '이 세상에서 제일 힘센 것은 무엇인가?' 기억나요? 제일 센 것을 찾아가면서 맨 처음에 해가 제일 센가 하는데 해는 구름이 가리고 구름은 바람에 불리고 바람은 벽에 막히고 벽은 생쥐에 갉히고 생쥐는 고양이에게 먹히고 고양이는 개에게 쫓기고 개는 나에게 엎드린다……. 나는 이 세상에서 안개가 제일 무섭다고 생각했어요. 안개를 뚫고 나올 수 있는 건 단 하나! 소리예요. 그런데 그 소리는 저절로 나오는 게 아니고 사람이 입을 열어야 해요. 무언가가 때려져야 하고 울려져야 하고 외쳐야 하고……."

소주와 잔 두 개 그리고 참기름 냄새와 오이 냄새가 신선하게 나는 골뱅이 무침이 나왔다.

"무진……. 처음이라고 하셨죠?"

이나가 잔에 소주를 따르며 물었다.

"예, 몇 번 일 때문에 방문은 했지만 머무는 건 처음이에요."

"저도 이십 년 만에 고향에 왔는데 제가 없는 동안 빌딩도 올라가고 카페들은 번쩍이고 백화점까지 생겨났지만…… 사람들의 말은 더 거칠어지고 고함은 더 커지고 폭력은 더 일상화한 것 같아요. 지옥으로 들어선 것 같아요. 헬로! 헬 무진! 정글 같아요……. 바닥의 사람들이 제일 먼저 희생되지요. 소망원 사람들처럼……. 그리고 아이들, 여자들, 약자들……. 그러나 그들조차 서로 잡아먹고 있어요. ……오늘 그 사람들처럼……. 무진에서는 늘 그랬어요. 인간이 인간을 두려워하게 만들어요……."

"좀 예민해진 것 같군요. 이번 일이 끝나면 괜찮아지겠죠. 그래

도 명물이 많더라고요. ……바다도 이쁘고 인심도 좋고 음식도
맛있고 전통도 있고 사람들은 점잖고 서로 돕고."

"사람들은 점잖긴 해요. 서로 돕고."

이나는 말을 해놓고 갑자기 킥킥 웃었다.

"그래요! 그렇군요. 점잖죠. 어른들은 대놓고 창녀촌에 못 가
죠. 저쪽 공단 뜨네기들이면 모를까. 그래요, 왜 이런지 알았어요.
점잖은 사람들이 점잖아서 해리에게 넘어간 거예요. 야만에게.
날것의 누드에게…… 정성일 씨 보세요."

강 변호사는 잠시 입을 다물었다.

"정성일 씨 말이에요. 그런 끔찍한 경험을 하고도 쾌락을 쫓아
두 번이나 이해리에게 봉침을 맞으러 더 갔다? 채수연 씨……. 모
두가 결점 있는 사람들……. 해리에게 왜 속수무책으로 잡혀 있
는지 이제 알 것 같아요. 다들 가진 작은 약점 때문에 꼼짝달싹
못 하는……. 해리는 모든 사람의 약점을 기가 막히게 이용하는
능력을 가졌네요. 기자 생활 십여 년에 인간에 대해 많이 안다고
생각했어요. 그런데 이번 일을 겪으면서 나는 아무것도 예측하지
못하고 있어요. 내 모든 지성, 내 모든 경험, 다 속수무책이에요.
이렇게 나 자신이 바보 같고 무력하게 느껴진 건 열일곱 살 이후
처음이에요. 무진에만 오면 지성도 이성도 지식도 모든 게 속수
무책인 듯이 느껴져요."

강 변호사는 아무 말 없이 이나의 빈 잔에 술을 따라주었다.

"변호사 되고 나서 나도 한동안 그런 감정에 시달렸어요. 생각보다 굉장들 하더라고요. 저 탄광촌에서 온갖 꼴 다 보고 자랐다 생각했는데 멀쩡한 도시, 멀쩡한 사람들 속에서 끔찍한 일은 훨씬 더 많이 있더라고요……. 세상 바꾸려고 민주노총에도 가보고 했지만 요즘은 자꾸 다른 생각이 들어요. 과연 세상이 변할까? 사람은 안 변하는 게 아닐까? 사람이 안 바뀌는데 세상이 어찌!"

"그래요? 난 많이 변한 것 같은데."

해무는 두 사람을 감싸며 밀려와 이제 두 사람이 앉은 파라솔은 구름에 휩싸여가는 듯했다.

"어떻게 변했어요, 한 기자는?"

"변했죠, 윤이나에서 한이나로. 꼼짝 못 하던 성범죄 피해자에서 고발 기자로."

강 변호사가 피식 웃었다.

"그런 거 말고요. 그런 거 말고…… 어릴 때 만났던 친구들 다시 봐요. 다 그러고 있어요. 중학교 때 여학생 치마 들추던 놈은 아직도 룸살롱 가서 여자들 치마 들추는 거 전문이고 중학생 때 선생들에게 고자질하던 놈들은 삼성 들어가서 노조하는 사람들 까바치며 고자질하고 있고……. 사람은 안 변하는 거 같아요. 만일 어떤 친구가 변했다고 느껴진다면 그건 우리가 어려서 사람을 잘못 본 걸 거예요."

이나가 큰 소리로 푸하하하 웃었다.

"어떤 친구가 변했다면 그건 우리가 어려서 사람을 잘못 본 거라고요? 이 말 왜 이렇게 와닿지?"

밀려드는 해무 때문에 파라솔은 구름 위로 펼쳐진 듯이 보였다.

"〈구름 속의 산책〉이라는 영화를 본 적이 있는데 꼭 그런 기분인걸요."

소주 한 병을 다 마시고 일어서서 두 사람은 길을 걸었다. 물결의 기척도 느껴지지 않았다. 기분 나쁜 고요가 안개 속에 자욱했다. 바닷가 방죽을 따라 걷다가 이나가 갑자기 그 자리에 주저앉았다. 그리고 치미는 욕지기 때문에 등을 둥글게 말았다. 강 변호사가 핸드백을 받아 들고 엎드린 이나의 등을 가볍게 두드렸다.

"괜찮으니까 다 토해요."

이나는 몇 번 헛구역질만 했다. 속이 많이 답답했다. 눈물이 송골송골 맺히자 가뜩이나 우유 속에 빠진 듯한 가로등 빛이 더 뿌옇게 번졌다.

"안 나와요. 고마워요……."

이나가 핸드백을 뒤지려고 하자 강 변호사가 손수건을 내밀었다. 손수건은 따뜻했다. 아마도 그의 뒤 호주머니에 들어 있었나 보았다. 순간 망설이다가 이나가 입을 닦고 자신의 핸드백에 그걸 넣었다. 약간 부끄러웠고 또 약간 울고 싶었고 약간 비명을 지르고 싶은 기분이었다. 이나는 입을 꾹 다물고 터벅터벅 걸었고 강 변호사는 약간 뒤에서 그녀를 따라왔다. 그리고 이나의 집에 다다르자 그가 이나를 대문 안으로 들여보내며 말했다.

"경찰 없어도 괜찮겠죠? 난 천천히 걸어갈 테니 무슨 일이 있으면 바로 전화하세요."

"감사해요. 무슨 일이 있겠어요?"

강 변호사는 두 어깨를 움찔하더니 웃었다.

"그렇긴 하죠. 오늘은 큰길 쪽에서 내려오는 게 아니라 바다 쪽에서 올라오느라고 그 집 앞에 멍청히 서 있지 않아도 되었네요."

대문을 닫으려던 이나가 "네?" 하고 돌아보는데 벌써 강 변호사는 안개 속으로 사라진 뒤였다.

제3부

저 여자가 그랬습니다

도대체 왜 악이 역사 안에서

그렇게 열매를 많이 거두는가?

그것은

"역사를 지배하는 악의 힘이 더 강력한 것도,

악이 역사에서 더 현실적이어서가 아니라

선이 풍성하지 못하기 때문에,

선이 전통을 단지 보수적인 몽매와 관습으로

잘못 이해하기 때문에,

선이 삶에 대한 시험의 극복을

삶의 한복판에서가 아니라 그 주변에서 행하기 때문이다."

—나치 수용소에서 죽은 신학자, 알프레드 델프

「역사와 인간」 중에서

주 하느님께서 사람을 부르시며 "너 어디에 있느냐?" 하고 물으셨다.

그가 대답하였다. "동산에서 당신의 소리를 듣고 제가 알몸이기 때문에 두려워 숨었습니다."

그분께서 "네가 알몸이라고 누가 일러주더냐? 내가 너에게 따 먹지 말라고 명령한 그 나무 열매를 네가 따 먹었느냐?" 하고 물으시자, 사람이 대답하였다. "당신께서 저와 함께 살라고 주신 여자가 그 나무 열매를 저에게 주기에 제가 먹었습니다."

주 하느님께서 여자에게 "너는 어찌하여 이런 일을 저질렀느냐?" 하고 물으시자, 여자가 대답하였다. "뱀이 저를 꾀어서 제가 따 먹었습니다."

주 하느님께서 뱀에게 말씀하셨다.

"네가 이 일을 저질렀으니 너는 모든 집짐승과 들짐승 가운데에서 저주를 받아 네가 사는 동안 줄곧 배로 기어 다니며 먼지를 먹으리라."

—「창세기」 3장 9~14절

0.4

　　내부인들만 볼 수 있는 프로그램을 열자 《무진일보》 남 기자의 기사는 검은색으로 표시되어 있었다. 드롭, 그러니까 누락이었다. 채택된 파란 기사와 수정 중이란 의미의 빨간 기사들 틈에서 남귀영 기자란 이름이 초라해 보였다. 요 며칠 소망원 관련 기사는 다 검은색이었다. 남 기자는 들고 있던 소망원 자료를 책상 위에 거칠게 내려놓았다. 데스크가 돋보기를 끼고 작업을 하고 있다가 남 기자를 힐끗 보았다. 남 기자가 그런 데스크를 의식하여 무슨 말인가 하려 하자 그는 얼른 다시 신문에 시선을 고정시키는 척했다. 그러고는 심드렁한 목소리로 물었다.

　"미스터 남, 왜?"

　미스터 남이라고 부를 땐 기사를 누락시킬 때였다. 기사를 쓰라고 할 때는 남 기자라고 불렀다. 술자리에서는 귀영아, 했지만 말이다. 어쨌든 그는 이 세 가지 분류를 다른 기자들에게도 쓰고 있었는데 나름대로 사람을 대하는 일관성 있는 방식이라고 생각하는 것 같았다.

"부장님, 아니, 요새 소망원 기사가 얼마나 클릭 수가 많은데, 지난번 제 기사―장애인이 솥에 빠져 사망한 사건―도 얼마나 많이 기록했는데, 왜 제 기사를 또 드롭하시는 겁니까?"

부장은 돋보기 너머로 남 기자를 바라보며 대꾸했다.

"자꾸 쓰면 뭐 해. 가뜩이나 사회도 뒤숭숭한데……."

데스크는 신문의 다른 면을 들추며 말했다.

"미스터 남, 우리 따뜻한 거 하자, 응? 기사를 좀 따뜻하게."

"부장님 생각입니까? 위에서 그러라는 겁니까?"

부장은 알 듯 모를 듯 흐흐 웃었다.

"따뜻한 게 뭐 어때서. 이제 날도 추워질 텐데."

"참 나, 삼백 명이 죽고 지금도 죽어가고 고문당하고 있는데 따뜻? 그런 거 쓸까요? 따뜻한 인두로 지진다, 뭐 이런 거!"

데스크는 신경질적으로 대꾸하는 남 기자가 뜻밖에도 귀엽다는 듯 흐흐 하며 웃었다.

"자네는 왜 그렇게 비뚤어졌나, 응? 그리고 언제부터 그렇게 장애인들에게 관심이 많나? 응?"

남 기자가 어이없다는 듯 바라보자 데스크는 계속해서 웃었다. 느물거린다기보다는 그 말을 하는 자신이 스스로 생각해도 어이없어서, 라고 남 기자는 생각하기로 했다. 일견 그게 옳기도 할 것이었다. 누가 모를까? 언론이라는 말을. 그러나 그 말이 기자들의 머리 속에서 사라진 지 이미 오래였는지도 모르겠다. 밥벌이를 하는 처량한 월급 노동자가 있을 뿐이라는 생각은 스스로들 제일 많이 할 것이었다.

"야, 남 기자, 미스터 남, 귀영아, ……나 널 보면 있지, 옛날 내 동영상 보는 거 같아. 내가 딱 니 나이 때 그랬거든."

남 기자는 데스크 쪽을 바라보지 않았다. 남 기자는 물론 그의 말을 다 믿지도 않았지만 그 말이 다 거짓이라고도 생각하지는 않았다.

"우리 딸 셋, 서울로 학교도 못 보냈는데 무진에서 시집이라도 잘 보내야 할 것 아니냐. ……공정한 언론하고 회사의 이익이 상충되면 남 기자, 미스터 남, 아니 귀영아, 난 당연히 회사의 이익이야. ……회사가 날 버리지 않는 한 난 그건 지킬 거야. 응!"

그는 묻지도 않은 말을 덧붙였다. 이렇게 솔직히 나오는 것은 이 부서의 다른 기자들의 자리가 다 비어 있기 때문이기도 할 것이다. 아직 그 쥐꼬리만 한 양심은 남아 있기는 해서 만일 부서의 다른 기자들이 자리에 앉아 있다면 데스크는 이렇게 솔직히 나오지는 못했을 것이다.

"노예들이 어느 순간부터 자랑질을 시작한다고 하더군요. 내 쇠사슬은 명품이야."

남 기자가 책상 아래 놓아둔 자신의 구두를 꺼내 신으면서 대답했다. 한때 기레기가 아니라 언론인이 되고 싶었던 적이 데스크에게도 있었을까? 데스크는 하하, 하고 웃었다.

"그게 말이야, 다 생각하기 나름이야. 얼마나 긍정적인 사고냐고. 이왕이면 쇠사슬이 명품인 게 낫긴 하지."

한심하다는 표정을 바꾸지도 않고 남 기자가 의자에 걸쳐두었던 윗도리를 걸쳤다.

"그렇게 생각하시면 잠이 좀 잘 오시나 보죠."

"어디 가려고? 응? 괜히 주교 뒤 파고 다니지 말고……. 아무리 교구가 운영하는 《무진매일신문》이 우리랑 경쟁 신문사라고 해도 너무 사생활 들추면 치사한 거잖아, 응?"

"주교를 파면 뒤에 뭐가 있는 거 공공연한 비밀인가 보군요. 나보고 파지 말라고 하는 걸 보니……. 예, 멀쩡한 소망원 사람들 삼백 명 죽을 동안 자기가 세운 다섯 명짜리 나자렛 장애인 공동체 가서 봉사하는 사진 대문짝만 하게 내는 거랑, 거기 나자렛 공동체 집사 부부가 키우는 아들이 이상하게 주교를 닮았다는 거 절대 못 말하죠."

"아이, 이 사람…… 큰일 날 소리! 주교도 남잔데 파면 뭐라도 나오지 않겠어. ……그리고 세상에 여자가 달려드는데 마다할 남자가 어딨냐 말이야. ……그런데 어디 가? 나 이제 솔직히 네가 움직이면 무섭다, 무서워."

"취재하러 가요. 오늘 시장이 '무지하게 인문학을 사랑하는 무진 사람들의 모임'에 온대요."

"그래? ……굿 아이디어! 그거 참 좋네."

경멸을 감추지도 않은 표정으로 데스크를 보았는데 부장은 정말이지 자신의 쇠사슬이 명품인 것이 자랑스러워 못 견디겠다는 듯 웃는다고 남 기자는 생각했다. 그는 언제나 생각해오던 의문을 또 생각했다.

"이걸로 찌르면 사람이 잘 죽어요"라거나 "이걸로 묶어두면 사람이 정말 꼼짝 못해요", "이거 사람 밥에 섞으면 쥐도 새도 모르게 죽어요" 하는 무기를 파는 사람이 있다고 한다면, 그가 그런 걸 파는 행위를 비난하는 사람들에게 "저기요, 저 처자식 있거든요, 저만 바라보고 있거든요, 목구멍이 포도청 아닙니까" 한다면…… 그를 어떻게 생각해야 할까. 과연 정의를 추구하지 않는 기자라는 게, 정말 알아야 할 사실을 보도하지 않아서 결론적으로 진실이 다 죽어갈 때, 이 기사 월급쟁이들은 그 쇠사슬이나 사람 죽이는 칼을 파는 사람하고 같을까 다를까. 언제부터인가 기자들은 쓸 수 있는 것과 쓸 수 없는 것을 자체적으로 검열하기 시작했다. 자체 검열은 검열자가 바라는 궁극의 목표이기도 하다.

"그래……. 아까 말한 대로 오늘 '무지하게 인문학을 사랑하는 무진 사람들의 모임', 이런 거 기사 써. 시장도 온다니 시장이 좋아하는 시 하나 거기서 낭송하겠네. 말을 들으니, 무진 제일의 유서 깊은 부자 김남우 씨네 바닷가 집이라니까 좋잖아. 응, 남 기자! 거기 그 동네 노을이 죽이는데 거기서 시를 낭송하는 시장!

캬! 무진의 품격이 막 살아난다. 나는 말이야, 요새 무진 시청에 새로 내건 그 구호 좋더라고! 품격 무진!"

1

수술은 내일 오전 일찍으로 결정되어 엄마는 오후부터 금식에 들어갔다. 이나가 병실 화장실에서 손을 씻고 나오는데 중년의 신부 두 사람이 엄마의 병실로 들어섰다. 이곳이 무진 가톨릭 대학 병원이었고 엄마가 내일 수술을 앞두고 있었으므로 그리 이상한 광경은 아니었다.

"평화를 빕니다"라는 인사와 함께 들어선 두 사람은 얼떨떨해하는 엄마에게 병자성사를 주고 싶어 했다. 뜻밖에도 엄마는 순순히 그러마고 했고 긴 영대를 걸친 신부들 뒤에 이나까지 서서 이십여 년 만에 성호를 긋게 되어버렸다. 얼결에 따라 긋는 성호였는데 기분이 이상했다. 엄마 역시 그랬는지 어느덧 눈물이 그렁그렁해 있었다. 아무래도 암이라는 이름이 붙은 병을 치료하는 수술을 앞두고 마음이 약해져 있었나 보았다. 그런 의미에서 종교는 위안이었다. 확실히 인간이 어쩔 수 없는 선 끝에 갔을 땐 그랬다.

"자매님, 수술 잘될 겁니다."

두 사람은 조용히 기도를 마치고 잠시 엄마의 병실 의자에 앉았다. 얌전하고 조신한 며느리처럼 이나는 그들에게 주스를 내밀었다.

"저는 여기 무진 가톨릭 대학 병원 원목 신부이고요, 여기는 제 동기 신부입니다."

두 사람 중 키가 크고 호리한 쪽이 입을 열었다. 그가 가리킨 동기라는 신부는 키가 그리 크지 않고 어깨가 넓은 대신 눈이 깊었다.

"아, 그러세요. 신부님들 반갑습니다. 저는 오승화 소피아입니다."

두 신부는 웃었다.

"저희야 화백님을 알고 있지요. 무진 주교님께서 저희 교수 신부님이셨을 때 가끔 어린 시절 여자인 친구로 화백님 이야기를 하셨어요. 그때 여자란 너무 생뚱맞아서 도저히 내 손에 들어올 수 없는 존재란 걸 알고 일찌감치 독신으로 살 생각을 하셨다고요."

엄마가 활짝 웃었다.

"그건 거짓말이고요. ……웃자고 그랬겠지요. 그 사람, 주교님 농담은 하나도 재미가 없어서 늘 진담처럼 들리거든요."

신부 두 사람은 오렌지 주스를 손에 들고 어디까지나 예의를 지키는 범위 내에서 유쾌하게 웃었다.

"실은…… 이 친구는 여기 원목이고…… 제가 화백님을 같이 찾아뵙자고 부탁을 드렸습니다. 저는 최성 미카엘 신부입니다. 소망원에 있습니다."

이나의 귀가 미세하게 쫑긋해졌다.

"저는……."

최성 미카엘 신부는 잠시 머뭇거리다가 입술을 한번 앙다물고
는 다시 입을 열었다.

"백진우 신부와 동기이기도 하고."

"그와 같이 학생회 간부였어요. 학창 시절 내내 그와 함께 지
냈죠."

원목 신부가 말을 거들었다.

이들이 여기 왜 왔을까, 이나는 엄마가 아까 산책하다가 벗어
놓은 스카프를 개면서 귀를 기울였다.

"따님도 계시니까 잘되었습니다. 저희가 백 신부를 대신해서
어떻게 사과를 드려야 할지."

처음으로 최성 미카엘 신부와 이나의 눈이 마주쳤다. 깊다고
생각한 눈은 생각보다 퀭했고 보기에 따라 약간 슬퍼 보였다. 남
자의 눈이, 저런 것은 처음 본다고 이나는 생각했다. 이상하게 그
의 눈빛이, 슬픈 눈빛이 이나에게 남았다.

"사과……."

"무엇보다 저희 교구 동료 신부에게 고소를 당하시고, 저 같은
경우는 소망원……에 있습니다만 제가 오기 전이긴 하나 거기서
돌아가신 분의 유족에게……."

"죄송한데요, 난 신부님들 이런 게 좀 좋지 않아요. 아무리 동기고 같은 교구라 해도 엄연히 어른이 되면 다들 독립된 인간인데 꼭 누구의 잘못을 대신해서 이러는 건 착한 것도 아니고, 뭐 인격이 훌륭한 것도 아니고 그냥 좀 원시적인 것 같은……. 자꾸 그러니까 실은 비리들도 척결 못 하시잖아요. 무슨 다들 같은 집안 문중 사람들 같은 얼굴로. 신부 하나에게 무슨 일 일어나면 그게 다 자기네 일이고……. 조선시대부터 내려온 집안 문중들 같아요."

두 신부는 부끄러운 듯 하하 웃으며 대답했다.

"그런가요. ……하하, 죄송합니다."

"그래서 그 사과는 별 의미가 없고요. ……이왕 오셨으니까 묻고 싶어요. 신부님들이 보시기에 백 신부는 어떤 사람입니까?"

엄마는 엄마의 성격처럼 단도직입적으로 물었다. 두 신부의 눈이 끌리듯 마주쳤다. 그리고 곤혹스러운 듯이 최성 신부가 입을 열었다.

"꿈에도 생각하지 못했어요. ……뭐 학교 다닐 때 누구라도 이런 생각을 하게 하진 않겠지만 특히나 그는."

"그렇습니다. 젠체하지 않았죠. 우리가 젊어 잠이 많을 때도 그는 언제나 우리보다 삼십 분 먼저 일어나 기도하고 있었어요. 기도에 빠지는 일도, 술 때문에 외출에서 늦는 일도 한 번도 없었죠. 우리는 그를 보며 늘 다시금 우리의 소명을 다짐했고…….

그는 우리의 영웅 같은 사람이었어요. 어쩌다 이렇게 변했는지……."

자기도 모르게 이나가 얼굴을 찌푸렸다.

"어쩌면 교구가…… 소망원을 비롯해 많은 일들을 잘못 처리하고 있어서 그가 비뚤어진 게 아니었을까, 우리는 그렇게 생각하며 가슴이 아픈 중입니다. 좋은 교구였다면 그가 그럴 확률이 적어지겠죠. ……요 몇 년 들어 교구가 자꾸 경직되니까 그가 급격히 비뚤어진 것 같습니다. 죄송합니다. 내일 수술받으시는 건 저희가 몰랐고, 찾아뵙고 기도나 드리려고."

최 신부의 얼굴은 금세 고통스럽게 일그러졌다.

강 변호사와 헤어지기 전에 그가 한 말이 이나를 스치고 지나갔다.

"인간은 변하지 않아요. 만일 변한 친구가 있다면 우리가 어려서 그를 잘못 본 거예요."

"신부님은 인간이 변한다고 생각하시나요?"

불쑥 이나가 물었다.

최성 신부는 난데없는 이나의 질문에 약간 놀라는 듯한 기색으로, 그러나 말하자면 몹시 신부다운 표정으로 대답했다.

"예, 전 한이나라고 합니다."

"그렇죠. 교리에 의하면…… 그렇죠. 그러니까 어디까지나 가능성으로."

"예를 들어 말이지요, 제가 직장에 있는데 제 직장의 오너가 바뀌어 분위기가 갑자기 경직된다고 해서 제가 그런 짓을 저지를까 생각해봤어요. ……저 같으면 그냥 저를 지키기 위해서—이런 말이야 한참 뒤에 변명처럼 생각해내는 것일 테지만— 그냥 그만두게 될 거 같아요. 교구가 악해지니 나도 악해진다……. 그런 것이 과연 변명으로 가능할까요? 게다가 백 신부는 악해지는 교구로 인해 나름대로 명성이라면 명성을 얻은 사람이에요. 교구로부터 마음이 이탈해서 갈 곳 없는 신자들이 그의 휘하로 몰려들었으니까요."

확신에 차고 긴 이나의 말에 두 신부는 잠시 입을 다물었다. 이나는 순간 너무 많은 말을 했다는 것을 깨달았다.

"우리 애의 말이 맞아요, 신부님……. 그분 우리 애가 중·고등학교 다닐 때 우리 본당 보좌로 계셨어요. 그때도 이미 그 사람 나쁜 짓 했어요."

원목 신부가 거북해하는 표시로 엷게 미소를 지었다. 이런 이야기를 하기에는 시기와 장소가 별로 좋지 않다는 것을 모두가 함께 느꼈던 것 같다. 최성 미카엘 신부는 명함을 한 장 꺼내며 말했다.

"언제든 도울 일 있으면 연락 주십시오. 그 문제에 대해 한번 자매님과 말씀을 나누고 싶군요."

이나도 백 속에서 명함을 한 장 꺼냈다.

"소망원에 대해 취재하게 해주시겠어요?"

순간 최 신부와 이나의 눈이 마주쳤는데 부싯돌에서 피어나는 약하고 푸른 불꽃 같은 것들이 휘익 피어올랐다. 원목 신부가 오히려 당황한 눈빛이었다.

"예! 제 능력이 되는 범위 내에서라면 얼마든지요."

그날 밤 처방된 수면제를 맞고 잠든 엄마를 두고 이나는 병원을 나왔다. 운전을 하고 하운으로 들어서는데 전화가 걸려왔다. 김남우였다.

"어디야?"

"엄마 병원에서 가는 길. 거의 다 도착했어."

"이나야."

"응."

"그날 일에 대해서 내가 너에게 사과를 해야겠다는 생각이 들었어."

이나의 목소리가 갑자기 굳어졌다.

"……어느…… 날?"

남우는 조금 웃었다.

"어느 날이긴……. 며칠 전 우연히 하운 집에서 만난 날……."

이나의 얼굴로 어떤 안도감 같은 것이 가벼이 내려앉았다.

"그날 뭐?"

"그날 내가 본의 아니게 백 신부하고 해리 두둔하는 듯이 느껴져서 너 힘들었잖아."

이나는 조금 웃었다.

"왜 그런 생각이 들었어?"

"오늘 하운 집에서 '무지하게 인문학을 사랑하는 무진 사람들의 모임'—우린 그걸 줄여서 '무무사'라고 불러—에 시장이 왔거든. 시를 아주 좋아하는 분이야. 내가 좋아하는 형이기도 하고. 그런데 거기 난데없이 이해리와 백 신부에게 해고당했다는 사람이 왔어. 너도 만났다고 하더라고."

"……이수미 씨가?"

"응……. 그래, 뚱뚱한 아줌마, 말끝마다 주님의 종이라고 하는."

"주님이 가라 했다고 해?"

"하하하. 응, 그러더라. ……그래서 시장님 쫓아다니면서 엄청 설명을 하더라고. 시장님이 시간 없으면 지리산에서 온 순진한 시인들 붙들고 하고……. 그래서 결론은 시장님께서 내일 널 좀 보자고 해서."

"무슨 소리야?"

"이나야, 내가 진작에 도와줄 수 있었던 일이었어. 해리 이야기 그리고 백 신부 이야기를 다 들었어. 내가 간곡히 부탁도 했지만 시장님이 내일도 일정이 빡빡한데 특별히 일찍 오라고 하시더라고. 이해리가 자격도 없이 센터를 운영하는 중이고 그 자료도 있다고 하니까 몹시 노발대발하셨어. 청렴도 전국 1위의 무진시를 만들려고 그렇게 노력하는데 아랫사람들이 정말 협조를 안 한다면서 화를 좀 내셨지. ……내가 오랜만에 너 데리러 갈게. 아침에 보자. 떠나면서 문자할게."

시장은 젊고 날씬하고 스마트한 인상의 사람이었다. 아침 일찍 이나를 데리러 왔던 남우가 설명한 대로 오랜 학생운동 출신의 민주주의자이고 패기 있는 정치인이라는 평이 어울렸다. 가끔 지리산으로 가서 시인들과 막걸리를 마시고 시를 낭송하는 멋진 그 사람은 하얀 와이셔츠 바람으로 그들을 맞았다. 할아버지들이 앉아 있는 부동산 사무실에서 볼 수 있는 관공서용 소파 대신 스타벅스에서나 볼 수 있는 직사각형의 탁자에 모던하고 심플한 의자들이 놓여 있는 시장실엔 커피 향이 퍼지고 있었고 살구 잼이며 와일드베리 그리고 이 고장의 명물인 매실 잼과 꿀, 버터……, 이 고장의 대나무로 짠 바구니에 담긴 갖가지 빵과 삶은 달걀, 연어와 얇은 햄이 담긴 아침이 준비되어 있었다. 우리나라의 시장실이 언제 이렇게 젊어졌나 싶은 생각이 들었다. 잠시 후 시장의 비서라는 사람이 "죄송합니다. 오늘 막내가 소풍 가는 날이라 김밥을 싸주고 오느라고요" 하며 뒤늦게 도착한 이수미를 데리고 시장실로 들어섰다.

자연스레 빵과 커피를 권하고 나서 시장이 입을 열었다.

"깜짝 놀랐어요. 어제 김 원장에게 이야기 듣고 말이지요. 안 그래도 오승화 화백님 피소 건을 뉴스로 보고 깜짝 놀라고 있던 중이었는데…… 저희 시청에서 뭔가 잘못을 했다고……."

"시장님, 먼저 우리를 만나도록 시장님의 마음을 열어주신 하나님 아버지께 감사를 드립니다. 어제 말씀드린 대로 저는 부당해고 당했고."

"그래요, 이수미 씨 해고 건은, 그건 자초지종을 어제 들어 제가 비서에게 바로 알아보라고 했고요. 우리 한 기자님은……."

"죄송합니다, 아침부터……. 그녀와 백 신부가 행하는 비리가 심각합니다……."

이나는 차근차근 자신이 들은 이야기들을 설명했다. 처음 이 사건에 휘말리게 된 이야기부터 남편을 빼앗기게 된 채수연, 감옥에 간 인테리어 업자, 그리고 봉침을 맞고 모든 것을 빼앗기게 된 정성일까지……. 그녀는 아직도 그 장면을 기억한다. 왜 기억하고 있는지는 몰랐다. 시아버지와 전남편의 이야기는 의혹이므로 뺐다. 자신이 시장과 거기 둘러앉은 사람들에게 무슨 설명을 어찌 했는지는 다 기억나지 않았다. 그러나 그때 마치 구름에 해가 가리듯 휘익 어두워지던 시장실의 분위기. 경악하던 김남우와 이수미……. 그런데 눈을 내리깔던 시장의 얼굴, 빵을 집어 들고 생각 없이 씹던 시장의 모습은 영화의 인상적인 컷들처럼 남았다.

다른 이야기 같지만 한번은 취재차 누구를 좀 미행하다가 급히 택시를 탄 적이 있었다. 핸드폰으로는 뉴스텐의 사수와 계속 통화를 하고, 그 통화 도중에 이나는 급하게 손짓을 하며 "좌회전이요, 좌회전"이라고 말했다. 차는 우회전했고 다시 한 번 이나가 팔을 휘두르며 "기사님, 좌회전이요" 했을 때 기사는 다시 우회전을 해 이나는 무사히 목적지에 내렸다. 내리기 전 기사가 이나에게 말했었다.

"젊은 분이 그러네……."

"네?"

"보통 아줌마들이 그래요. 입으로는 '아저씨, 좌회전해주세요, 좌회전이요', 이러면서 손으로는 오른쪽을 가리키죠."

"헉, 제가 그랬어요? 맙소사! 그런데 어떻게 이렇게 잘 도착하신 거예요?"

그러자 나이가 지긋한 운전기사가 빙긋이 웃으며 대답했다.

"첨엔 무쟈게 헷갈렸는데 이젠 그 사람 말하는 거하고 몸짓이 다를 때는 그냥 그 사람 몸이 하라는 대로 해요. 몸이 진짜예요."

그 뒤로 사람의 진심을 알고 싶을 때, 그러니까 몸의 느낌과 그 사람 말이 다를 때 이나는 그 기억에서 모든 소리를 소거하기 위해 뮤트(mute) 상태로 상상해놓은 채로 머릿속으로 필름을 한 번 돌린다. 그러면 뜻밖의 진실이 드러나게 되는 일이 대부분이었다.

아마도 이제 와 생각해보니 이나는 이수미가 자신에게 준 자료를 시장에게 내밀면서 지나치게 사태를 낙관했을지도 몰랐다. 언제나 흥분하면 그렇듯이 상대의 표정을 잘 살피지 않고 일종의 팩트들을 밀어붙인다고나 할까. 말이, 그러니까 논리가 우세한 삶을 교육받고 살고 우월하다고 믿었기에 늘 직관들을 배반했었다. 그때까지도 이나는 그랬다.

따로 시간을 낼 수 없어서였을 거라고 이해는 했다. 그래서 이른 아침에 이들을 부른 것 같았다. 자리에서 일어설 때 시장의 얼굴은 아주 어두웠다. 이나는 그가 책임감을 가지고 이 사태를 엄중히 바라보는 것이라 혼자 '좋게' 생각했다. 그러나 마치 신 수녀를 대했던 그 순간처럼 무언가—어둡고 좋지 않은 느낌—가 그녀에게 남았다. 과장해서 말하면 "제 지갑 이십 년 쓴 거예요. 합의금으로 받은 삼천만 원, 그 돈이면 우리 장애인들 먹고 싶은 거 실컷 사줄 수 있나요?" 하고 TV 속에서 순진하게 말하던 해리를 볼 때와 비슷한 어떤, 희미하고 결코 꼬집을 수도 없고 논리적으로 도저히 설명할 수 없는 무엇이, 자연스럽지 않은 '오버'가, 그러나 분명 존재하는 것을 느꼈다는 것이다.

2

"분명히 이야기했지? 그런데 시청 직원들은 계속해서 딴전을 피우고 있어. ……이해가 안 가."

서유진은 이나에게 이렇게 말하며 접시에 남은 파스타를 포크에 돌돌 말았다. 시청 실무자들과의 미팅을 앞두고 가진 점심 자리였다.

"자격이 안 되는 사람, 자격 박탈하는 데 무슨 딴청을 피워요? 시장이 좀 스마트하던데 시청 직원들이 너무 나이브한 거 아닌가요? 시장 안 무섭다고……?"

서유진은 알리오올리오 파스타를 마저 입에 넣으며 잠깐 망설이다가 대답했다.

"그게 아니고……. 뭐랄까, 자꾸 나를 못 오게 하고 이수미하고 일을 해. 뭐 명분은 해고를 시킨 사람을 내세워야 한다고 하지만 무언가 이상해. 일단 무슨 일을 할 때 자꾸 사람을 가리면 여기에는 뭐가 있는 거거든. 거기다가 이수미는 초보고 나는 이런 일 바로 하는 베테랑이라면 베테랑인데."

"뭐가…… 있다고 의심이 간다면 그게 뭐가 있을 수 있는 거죠?"

"일단 자격이 가장 큰 문제인데……. 자신들은 특혜를 준 적이 없어 폐쇄는 곤란하다고 하는 거야."

"말도 안 돼요. 사회복지사 자격 얻은 지 일 년도 안 돼서 센터장이 된 거잖아요?"

"그러니까 말이야. ……공무원들이 원래 회피하고 책임 안 지려고 하는 건 있는데 이건 좀 심한 듯해. 일단 오늘 두 시에 들어가 미팅을 하기로 했으니 들어가보자고. 시장이 분명 단호하게 처리하라고 했다고 했지?"

"그럼요. ……무슨 시정 평가 그런 게 있는데 무진이 일 등 되는 게 자기 목표라 하던데?"

"흠……. 정말로 그걸 원하는 사람이라고 보기엔 뭐가 석연치가 않아."

"무진 제일치과 김남우 원장 말로는 시장님이 너무 심하게 민주주의를 해서 시청에 기강이 안 선다고 하던데."

"그건 좀 아닐 거야. 비서하고 과장 일부는 오래전부터 시장의 손과 발인 사람들이야. 그들이 이 일에 붙었어. 좋게 보면 시장이 직접 자신의 뜻을 관철시킨다는 것이고 나쁘게 보면 시장의 시꺼먼 복심이 그들을 통해 표현된다고 할 수도."

"시장…… 좋은 사람이라고……. 현재 지지율이 육칠십 프로를 항상 웃도는……."

"그게…… 좀 여러 가지 의견이 있어. 나야 늘 시청이랑 각을 세워야 하는 사람이니까 그렇긴 한데, 시장에 대해서는 평가가 좀 극단적으로 달라."

"어떻게요?"

"스마트한 민주주의자라는 평과 노회한 정치 사기꾼이라는 쪽."

"두 개 너무 다르다. ……의원걸요! 아줌마 생각은요?"

"둘 다 가능성이 있지만…… 관직에 오른 사람에게 일단 환상은 금물이니, 뒤쪽의 이야기가 어떤 근거를 가지고 있는지 살펴보는 게 좋겠지. 일단은 출신에 관한 것인데……. 시장이 89학번이에요. 학생운동 출신 맞아. ……그런데 이게 말이야, 89학번이면 이미 87년에 독재 정권이 한풀 물러난 뒤라서 80년대 초나 중반하고 또 달라. 80년대 초, 중반에는 학생운동 이퀄 바로 감옥! 그런데 그땐 아니었거든. 뭐랄까. 개나 소나 학생운동 하던 그런 때라는 거지. 그리고 졸업한 후 시장의 첫 직장이 전 시장 비서실이었어. 이게 얼핏 보면 아무것도 아닌 것 같은데 전 시장이 무진의 적폐 1호였던 사람이거든. ……89학번이면 88올림픽 지나고 호황이 계속될 때라 대학 졸업생 남자들 거의 다 기업에 취직했던 때라는 거, 그런데 새파란 젊은이가 그것도 학생회장 출신이 기초의원부터 시작하는 것도 아니고 노회한 정치인의 비서로 들어갔다. ······이게 시사하는 바가 좀 있는 거지."

"듣고 보니 그러네요."

"그래. 시민 단체 쪽으로 가서 일을 하다가 시장으로 올 수도 있고 길은 많아. 그런데 그는 말이 좋아 수행 비서이지 가방모찌 쪽을 택했던 거야. 적폐들에게 음모 꾸미는 법, 오리발 내미는 법, 이런 나쁜 거 다 배울 수 있는 절호의 찬스!"

"시민 단체에 가서 밑바닥을 체험하지 않고 그냥 바로 상층부로 들어갔다."

"······그래, 보자고 한번. 그나저나 엄마 수술은 잘 끝나고 회복은?"

"예, 잘 끝났고 의외로 수술 부위도 작아요."

"에후, 그런 좋은 소식도 좀 듣고 살아야지. 갑시다. 시청으로. 이수미 씨는 그리로 직접 온다고 했어요."

그때 전화가 울렸다. 강 변호사였다.

"예, 접니다. 백진우가 이나 씨 고소 취하했어요."

이나는 놀란 눈으로 서유진을 바라보았다.

"네?"

"취하했다고요. 전 예측하고 있었어요. 이나 씨를 고소하면 페이스북의 그 성추행이라는 구절을 문제 삼을 거고, 성추행을 다투어서 자기에게 유리할 게 없으니까요. 오늘 페이스북 보니까 명목상으로 마치 이나 씨 모녀를 배려하는 듯하게 써놨더라고요. 봤어요?"

"아니요. 저 무서워서 페이스북 못 해요. 엄마도 못 하게 했고요."

"무리는 아니지요. 원래 성추행범들이 고소 못 해요. 검찰 조사 들어가면 다 밝혀지거든요. 일단 들어봐요."

한이나 모녀의 고소를 하나 취하했습니다.

한이나 씨의 모친인 오승화 화백께서 최근 암 수술을 받으셨다고 하네요.

저는 그분의 쾌유를 위해서 기도했습니다.

그래서 한 분만 남기고 한 분은 취하했습니다.

아무리 죄가 미워도 인간은 미워하지 말아야 하며

저는 그리스도인으로서 그분들 누구도 미워하지 않고……

이나가 비명을 질렀다.

"그만하세요. 그 뱀 같은 위선을 듣는 것도 끔찍해. 페이스북을 끊었는데 또 들어야 하다니요."

"……그래요, 이해해요. 그런데 이 작자가 말이지요, 그러면 아픈 오승화 화백 고소를 취하해야 하잖아요. 그런데 이나 씨 고소를 취하한 거예요. 두려우니까, 성추행 건이."

"뱀 같아요. 정말 목소리도 그렇고. 지금 생각하니 머리도 좀 작고 생긴 게."

"하하하, 이제 용모까지! 그런데 인간들 여기에 넘어가 또 찬양 댓글들……. 참 나, 바보 집단 같아요. ……아무튼 그건 그렇고. 내 손수건 주십시오."

"손수건요? 아, ……네."

회의실에는 시장의 비서와 시청 쪽 과장 두 명 그리고 이쪽에 서는 서유진과 이수미 그리고 한이나가 앉아 있었다. 서유진이 입을 열었다.

"뭐, 더 보실 것 있겠어요. 시장님 부임 전, 전 시장님 때 있었 던 일이니 책임지실 일도 많지 않지요. 자격이 미달이니 그냥 직 권으로 승인 취소를 하면 끝나는 일이잖아요."

"……그게요."

안경을 낀 작은 체구의 여자 과장이 입을 열었다.

"그쪽에서는 좀 다른 주장을 하고 있어요."

"무슨 주장요?"

"사회복지법에 따르면 이렇게 되어 있어요. 문제가 되는 조항이 요. '사회복지사 자격을 취득한 자로서 삼 년 이상 사회복지 법인 에 근무한 자로서…….' 이게 센터장 자격인데요."

"예, 이해리가 그 자격 미달이잖아요."

"그녀가 사회복지사 자격을 따기 전에 삼 년을 근무했다고 주 장해요."

서유진이 어이없다는 듯이 웃었다.

"그거야, 이해리 그분은 원래 아무 말 주장 대잔치 하시는 분이니 그렇지요. 취득한 자로서 삼 년! ……그러니까 이해리는 아니잖아요."

"그게요."

안경 낀 공무원이 안경을 올리며 억양 없는 말투로 다시 말했다.

"그분의 의견을 아주 무시할 수는 없어요. 저희는 어디까지나……."

"지금 농담하시는 거지요?"

"저희는 공정해야 해요. 그분의 이의 제기를 무조건 무시하고 가면 나중에 또 어떤 민원이 들어올지 몰라요. 저희의 처지를 이해해주시기 바랍니다."

이나가 나섰다.

"아니 사회복지사 자격을 딴 자로서 삼 년 근무 안 했고 사회복지사 자격 딴 지 일 년 만에 센터장이 되었는데 무슨 이의가."

안경은 이나를 똑바로 바라보았다. 그녀의 눈에 이상한 적의가 번득였다. 이나는 순간 섬뜩해졌다.

"압니다. 두 분의 의견이 다 일리가 있어요. 그래서 저희가 법제처와 보건복지부에다 문의를 해놓았어요. 답변이 올 때까지 기다려보지요."

"답변이 언제 오는데요?"

이수미가 물었다.

"그건 저희도 모르죠."

서유진이 발끈하며 끼어들었다.

"여보세요, 과장님. 지금 장난하시는 것도 아니고요. 일 년에 삼억 예산이 지원되는 단체에 관한 일이에요. 국민 세금으로요. 사회복지사 자격을 취득한 자로서……. 이건 자격을 말하는 조사, 우리 나라 국어 시험에 엄청 나오는, 수단을 의미할 때의 '~로써'와 다른 자격으로서의 그 '~로서' 조사 이야기잖아요."

서유진을 무시할 수 없었던 시 관계자들의 얼굴이 일순 굳었다. 그들은 전전 시장—비록 다른 정당 소속이긴 했지만—이 '도가니 사건'으로 어떤 곤혹을 치렀는지 잘 알고 있었다. 그 중심에 서유진이라는 여자가 있었다는 것도 말이다. 순간 회의실에 팽팽한 긴장감이 돌았다

"자, 자……. 서 소장님 말씀도 일리가 있고 해요. 맞아요. 그렇지만 우리도 어디까지나, 여기 담당 과장님도 자기 입장에서 그리 말씀하실 이유가 있으니까 좀 식히시고요. 서 소장님, 우리 예전의 그 보수 정당 아니에요. 우리 진보 정당이고요……. 우리 믿으셔야 해요. 설마 도가니 때 그 정당 생각하시고 이러시면 안 돼요. ……믿어야죠. 믿는 건 우리 이수미 샘이 제일 잘하시더라고요. 우리 같은 교회 신자예요."

남자치고 콧소리가 많이 들어간 말투로 주서경 비서가 말했다.

이수미가 빙긋이 웃었다.

"그러니 일단 과장님들 감사해요. 제가 더 이야기할 테니 그만 나가보시죠."

머리를 하나로 질끈 묶은 안경 과장은 자료를 탁탁 챙기며 예의 그 알 수 없는 적의의 시선을 서유진과 한이나에게 던졌다. 이나의 가슴이 이상하게 툭, 가라앉았다.

주서경 비서는 잠시 나가더니 주전자에 커피를 가득 담아가지고 돌아왔다. 커피 향은 신기하게도 아주 진했다. 오후의 회의로 피곤하던 세 여자는 그 커피 향에 어느 정도 마음이 풀어지고 있었다. 그는 쟁반에 작은 케이크도 가지고 들어와 세 사람에게 내밀었다.

"향이 좋은데요."

이수미가 말하자 주서경 비서가 웃었다.

"오늘 세 미녀가 오시면 특별히 잘 모시라고 우리 시장님이 신신당부하셔서 제가 손수 준비했어요. 이 케이크는 우리 집사람이 구운 거예요, 당근 케이크."

세 사람은 잠시 긴장에서 벗어나 웃었다.

"그리고 이건 루왁 커피. 이건 돈 주고도 못 사는 거지요."

"루왁요? 그거 고양이 학대하는 커피라 동물 보호 단체에서 먹지 말자고 캠페인 하는 거잖아요. 고양이들 가두어놓고 사료 안 주고 억지로 커피콩만 먹여서 똥으로 나오는 커피라고. 동영상 보고 고양이들한테 정말 미안했는데."

순간 커피를 들던 세 사람이 멈칫했다. 주서경 비서의 얼굴에 곤혹스러움이 지나갔다.

"아이 참, ……나 서유진 소장님 무서워. ……아우, 센 언니……. 내가 우리 시장님도 안 무서워하는데 서 소장님은 정말 무서워. 우리야 임기 끝나면 여기 무진 시청에서 나가는 사람이지만 서 소장님은 무진의 영원한 실세야, 정말."

그가 알랑거리는 말투로 너스레를 떨었다. 서유진도 너무 까탈을 부렸다 싶었는지 입을 다물었다. 주서경이 잠시 커피를 마시며 당근 케이크와 루왁 커피에 대해 말하다가 자세를 고쳐 앉았다.

"우리가 고민을 했는데, 봐요……. 서 소장님 그리고 한 기자, 이수미 샘, 기껏 시에서 취소하면 저 사람들 분명히 또 반론 펴고 제소하고, 이러면 우리 목적이 달성이 안 돼요. 그러니까 이렇게 합시다. 제가 무진 지검에 아는 사람들 좀 있어요. 그 사람들에게 인지수사 형식으로 이들의 비리를 제보하는 거예요. 특히 봉침으로 돈 갈취하고 장애인들 결국 성적으로 학대한 거 같이 엮어서. 그래야 우리가 나중에 허가를 취소해도 이 사람들 아무 말 안 하지, 안 그러면 또 제소하고 이의신청하고, 그러는 동안 우리 시장님 임기 끝나면 몽땅 도로 아미타불이에요. 그러니까 이렇게 합시다."

"검찰에 수사 의뢰를요?"

한이나가 물었다.

"그거 하더라도 일단 허가 취소는 하시고."

"글쎄, 아, 서 소장님, 잠깐만요. 그게 아까 법제처하고 보건복지부에 의뢰를 했잖아요. 그거 기다리는 데 부지하세월이에요. 그러니 내 말대로 해요. 그리고 검찰에 고발할 그 고발자는 우리 서 소장님이 하시면 약간 정치색이 있을 것 같고, 우리 한 기자는 피고소인 신분이고, 그러니 순수한 피해자인 우리 이수미 샘이 하면 문제가 없을 듯해요. 어때요, 이수미 샘."

"아 뭐, 전 하라시는 대로 하는 거예요, 주님께서요. 오늘 가는 길에 교회 갔다가 기도해보고요."

주서경 비서는 사람 좋게 웃었다.

"하하, 그래요. 저도 오늘 저녁 예배 가려고 하는데 같이 기도해봐요. 틀림없이 하나님도 그러라고 하실 거예요."

이수미가 반색을 하며 물었다.

"비서님도 계시를 받으신 거예요?"

"계시? 아······. 하하, 그거 뭐 특별히 받나요. ······그게 그러니까 늘 하나님과 함께 있는 거니까······."

서유진의 얼굴이 일그러졌다.

"이상하군요. 검찰에 수사 의뢰는 일단 이 사람들 센터가 불법인 것을 밝히고 나서 해도 문제가 안 돼요. 시에서 왜 이러는지 모르겠지만."

주서경이 서유진의 말에 끼어들며 이나에게 말했다.

"오 화백님 수술 잘 되셨다면서요? 시장님이 금일봉 보내셨어요. 특별히 아름다운 꽃바구니하고요, 입원비 보태시라고요. 찾아가 뵈어야 하는데 죄송하다고 전해주세요. ……서 소장님, 글쎄, 폐쇄한다니까요. 법제처에서 답 오면요……. 뭐가 문제입니까, 아무 문제 없어요."

그는 사람 좋게 웃었다. 그는 무진 시청에서 제일 원만한 사람이었다. 사람들에 의하면 그랬다.

3

강 변호사의 손수건은 잘 다림질되어 탁자 위에 올려
져 있었다. 게 요리를 하는 식당에 앉아 이나는 노을을 바라보고
있었다. 요 며칠간 날씨는 한국의 가을이란 이런 것이다, 라는 것
의 표본처럼 좋았다. 그래서 노을이 더 짙었을 것이었다.

"드디어!"

강 변호사가 들어서며 인사 대신 말했다.

"드디어 바다를 봅니다. 아따, 정말 보기 힘든 이 바다 말입니
다. 지척에 놓고."

그동안 전화와 문자 메시지로만 연락하다가 직접 보는 것은 오
랜만이었다. 왈칵 반가운 마음이 들어 이나는 자기도 모르게 활
짝 웃었다. 강 변호사가 자리에 앉으며 약간 의외라는 표정으로
말했다.

"한 기자도 그렇게 활짝 웃는 때가 있어요? 다른 사람 같아요."

이나는 문득 이렇게 활짝 아무 생각 없이 웃었던 때가 언제였
는지 생각했다. 잘 기억나지 않았다.

"그런데 이 손수건은 그렇게 오래 그 집에 있었으면 알도 품고 새끼도 치고 그래서 한 대여섯 개가 돌아와야 하는 거 아닌가 요? 짐 다 뉴질랜드로 부쳐놓고 손수건도 없이 돌아다니는 사람 생각도 해줘야죠."

"손수건이 알을 품어 게를 낳았대요. 오늘 좋은 요리를 사드리죠."

두 사람은 게 요리를 먹었다. 노을은 바다 위로 스러지고 있었다. 물은 썰물이어서 드넓은 갯벌은 하늘처럼 진한 오렌지빛이었다. 맑은 하늘과 갯벌에 고인 물 전체가 주홍빛으로 물들었다. 서녘에 있는 커다란 독에서 하염없이 진한 오렌지 주스를 붓고 있는 듯했다.

"대단하네요. 이게 그 유명한 노을이군요."

"그럼요, 바로 이거예요. 오늘 제대로 보여주네요."

이나는 그렇게 말하려고 입을 열었다. 그러나 무엇이 이나의 목을 확 틀어막았다. 목이 메어와 말을 못 한다고 하는 순간 이나는 자신이 이 무진에 와서 저 유명한 노을을 피하고 있었다는 생각을 했다. 왜냐하면 노을이 이렇게 불타던 20년 전 그날부터 이나는 다시는 이전의 그녀가 아니었기 때문이었다. 아니 이전의 그녀일 수가 없었기 때문이었다. 노을 때문은 아니었지만, 노을이 아니었다면 백 신부와 학생들이 일부러 성당에서 여기 하운 바다로 오지는 않았을 것이었다. 아이스크림을 사가지고 올 만큼 노을을 기다리지 않았을 것이다. 그랬다면 이나도 백 신부와 둘이 남지 않았을 것이었고 그렇다면 남우와 그녀는 설사 그 이후 어떻게 되지 않았다 해도 그렇고 그런 좋은 연인이 되었을 것이었다. 서울 이모 집에 짐을 풀고 밤마다 눈물을 흘리며 지구의 끝으로 혼자 떨어져온 듯한 외로움에 시달리지 않아도 되었을 것이다. 성당에 계속 나갔을 것이고 열심히는 아니지만 주일학교 교사나 뭐 그런 비슷한 것이 되어 가끔은 하느님을 부르며 의지하기도 했을 것이다. 모든 것이 노을의 잘못은 아니었지만 저 유명하고 장엄한 무진 하운의 노을이 없었다면 인생은 어떻게 바뀌었을까. 살구나무 집에서 두 아이를 낳고 '무무사' 회장을 하는 남편의 시중을 들고 있었을까. 그렇다면 고소당하고 엄마가 봉변을 당하는 그런 일도 없었으리라. 인생은 대체 얼마큼 신비한 것일까. 그런 많은 생각들이 폭발하듯이 터져 나왔다.

얼마큼이었을까, 이런 생각 속을 헤매어 다닌 것이. 어쩌면 1분도 되지 않는 순식간이었을지도 모르고 어쩌면 침묵을 동반한 긴 시간이었을지도 모르겠다. 순간 시간은 탄력을 잃어버려 이나는 도저히 시간을 가늠할 수 없었다. 문득 정신을 차려 현실로 돌아와보니 강 변호사가 자신을 뚫어지게 바라보고 있었다. 이나는 마치 꿈에서 깨어난 것처럼 약간 당황했다.

"그동안 고생 많으셨어요."

그는 잔을 내밀었다. 이나는 건배를 하고 찬 화이트 와인을 마셨다. 잔에 따라놓은 와인이 아직 찬 것으로 보아 다행히도 시간이 그리 많이 흐른 것 같지는 않았다.

"후회해봤자 늙기만 하고 울어봤자 기껏 코만 푼다고 했죠? 그때 우리 수녀원에 다녀오던 날…… 서울서 차 엄청 막힐 때."

이나는 비로소 긴장을 풀고 조금 웃었다.

"……서유진 아줌마가 한 말요. ……또 있다, 열 받으면 피부 망가지고."

"하하, 그래요. 깊이 생각해봤자 술만 땡기고."

두 사람은 같이 웃었다.

"서유진 씨가 은근 내공 있어요. ……대단한 분이에요."

이나는 고개를 끄덕였다.

"세어보니까 서유진 씨가 아줌마면 나도 이나 씨한테 아저씨뻘이더라고요. 무려 내가 구 년을 더 살았으니! 에휴, 내가 한 기자보다 후회할 일이 억수 많겠지요?"

"헐! 구 년이에요?"

"왜요? 이나 씨랑 비슷한 동기로 봤어요?"

"아니요, 서유진 아줌마랑 비슷한 80년대 학번 아저씨이신 줄."

이나의 너스레에 두 사람은 잠깐 웃었다.

"와인 좋아해요?"

강 변호사가 물었다. 이나는 "네, 물론 좋아하죠" 하고 대답했다. 그럼, 하고 강 변호사는 건배를 하고 다시 찬 와인을 이나에게 따랐다.

"저도 좋아해요. 탄광 출신이란 이야기는 저번에 했죠. 변호사가 되고 처음으로 와인 좋은 걸 먹어봤죠. 꿈의 세계 같았어요. 와인 공부하고 강좌 따라다니고……. 아무튼 어느 날 와이너리 하는 고향 친구가 추석 때 와인을 한 병 보냈어요. '이거 재벌집 따님들이 특별히 좋아하는 거라 이번 추석에 새로 수입했다. 한 병 남아 보낸다.' 이런 말을 하더라고요. 무지하게 비싼 거라고요. 아꼈죠. 차마 못 따겠더라고요. 민주노총 그만두고 혼자 이민 결심하고 있는데 그렇게 쓸쓸할 수가 없었어요. 이게 뭔가? 내가 바로 살고 있는 건가? 나 자신이 초라하고 비참하고 슬픈 거예요. 세상에 좋은 사람이 되고 싶었는데, 정말 노력했는데, 돈도 명예도 바란 거 없는데. 그때 와인이 떠올랐어요. 아, 오늘은 마시자. 이런 날 내가 나 자신에게 상을 주자 싶었어요. 혼자 집에서는 술을 잘 안 마시는데 와인을 따서 디캔팅하고 폼을 잡고 한 잔을 들었죠. 재벌 딸들이 좋아한다는 것은 어떤 맛일까? 재벌 딸들은 재수 없지만 와인이야 죄가 없으니까……. 그래서 마셨죠."

이나의 눈이 반짝 빛났다.

"어땠어요? 무슨 맛이던가요?"

"맛요? 드럽게 이상하고 맛없는 맛이었어요. 심지어 시기까지."

이나가 큭큭 웃었다.

"화가 나더라고요. 디캔팅이 덜 되었나 싶어 다시 한참을 해서 또 마셨어요. 더 이상해."

이나는 이제 많이 웃었다.

"화가 나서 와인을 준 친구 놈에게 전화를 했어요. 전화를 받길래 '야, 인마. 너 뻥친 거 아니야? 이거 진짜 재벌 딸들 마시는 와인 맞아?' 하니까 친구 놈이 맞대요. 그래도 혹시나 이름을 대보라기에 긴 이름을 댔죠. 프랑스산이었는데……. 그래서 '그런데 인마, 이게 맛이 왜 이래?' 하니까 친구 놈이 '어떤데?' 하더라고요. '맛이 없어, 시고. 비싸다며 이거?' 하니까 잠깐 있다가 친구 놈이 대답했어요. '너한테 비싼 와인은 무슨 맛이어야 하는데?'"

이나가 잔을 든 채로 눈을 반짝 빛냈다.

"막상 그 질문을 받으니 할 말이 없었어요. 친구 놈이 다시 물었죠. '무슨 맛이어야 네게 비싼 와인이 낼 타당한 맛인데? 인마, 네가 무슨 맛을 상상했는지 모르지만 그거 좋은 와인이야. 그 와인은 그냥 그해의 하나뿐인 와인이라고. 다른 해의 그것과 비교해서도 안 되고 그해의 다른 와인하고도 다른 것이야……. 와인 격언에 그런 게 있어. 새 와인을 땄으면 옛 와인은 잊어라.'"

이나는 자기도 모르게 들고 있던 와인을 그대로 다 마셔버렸다. 눈시울이 뜨거워졌기 때문이었다.

"제가 오늘 좀 늦은 이유는."

그러고 나서 강 변호사는 다시 말했다. 식사가 거의 다 끝날 무렵이었다.

"막 여기로 오려는데 전화가 왔어요. 중요한 정보를 드릴 게 있다면서요. 누구냐고 물으니 일단 만나자고 하더라고요. 한 기자도 같이 오면 더 좋고. 무슨 정보냐고 물으니 대답합디다. 이해리에 대하여, 그리고 현 시장 박치수에 대하여."

"누군데요?"

"전 시장의 비서라고 하더라고요."

"믿을 수 있을까요?"

"한번 가봅시다. 나랑 같이인데 뭐 별일 있겠어요?"

그때 이나와 강 변호사의 핸드폰이 동시에 울렸다. 문자 메시지였다.

엔젤스 윙 오늘 밤 전격 압수 수색 실시. 이해리 실신, 백진우 바지에 오줌을 쌌다고 함. 기다리십시다. 정의가 승리합니다. ─무진 시장 비서 주서경.

일이 긴박하게 돌아가는 듯 보였다. 일단 강 변호사와 한이나는 하이파이브를 했다.

4

"무진에 이런 데도 있었나요?"

네온사인이 휘황한 거리에는 저녁 시간이 한참 지났는데도 차가 막히고 있었다. 발레파킹을 하는 사람들이 차를 분주하게 빼고 아슬아슬 주차시키느라 좁은 도로는 엉키고 있었고 그 와중에 공사까지 하느라 좁은 길이 파헤쳐져 있었다. 검은 양복에 나비 넥타이를 매고 머리를 짧게 깎은 젊은이들이 차에서 내리는 사람들의 문을 열어주고 에스코트를 시작했다. 북적이는 거리여서 네온사인은 더 휘황하고 번화했다.

'와일드 오렌지'는 삼 층짜리 건물이었다. 입구에서 강 변호사가 오 비서라는 명칭을 대자 귀에 리시버를 꽂은 검은 양복 하나가 그들을 안내했다. 삼 층으로 올라가자 검은 양복은 그들을 삼 층에서 대기하고 있던 다른 양복에게 안내했고 다른 양복이 그들을 룸으로 안내했다. 룸은 꽤 넓었다. 널찍한 소파들이 창가에 ㄷ 자로 놓여 있었고 그 가운데 커다란 테이블이, 그리고 소파의 반대쪽 입구에는 가라오케 시설과 대형 스크린이 놓여 있었다.

"농구는 못 해도 아이들 피구는 할 만큼 넓군요."

강 변호사가 말했다. 이나도 당황스러움을 감추지 못해 아무 말도 하지 않고 있었다.

두 사람은 커다란 소파에 조금 떨어져 앉았다. 이것이 그 유명하다는 룸살롱의 룸인가 보았다. 이나로서는 처음 들어와보는 곳이었다. 창밖으로는 해가 완전히 저버린 무진의 갯벌이 드러나 있고 조금씩 다시 바다가 밀려오는 것이 멀리서 흰 파도의 자취로 보였다.

잠시 후, 대학교수인 듯한 용모, 그러니까 질 좋은 모직 바지 정장의 지적으로 보이는 여자와 약간 허름한—이 빌딩의 검은 양복에 비해서— 캐주얼 차림의 남자 하나가 들어섰다. 여자는 50대 중반 정도로 보였는데 청담동 며느리 같은 의상에 키가 작고 날씬하고 조신한 모습이 그 시대의 전형적인 미인형이었다. 수수하고 엷게 화장을 하고 있었지만 그 안에서 나이와 상관없는 미모가 빛나고 있었다.

"앉으시죠."

여자가 말하고 이나와 강 변호사 그리고 오 비서라고만 자기를 소개한 남자가 자리에 앉았다.

이어서 짧게 깎은 머리와 검은 양복을 입은 남자가 양주와 얼음 그리고 요리를 내오기 시작했다.

그들에게 아주 낮고 조용하고 심지어 교양 있는 말씨로 지시하는 것으로 봐서 여자는 와일드 오렌지의 주인인 것 같았다. 약간은 황당한 상황이었다. 자료를 준다고 한 곳이 그저 카페 정도 되는 줄 알았던 이나는 이 일을 다 어떻게 생각해야 할지 모르는 기분이었고 그것은 강 변호사도 마찬가지인 것 같았다. 저 검은 양복의 조폭스러운 남자들이 그들을 번쩍 들어 데리고 가면 이나도 강 변호사도 그 길로 끝일 것 같았다.

"전화드렸던 오 비서입니다."

남자가 깍듯하게 인사를 하고 나서

"이렇게 와주셔서 감사합니다. 먼저 소개를 좀 할까요? 여기는 황 마담, 황 선생님이라고 부르시면 됩니다. 이 가게를 운영하신 지 이십 년쯤 되셨어요. 사실 여기 무진에서 내로라하는 사람들 중에 이 집 안 거쳐간 사람은 없지요."

라고 말했다. 강 변호사가 천천히 주머니에서 명함을 꺼냈다.

"임시로 이것밖에는 명함이 없네요. 민주노총 때……. 실은 지금은 민 변호사님 대신해서 이 일을 하고 있어요."

"아, 민 변호사님!"

황 마담 아니 황 선생―대체 여기 술집에서 무슨 선생님이라는 호칭이 필요할까 싶었지만, 이나는 자신을 진정시켰다―은 반색을 했다.

"민 변호사님하고 나, 우리 어릴 때부터 친구."

갑자기 황 마담의 얼굴에 화색이 번졌다. 지적인 용모는 어디까지나 용모였고 입을 열자 직업의 느낌이 배어나오기 시작했다. 화사하고 기분 좋고, 그러나 기름 바른 듯한……

"아하, 그러시군요."

"그럼요, 나 무진여중 때부터 민 변호사님 무진고등학교에서 무지하게 유명한 수재. 같은 동네 살아서 날 정말 이뻐했어요. 우리 영감 살아 있을 때 여기 두 분이 자주 들르셨어요."

"아, 우리 영감이라 하시면 전 시장님? 아, 그러시군요."

강 변호사가 좀 잡히는 게 있다는 듯이 말을 받았다.

"오늘 오 비서가 두 분 만난다고 자초지종을 이야기하기에 제가 이리로 모십사 특별히 부탁을 드렸어요."

"우리 황 선생이 우리 영감님, 그러니까 전 시장이신 전영웅 시장님을 무척 사모하셨죠."

황 마담이 수줍게 미소를 지었다.

"저야 뭐, 평생 멀리서 흠모했으니 좋은 안주 마련해드리고 편안히 해드린 거밖에 없어요. 참, 한이나 씨?"

이나는 '대체 이 사람들 뭐야' 하는 생각을 하고 있었다. 제일 유명한 민주 변호사가 밤이면 이런 데를 오다니, 진보 정당을 표방한 시장이라는 사람과 말이다. 아까 잠깐 보니 짧은 스커트에 등이 훌렁 파진 원피스를 입은 호스티스들이 이 복도 한편에 우르르 몰려 있었던 것이 떠올랐다. 대한민국 민주주의, 소위 진보 정당의 수준이라는 게 이런 건가, 뭐 이런 여러 가지 못마땅한 생각을 하고 있었던 참에 깜짝 놀라 "예" 하고 대답했다.

"어머니 오승화, 아마 나하고 무진여고 동기일 거예요. ……승화는 그때부터도 워낙 그림 잘 그리고 유명해서 난 알지만 그쪽은 날 모를지도 모르고."

"아, 예."

'엄마보다 열 살은 아래인 줄 알았더니 동갑이라고?' 이나는 생각했다. 이곳 무진에 오면 족보부터 시작해도 한 시간 이야깃거리는 충분하다. 이제 곧 어머니 이야기, 친부 계부 거기에 민 변호사까지 다시 나오면 밤을 새운대도 뭐 그리 심심치는 않은 것이 무진이었다. 이나는 이 자리가 불편했다.

"불편하시지는 않은지 모르겠어요. ……그럼 저는 왔다 갔다 할 테니까 불편한 거 있으면 부르시고요. 저는 그림자처럼 시중을 드는 사람이니 전혀 제 드나듦에 개의치 마시고요. 오늘 마침 제주에서 다금바리가 왔고 봉화산 송이도 좀 있는데 괜찮으실지. 이맘때 저희 가게가 그걸로 유명해서 무진의 한다하는 분들은 다 와서 맛보세요."

"아, 그런가요?"

강 변호사가 대답하자 황 마담이 다시 말했다.

"도우미들은 어떻게…… 보낼까? 세 명?"

"아, 그게."

순간 강 변호사가 이나의 표정을 살폈다. 이나는 순간 몹시 당황했다. 도우미라면 여자들이 나온다는 이야기였다.

"술 혼자 잘 마십니다. 술 마시는데 평생 누가 도와준 적은 없어요. 방해만 안 하시면 됩니다."

이나가 약간은 당돌하게 말했다.

잠시 어색한 침묵이 흘러갔다. 듣기에 따라서는 황 마담의 호의나 직업 그리고 이 장소 자체를 깔아뭉개는 말로 들릴 수도 있는 것이니까. 침묵과 어색함에는 술이 적절한 대용품이어서 얼음을 채우고 양주를 따르고 하는 동안 간단한 날씨와 안개 그리고 무진의 경기 등이 그렇고 그런 안줏거리가 되어 씹혔다. 황 마담은 여전히 교양을 잃지 않은 목소리로,

"그래요. 오늘 제가 초대한 것이니 도우미도 다 제가 초대하려고 했는데 불편하시다니……."

하며 이나를 다시 바라보았다. 강 변호사가 약간 초조한 빛을 띤 것은 이나의 표정이 몹시 불쾌해 보였기 때문이었을 것이다.

"예, 불편합니다."

이나가 잘라 말했다. 강 변호사의 얼굴에 이상한 안도감 같은 것이 어렸다.

"와주셔서 감사합니다."

잠시 뒤 오 비서가 처음으로 입을 열었다.

"도우미들은……. 저 누나는, 아, 여기 황 마담은 그게 최고의

접대인 줄 알아서 그러는 건데 우리 오늘 만남에 말도 안 되는 소리이고요. 만나려고 하니까 누님이 이곳으로 모셔오십사 했어요. 누님은 우리 영감, 죄송합니다. 전 시장님인 전영웅 시장님, 그러니까 무진이 낳은 천재. 이름 그대로 그야말로 우리 무진의 영웅. 그분이 최연소로 고시 합격하시고 스물세 살에 검사 시작하신 이후 검찰청장, 법무부 장관을 거치고 다시 무진으로 낙향하셔서 그래도 고향을 위해 뭐라도 하신다고 여기 작은 시에 처음으로 보수당과 맞서서 진보당으로 시장에 출마하시기 전부터 우리는 그분을 쭉 모셨죠. 그때부터 영감이라는 말이 입에 붙어서 저희는 그분을 영감이라고 부릅니다. 여기 황 마담이 평생을 바쳐 그분 뒷바라지를 했지요. 그래서 이해리에게 엄청 당했고 지금도 당하고 있으니까요. 시장이 여기 와일드 오렌지 앞의 길을 밤마다 땅을 파서 공사를 해요."

"네?"

한이나의 눈이 둥그렇게 변했다. 그러고 보니 아까 오는 길에 땅을 파서 공사를 하느라고 길이 더 막혔던 게 떠올랐다. 오 비서라는 이가 살포시 웃었다.

"믿을 수 없으시죠? 우리 시장님 꼼꼼하세요. 하하하."

꼼꼼하다는 말은 분명 좋은 뉘앙스는 아니었다.

"시장님 눈에 거슬리면 집 앞이 삼백육십오 일 공사를 하게 되는 진기한 걸 경험하게 되실 건데, 그 설명은 차차 해드릴게요.

……한이나 기자에 대해 검색을 좀 해봤습니다. 우리 강 변호사님에 대해서도. 믿을 만한 분이라고 느껴졌어요. 게다가 여기 무진 인권 센터 서유진 소장도 이나 씨를 돕고 있지요."

"서 소장님하고는 어떤……."

이나가 물었다.

"아, 그냥 서 소장님은…… 뭐랄까, 저희가 존경하는 분이죠. 도가니 사건이 없었다면 사실 우리 영감님이 보수를 물리치고 진보로 여기 시장에 당선되기 어려우셨겠죠. 서 소장님은 아마 저를 싫어하실 거예요. 잘 모르겠지만……. 그분은 이상하게 우리들을 다 싫어하시더라고요. 우리가 시청에 있어서 그런가."

이나는 대충 이 자리를 마련한 이들의 위치를 매김해보았다. 무진에 와서 더욱 느끼는 것이지만 적의 적은 결코 동지가 아니었다. 소망원을 반대하는 백진우가 그녀의 동지가 아니듯이. 현 시장을 반대하는 저들은…….

"……황 선생하고 나하고 고심 끝에 이 귀한 자료를 두 분께 드리기로 결정했어요. 저희 판단으로 두 분은 믿을 수 있다고 생각한 거죠. 오늘 한 기자님은 여기 이 자리가 조금은 어색하실 수도 있습니다만 그나마 좁은 무진 바닥에서 여기가 가장 입이 무겁습니다."

오 비서는 자리에서 일어났다.

"잠깐만요, 불을 끄고 제가 먼저 자료를 좀 보여드리겠어요."

오 비서라는 사람은 조명을 조금 어둡게 한 후 노트북을 켰다. 그리고 클릭하기 시작하자 낯익은 목소리가 들려왔다.

─그러니까요, 제가요, 임신을 했어요······. 돈이 필요해요······.

강 변호사와 이나의 눈이 어둠 속에서 마주쳤다. 이나가 침을 꿀꺽 삼키고 입 모양으로 강 변호사에게 말했다.
"해, 리, 목, 소, 리."
영상과 함께 소리는 계속되었다. 영상은 남자가 침대에 누운 모습, 자는 모습, 집 안으로 들어서는 모습이 짧게 짧게 연결되어 있었다.

─이해리예요. 이러시면 안 돼요. 저같이 힘없고 약한 여자를 이용만 하시고 버리시면 안 돼요.

해리는 서럽게 울고 있었다.

저 보수당 당사 앞이에요. 지금 여기 들어가 제가 가진 모든 걸 밝히고 분신자살하겠어요. 지금 들어간다고요. 시장님이 주신 편지, 선물, 문자 메시지, 목소리 다요, 다······.

해리예요. 영감님…… 저 사랑한다고 하셨잖아요. 저더러 이쁘다고……. 살 집도 마련해준다고 하셨잖아요. 우리 아기 어떻게 해요……. 저 영감님 집으로 갑니다. ……저 갑니다. 가서 대문 앞에서 우리 아기 배 속에 넣은 채 목매 죽어버릴 거예요.

저예요……. 냉동실에 얼려둔 우리 아기 택배로 부치려고요. 사모님 앞으로요.

저 같은 시골뜨기를 이용만 하고 버리셨어요. 힘있는 사람은 그래도 되는 겁니까? 저는 방송국에 보낼 편지를 다 써놨어요. 우리 리나 죽이고 저도 죽겠어요.

평생을 있는 사람들에게 당하고 살았어요. 영감님, 저 살려주세요. 저 살고 싶어요. 잘 살고 싶어요.

이어서 문자 메시지들이 대형 화면 위에 떴다. 비슷한 내용이었다. 소리가 그치고 화면도 끝나고 불이 들어왔을 때 세 사람은 누가 먼저랄 것도 없이 위스키를 마셨다.
"놀라셨지요? 제가 더 놀라실까 봐 수위 조절을 좀 했습니다. 돌아가신 우리 영감에게 혹여라도 누가 될 것은 뺐는데도 이 지경이지요."

"……뺐는데도 이 정도? 충격적이긴 합니다. 짐작도 가고요. 그러나 잘은 모르겠습니다. 설명을 좀."

강 변호사가 위스키를 한 잔 더 따랐다.

"그러니까 우리 영감이 법무부 장관 퇴임하시고 저 유명한 하운 바닷가에 집 짓고 내려오시면서 고향을 위해 뭘 해야겠다, 날마다 보수들이 가져가는 고향 시청 한번 찾아와서 내가 잘 만들어놓고 가야겠다, 이러시면서 시장에 출마하셨죠."

"그래요. 그때 그거 전국적으로도 큰 이슈였지요."

"예, 인기 열풍을 몰아 대단했지요. 유세마다 장관이었어요. 보수의 텃밭인 무진에서 격전이 시작된 거예요. 아직도 그날을 기억해요. 무진대에서 엄청난 유세를 하고 우리 시장님을 태운 차는 인파를 피해 뒷문 쪽의 호젓한 길로 빠져나오는데 갑자기 길 한가운데서 짧은 치마를 입고 머리가 긴 아가씨가 두 손을 흔들며 차를 막아섰어요. 영감님이 세우라고 하니까 아가씨―벌써 십 년도 다 된 일이네요―가 '후보님, 드릴 말씀이 있으니 절 좀 태워주세요' 하더라고요. 원칙적으로는 안 되는 거였는데 영감이 무슨 생각에서인지 태우라고 해서 아가씨가 우리 승합차에 탔죠. 생각해보세요. 우리들은 몇 날 며칠 거의 씻지도 못하고 땀내에 찌든 옷에 지쳐 있는데 상큼한 향수를 뿌린 아가씨가 짧은 스커트를 입고 그 차 안으로 들어서는 거지요. 영감 얼굴이 밝아졌어요. 그러자 여자가 명함을 내밀더라고요. '후보님, 평소부터 얼마나 존경해왔는지 몰라요. 저는 장애인들의 센터를 운영하고 있습니다. 제가 움직일 수 있는 표가 삼십 여 표쯤 됩니다. 물론 열심히 하면 백 표도 되지요. 저는 원래 후보님 존경하고 좋아하고 있었습니다. 이번에 저희 센터 좀 도와주세요. 한번 방문하셔서 장애인들도 보시고 애로 사항 좀 들어주세요.' 원래 후보들은 장애인 단체 아주 좋아해요. 장애인들은 단체로 투표하러 가고 정보가 적기 때문에 주로 인솔자들의 말을 듣거든요. 그리고 대개 선거 때 장애인 단체들은 거꾸로 후보들에게 자신들에게 필요한 시설이나 지원을 약속받지요. 그건 그리 나쁘지 않은 관례였어요. 그리고 그녀는 차에서 내렸지요. 유세가 계속되는데 밤마다 이 영감이 없어지는 거예요. 그러고 아침에 오는데 보면 생기가 살아나고 사람이 지치지도 않고 힘이 나고……. 그전에는 여기에 와서 가끔 술도 드시고 여자애들 시중도 받고 그러셨는데 와일드 오렌지도 싫다 하시고 유세만 끝나면 오셔서 잠깐 얼굴 내밀고 또 사라져요. ……아무튼 없어요. 어느 날 제가 물었죠. '후보님, 어딜 그리 가십니까? 어딜 가시든 제가 모셔다드리겠습니다.' 저하고는 피를 나눈 아들에게도 하지 못한 말을 하시는 사이라 저는 믿었지요. 그랬더니 이 양반이 얼굴이 빨개지는데 소년 같았어요. 그런 모습은 평생 처음 봤죠. 평생 공부만 하신 분, 평생 문중의 기대를 한 몸에 모으셨던 분, 고시 붙고 부잣집 사모님인 지금의 부인을 중매로 만나셔서 지금까지 여자에 대해서는 별생각 없이 살아오신 분, 그분이 해리에게 빠져버리신 거예요. ……막내딸보다 다섯 살이나 더 어린……. 그리고 말하셨어요. '이 사람아, 내가 저녁에 침을 좀 맞아. 정말 힘이 나네……. 나 젊어진 것 같지 않나?' 그리고 앞장서셨어요. 허름한 아파트였어요. 참 누가 보면 큰일 나겠다 싶은 허름한 아파트, 거기서 이해리가 나오더라고요. 저도 따라 들어갔죠. 해리가 음식을 한 상 차려놓고 영감을 기다리고 있더라고요. 영감이 말했죠. '내일 아침에 오게.' 우리가 농담으로 말하곤 했어요. '애로 사항을 들으러 가서는 에로 사항을 들으셨구나, 이거 큰일이네.'"

세 사람은 피식 웃고 아무 말도 하지 않았다. 나이 차이가 마흔 살이나 나는 것, 뭐 이런 것은 두 번째 문제였다. 당시 시장에 당선된 영감이라는 그는 유부남이라는 것, 이런 것도 두 번째 세 번째 문제였다. 중요한 건 해리가 이미 십 년 전에 정계로 발을 들여놓았다는 것이었다.

"보시다시피 시장에 당선되시고, 무지하게 바쁘셨지요. 행사가 있으면 이해리가 짧은 치마를 입고 나타났어요. 그 자리가 어디든 공개만 되는 자리면 다 오는 겁니다. 긴 머리에 짧은 치마, 가느다랗고 긴 다리……. 눈에 안 띌 수가 없지요. 영감님은 가끔 먼 친척 누님의 딸이라고도 소개를 하셨죠. 이해리는 시장님의 먼 친척 딸 행세를 하며 젊은 사람들과도 어울렸죠. 누가 봐도 이상할 게 없었어요. 당시 새로 진보로 바뀐 시청에는 희망을 가진 젊은이들이 득실거렸으니까. 해리는 먹거리가 풍성한 정글에 온 하이에나 같았죠. 제가 경험한 이해리는 악수도 다 이용해요. 신호를 보냅니다. 악수를 할 때 손가락 하나를 굽혀서 상대의 손가락에 신호를 보내는 거지요. 뻔히 내가 영감님 모시고 자기 집에 드나드는 걸 알면서 제 앞에서 짧은 치마에 노팬티로 가랑이를 벌리더군요. 죄송합니다, 이런 표현……."

이나는 눈을 내리깔았다. 입에서 자기도 모르게 탄식이 나왔다.

"저는 이제 영감님과 이해리 스캔들이 알려질까 감시하는 게 아니라, 그 미친 색녀가 영감님 휘하의 젊은 애들 건드릴까 봐 그거 감시하고 다녔어요. ……알 수 없지만 우리 영감은 늘그마에 이해리라는 이십 대 여자에게 푹 빠졌고 머리채를 잡혀 이리저리 끌려다니며 무진장 돈을 뜯겼어요. 젊은 아이들하고 어울리는 그녀를 보면 질투에 눈이 뒤집어졌죠. 전 시장님은 모든 것을 가진 분이셨어요. 세상에서 안 해본 게 없었고 누굴 부러워할 게 없었죠. 돈, 명예, 지위, 권력…… 진보적 성향까지……. 그렇게 모든 것을 가졌지만 일흔을 바라보는 시장님은 해리 앞에서 열일곱 살짜리 같았어요. 이해리는 시청과 그 일대를 자기 집 삼아 저녁이면 출근하듯 나와서 젊은 친구들…… 이 진보라는 사람들—차라리 여자 나오는 술집에 가지, 이해리에게 다 넘어가는 거예요. 그 몇 년 동안 이해리가 영감님 휘하의 남자들— 다 잡아먹었는데…… 그 사람들 지금 국회의원, 시장, 장관이 됐어요. ……그리고 그때 영감의 가장 젊은 비서가 지금 시장 박치수예요. ……이제 이해가 되시나요? 왜 박치수가 시장이 된 이후에 이 와일드오렌지 앞에 매일 공사를 한다고 일 년 삼백육십오 일 땅을 파고 있는지? 그때 막판에 여기 황 선생이 이해리 불러서 몇 번 무지하게 야단을 쳤거든요. 이해리는 그때 울면서 뛰쳐나갔고 나중에 말하고 다녔죠. 자기가 황 마담에게 받은 능욕 절대로 잊지 않겠다고."

강 변호사의 입에서 아! 하는 탄성이 터져 나왔다. 이나는 모든 것이 전부 잘못되어가고 있다는 것을 깨닫기 시작했다.

"그리고 이게 다가 아닙니다. 저희가 이해리의 폰을 입수했지요. 보시죠. ……차마 보여드릴 수 없는 수많은 종류의 남자 성기 사진이 있습니다. ……한 기자님, 불편하시면 하지 말까요?"

"……아닙니다. 괜찮습니다. 하십시오."

빔 프로젝터로 수많은 사진들이 영상에 비추어졌다. 오 비서는 한이나를 의식해서인지 화면을 빠르게 돌렸다.

"이 안에 메모도 있어요. 이름들……. 기가 막힙니다. 그건 제가 오늘 가렸습니다. 그게 좋을 듯해서요. 아니면 무진 다 말아먹게 생겼어요……. 거기 아마 여러분들이 설마 하는 분들도 계실 겁니다. 차마 말씀드릴 수 없는……. 숨기려는 것이 아니라……."

잠시 후 검은 양복 두엇이 안으로 들어서서 오 비서에게 무언가 귀엣말을 했다. 오 비서는 고개를 끄덕이고 약간의 지시를 하고 나서 일어섰다.

"잠시 두 분 여기서 뭘 좀 드시며 계시겠습니까? 잠시 일이 생겨서."

"물론입니다."

강 변호사가 대답했다

오 비서가 나가자 강 변호사가 골똘히 생각에 잠겨 있더니 하하 웃었다.

"한 기자, 지난번에 시청 들어가서 시장한테 어디까지 말했어요?"

이나는 위스키 잔을 집어 들고 단번에 다 마셨다.

"다요. ……다!"

강 변호사가 고개를 뒤로 젖히고 웃었다.

"정성일, 채수연, 이수미, 봉침……"

이번에는 이나도 고개를 뒤로 젖히고 한참을 웃었다. 두 사람은 그렇게 함께 웃었다.

"무진은 비극이 아니라 코미디였네요. 내 고향…… 부끄러운 내 고향."

두 사람은 가까이 앉아 오 비서가 준 자료들을 더 보았다.

—자기 잘 들어갔어? 나 봉침 연습하고 있어. 내일 한의원으로

찾아갈게…… 참, 살 빼는 약 더 줄 수 있어?

　―자기 왜 나 그 살 빠진다는 약 먹었는데 계속 설사만 해. 죽을 거 같아…….

"저게 다이어트 약 먹는단 이야기예요? 참, 가는 다리 유지하는 게 힘든 일이군요."

강 변호사가 허헛 웃었다.

"해리 중학교 때 살 빠지는 약 먹으면서 제게 했던 말 있어요. '한국에서 뚱뚱한 여자로 사느니 신장이 문드러져 죽는 게 나아.'"

"그랬어요? 그 어린애가?"

"예…… 조금 끔찍해졌던 기분 때문에 그걸 기억하고 있어요. 집요함 같은 거……."

"……더 봅시다. 그나저나 좀 늙긴 했지만 어쨌든 처녀인 분하고 단둘이 어두운 데 앉아서 이런 걸 보니까 기분이 영 이상하네요."

"그런 말도 성희롱일 수 있다는 거 변호사님이 더 잘 아시죠? 시끄러운데 말 많이 하지 마시고요, 그 사진 좀 보여주세요. 이 사진이 왜 이 사이에 끼어 있지요. 이 사람은……?"

이나가 건조하게 대꾸했다. 강 변호사가 야단맞은 아이처럼 머쓱해져서 노트북을 이나에게 가까이 가져갔다.

"이분, 유명한 그 신부? 왜 이분 사진이 여기 이 나체들 속에?"

"어디 봐요……."

이나는 노트북 속의 사진을 들여다보았다. 나체는 누구의 것인지 다는 모르지만, 그 사진들 사이에 옷을 다 입은 그 신부와 해리가 팔짱을 끼고 다정히 선 사진이 있었다. 보기에 따라 이상할 것 없는 사진, 그러나 자세히 보면 팔짱을 끼고 한 발자국 물러선 해리가 자신의 가슴에 남자의 팔을 가져다 댄 자세였다. 그러니까 남자의 입장에서 보면 자신의 팔뒤꿈치 쪽으로 충분히 여자의 가슴을 느낀다는 말이 되는 거였다.

"설마 이 유명한 신부님도 해리의 먹이?"

강 변호사가 말했다. 순간 그날이 바로 떠올랐다. 자기도 모르게 이나가 약하게 비명을 질렀다.

"왜 그래요?"

"이분…… 제게 전화를 했어요, 그날. 난데없이."

그랬다. 그날 이해리의 장애인 센터 주위를 맴돌다가 채수연을 발견하고 태우자마자 전화벨이 울렸었다. 그 유명한 신부. 한반도기를 휘감고 온몸으로 분단을 극복하고자 했던 존경받는 그분……. 딱 한 번 자신이 취재한 적이 있는 무진 교구의 신부.

"아, 신부님, 웬일이세요?"

"웬일은? 한 기자, 무진에 있다면서?"

그때 사람 좋은 목소리가 수화기로 흘러나왔다.

"예, 엄마가 편찮으셔서요."

"그렇구나."

"신부님, 우리 엄마랑 저 냉담자지만 혹시 시간 되시면 오셔서 기도 한번 해주세요."

"기도는 뭘, 멀리서 하면 되지, 가서 해야 하나? 그래, 기도할게."

"신부님."

"응."

"감사해요. 신부님같이 바쁘고 유명하신 분이 취재 한번 한 기자 기억해주시고 이렇게 전화까지 주셔서요. 신부님."

"그래, 엄마 위해 기도할게. 잘 지내고."

"예."

옆자리에 채수연을 태웠기 때문에, 아까 채수연을 태우기 전 이해리가 그 앞길로 나오는 것을 보았기 때문에 그 전화가 얼마나 이상한 통화인지 생각해내지 못했었다. 이해리에게 들키지 않고 채수연을 취재해야겠다는 생각뿐이었으니까. 이해리는 그럼 그날 이미 이나가 그곳을 계속 맴돌고 있다는 것을 안 것이었을까? 그래서 유명한 그 신부에게 전화를 했고 그는 해리가 하라는 대로 이나의 동태를 알아보기 위해 전화를? 그 신부는 왜 이해리가 하라는 대로?

그게 아니라면 이상하지 않은가. 딱 한 번 취재원이었던 그가 어떻게 이나가 무진에 내려온 것을 알았으며, 백번 양보해 취재

중 '신부님, 저도 실은 무진이 고향이고 어머니가 아직 거기 계세요'라고 말했다 해도 그걸 기억했다가 전화를 하고 그리고 아무 용건 없이 전화를 끊었다니. 이나는 머리를 부볐다. 온 군데에 신호들이, 기호들이 널려 있으나 읽어내지 못하고 있었다. 시장만 해도 그 아침 이미 이나는 어떤 그림자를 느꼈던 거였다. 그러나 자신은 계속 무력하게 그 신호들을 놓치고 있었다.

"이해리는 인간의 심연을 보여주는 리트머스 시험지 같은 여자네요. ……나도 생각해봤어요. 그녀가 유혹했다면 나는 어찌 되었을까?"

이나가 강 변호사를 바라보았다.

"나도 장담 못 하겠어요. 이런 여자인 줄 알면 경계했겠지만, 만일 '저 약하고 힘없이 당하고 있어요' 하고 제게 접근했다면, '저 과부이고 장애인 돌보는데 강한 권력이 저를 괴롭혀요' 하고 접근했다면, '저 힘도 없는 여자인데 명성 있는 오 화백과 그의 딸이 저를 모함해요, 도와주세요' 했다면, 그리고 울면서 다리를 벌렸다면."

이나가 힘없이 웃었다.

"이해리의 다리가 문제군요. 앞의 말들은 수식이고……. 남자들은 참 편리해요."

이나는 별로 기분이 좋지 않아졌다.

138

"어디 가요? 화장실은 안에도 있는데? ……내 말에 맘 상했어요? 같이 나갈까요?"

"아니에요. 혼자 있고 싶어요."

"내가 말 잘못한 건가? 말이 그렇다는 거지! 나 그런 남자 아니에요."

강 변호사가 투덜거리듯 말했다.

"그런 남자가 뭔데요?"

이나가 싸늘하게 묻자 강 변호사는 분위기가 어색해진 것을 느끼고 입을 다물었다.

"그냥요, 답답해요. 금방 올게요. ……오 년 전에 담배 끊은 게 후회되는 밤이네요. 전화기 가져가고 백은 놓고 가니까 도망가는 거 아니에요. 술이 올라오는 게 싫어요."

이나는 복도로 나왔다. 복도는 아까 그들이 이리로 들어설 때와는 달리 어수선했다. 리시버를 귀에 꽂은 남자들이 분주하게 뛰고 있었다. 이나는 창을 찾으려고 했으나 창가마다 검은 양복을 입은 남자들이 몰려서 있었으므로 엘리베이터를 타고 밖으로 좀 나가고 싶었다. 이 진득진득한 욕망의 공기가 싫었다. 엘리베이터 앞으로 다가가는 순간 왁자한 소리가 들려 뒤를 돌아보니 일군의 남자들이 뛰어오고 있었다. 처음에는 그게 무슨 형상인지 이나는 구분하지 못했다. 자세히 보니 한 남자가 피범벅이 된 채 업혀 오고 있고 다른 사람들이 그들을 에워싸며 뛰어오고 있는 것이었다.

"신부들이 다구리로 때렸어. 이 젊은 신부가 나중에 들어왔는데……. 누가 들여보낸 거야?"

"엘리베이터 빨리 잡아. 빨리 차 대기시키고 병원에 연락해놔."

"앰뷸런스 안 돼! 절대 119 신고하지 마."

"그냥 곧바로 병실로 가게 조치해놔. 기자들 절대 못 붙게."

옆자리에서 누군가 뛰고 있었다. 자세히 보니 지난번 엄마의 병실에 왔던 원목 신부였다. 놀랄 사이도 없이 이나는 뒤로 물러서며 피 흘리는 남자의 얼굴을 보았다. 머리가 깨어졌는지 피가 흐르는 그의 얼굴은 피 때문에 조금 낯설긴 했지만 소망원에 있다는 최성 미카엘 신부였다. 이나는 얼결에 한 발 더 앞으로 갔다. 엘리베이터가 도착하려는 순간, 그녀는 보았다. 비뚤어져 떨어지는 클러지 셔츠의 흰 로만 칼라 깃을……. 눈이 슬퍼 보이던 미카엘 신부의 얼굴이 피투성이의 얼굴과 겹쳐 보였다. 그들이 그를 엘리베이터에 태우고 사라졌을 때 이나는 바닥에 떨어진 로만 칼라의 흰 깃을 집어 들었다. 모든 것이 혼돈 속으로 소용돌이치고 이나는 하염없는 그 소용돌이 속으로 빨려 들어가는 것 같았다. 이곳은 무진이었다. 안개도 없는 밤. 망연히 바라보는데 홀연 달이 기울어 이쪽 갯벌을 비추고 있었다. 고요하고 고요하고, 기괴하고 기괴한 은빛의 밤……. 이나의 고향.

"혼돈, 분열, 지연…… 이게 악의 삼 요소……라고 배웠어요. 신부님이 술 내기 하면서 그런 건 말해줬거든요. 다른 건 생각 안 나는데 그건 안 잊혀지더라고요. 내가 그 후에 숱하게 만난 게 그거였으니까. 그런데 여기 이 사건에는 그게 거의 다 집중되어 있네요."

그날 밤 달은 풀 문이었다. 추석 이후 첫 보름을 앞두고 있었다. 갯벌로 밀려들어온 물 위로 달은 홀로 하나의 빛의 길을 낸 듯이 곧게 비추고 있었다.

"이래서 이 바닷가가 유명하군요. 아까 노을도 보고 깜짝 놀랄 정도로 좋았는데 오늘은 달까지……"

"그동안 무진 바다가 변호사님께 간을 좀 보다가 오늘 확실히 다 보여주나 봐요. 어떻게 해요? 이 헬 무진이 강 변호사님을 좋아하나 보네. 큰났다."

이나가 비꼬았는데 강 변호사는 순순히 그 말을 받았다.

"그런가 봐요. 고맙네, 무진 바다."

두 사람은 달빛 비치는 바닷가 길에 주저앉아 있었다. 달빛이 하도 환해서 가로등 빛 없이도 서로의 얼굴이 다 보였다. 그래서 이나는 아까부터 흐르는 눈물을 무방비로 보여줄 수밖에 없었다. 한숨을 깊이 쉬더니 강 변호사가 손수건을 다시 내밀었다.

"내가 보관할 새가 없네."

이나는 할 수 없이 그걸 받아 들며 조금 웃었다.

"나 여자 우는 거 무지하게, 아주 무지하게 싫어하는데 오늘은 약간 이해도 되고……."

"고맙네요. 담엔 손수건 알 여러 개 낳고 부화시켜서 가지고 올게요."

"아, 필요 없어요. 인연이 다한 모양인데 그냥 가져도 돼요. 그런데 하나 물어봅시다. 왜 우는 거요?"

"그죠? 아까부터 그 생각 하고 있는데 이유가 딱히 생각이 안나요."

"슬픈 거예요?"

"그런 거 같아요. 그건 확실한 거 같아요."

"그래요, 그럼…… 울어요. 나도 왜 그런지 모르지만 울고 싶네요. 나도 아까부터 이게 뭐지 싶었는데 모르겠어요. 나도 약간 슬퍼요."

5

박근혜아웃	그나저나 그건 별도로 시청 놈들이 그런 놈들이 었어. 기가 막힌다. 내가 살다 살다 적폐의 적폐, 전 시장의 비서의 도움을 받는구나 싶네. ……그 나저나 적폐의 자식은 적폐구나. 진보나 수구나 어찌 그리 당의 깃발 색깔만 바꿔 달고 똑같지? 그래도 학생운동 출신이라 좀 낫겠지 싶던 내가 어리석었지. ……이놈의 시장과 시청 직원을 어떻 게 해야 하지?
나만고양이없어	기가 막힌 게, 우리가 가지고 있는 모든 정보가 거꾸로 이해리와 백진우에게 다 들어간 거예요.
박근혜아웃	옴팡 갖다 바친 꼴……. 이 중에서 우선 밝힐 수 있는 게 자격 시비 문제인데……. 이걸 어쩐다. 지 역 언론들이 다 기레기니 뭐라고 할 수도 없고. 일단 SNS로 내가 문제 제기를 해야겠어. 우리 무 진 인권 센터의 이름으로 하는 거니, 명예훼손 걸

기도 껄끄러울 거야. ……무진이 이토록 썩어 내
리다니……. 진보가 시장 되면 뭐 해. 이것들은
거짓말까지 시켜가면서 더해. ……보수들은 차라
리 대놓고 못되기라도 했지.

나만고양이없어   그래도 한번 기다려보면 어때요? 시장 비서가 검
찰에 이들을 고발한다고 했으니. 지금 이해리가
백진우와 노골적으로 살림을 차린 건데 시장 입
장에서도 계속 이해리를 데리고 갈 필요가 있을
까요?

박근혜아웃   내 생각도 그래. 버리고 갈 확률이 높지. 다들 나
쁜 연놈들이니까.

나만고양이없어   일단 믿지는 않는 상태에서 기다려봐요. 그거 외
엔 방법도 없고.

박근혜아웃   이 시장도 말이야, 학생운동 전력은 왜 들먹이고.

박근혜아웃   아무튼 386들 아니 요즘 오십 대니 586인가. 학
생운동 아직껏 들먹이는 인간치고 제대로 된 인
간 하나라도 본 일이 없어.

박근혜아웃   안 그래, 한 기자?

박근혜아웃   이나, 한 기자, 어디 갔어?

자신의 노트북 메신저로 대화를 나누는 중 전화벨이 울렸을

때 이나는 무심히 그것을 받았다. 저쪽에서 오래 망설였다는 듯
한 목소리가 천천히 흘러나왔다.

"이나니? ……나 기억해?"

물론 이나는 기억하고 있었다. 어제 와일드 오렌지에서 들었던
그 목소리, 어린 시절부터 각인된 목소리, 약간 허스키하고 새된
느낌이 있어서 특이한 여성의 소리. 남자들은 그래서 그 목소리
를 섹시하다고 하는 것 같았다. 이나의 심장이 잠시 멈추었다가
다른 리듬으로 뛰기 시작했고 빨라졌다.

"해리구나."

이나는 억지로 침착하게 말했다. 수화기 저쪽에서 해리가 약간
의외라는 듯이 조금 웃었다.

"놀라지도 않는구나."

"놀랐어."

"이나야, 나 지금 너희 집 앞에 와 있어. 부탁이야, 나 좀 만나줘."

이번에는 정말 놀라지 않을 수가 없었다. 이나는 이젠 약간 목
소리 톤을 높였다.

"집 앞에 있다고? 무슨 일인데……. 기다려 봐. 내가 나갈게."

한이나는 급히 메신저로 서유진에게 이해리가 집 앞에 와 있
음을 알렸다. 서유진은 이미 메신저에서 한이나를 부르다가 퇴장
해버린 상태였다. 이나는 저쪽에 메시지를 남겨놓고 반응을 보
기 전에 입고 있던 옷 그대로 나가려다가 다시 들어와 옷을 벗어

던지고 다른 니트로 갈아 입었다. 그리고 립스틱을 바르려다가 그냥 내려놓아버렸다. 자신의 행동이 너무 우스꽝스럽게 느껴졌기 때문이다.

해리는 소형 BMW의 운전석에 앉아 있었다. 짙은 선글라스를 낀 채였지만 이나는 한눈에 그녀가 해리라는 것을 알아보았다. 거의 이십 년 만일 것이다. 마지막 본 것이 언제였는지 정확하게 기억나지 않았다.

해리가 차에서 내려 선글라스를 벗었다. 오히려 선글라스를 벗자 해리의 얼굴은 낯설었다. 많은 성형 때문인지 의외로 자연스러움은 없었다. 성형을 많이 한 사람들이 그렇듯 예쁘다고 하기에는 좀 모자라고 밉다고 하기에는 예쁜, 그러나 자세히 보자 약간 야무지게 다무는 입매라든가 약간 각진 턱에 십 대 소녀였던 해리가 남아 있었다. 그러나 이나가 다가오는 것을 바라보는 해리의 얼굴은 순간 이나에게는 만 살 먹은 노파처럼 느껴졌다.

"넌 그대로구나, 이나."

"그대로긴……. 할머니 다 됐다. 어쨌든 이렇게 만나는구나. 너무 갑자기라 좀 당황스럽긴 한데……. 집에는 지금 좀 곤란한데 이 근처 카페라도 갈까?"

"엄마 어떠셔?"

"응, 좋아."

"아니야, 나 그냥 차 안이 편할 것 같은데, 탈래?"

차에 타고 나자 그제서야 해리의 배가 많이 부른 것이 보였다. 임신부인데도 몸매가 드러나는 원피스를 입었는데 여전히 날씬하고 배만 잔뜩 불러 있었다. 다소 쌀쌀해진 날씨인데도 깊이 파인 민소매 그리고 여전히 짧은 길이의 치마를 입고 있었다.

해리는 익숙한 솜씨로 차를 몰아 바다가 잘 보이는 언덕의 주차장에 차를 세웠다. 거기로 가는 10여 분의 시간 동안, 이나는 그녀가 왜 왔을까 생각했다. 자연스레 엄마의 소식을 묻는 것으로 보아 수술 사실을 이미 알고 있고, 이쪽의 사정을 알고 있다는 것을 감추지도 않았다. 그건 무슨 뜻일까. 그리고 그 뒤에 있는 백 신부의 의도는? 이나는 또 헤아려보았다. 박치수 현 무진 시장과 주서경 비서의 의도를, 적의를 가지고 이나를 노려보던 안경 낀 과장의 의도를 분석해보려고 애썼다. 소위 견적이 잘 나오지 않았다. 이나는 이런 때는 어찌하는지 안다. 그건 그냥 담담하게 모든 사태를 녹음하듯 녹화하듯 담아내는 것이었다.

"네 소원이 이루어졌어."

해리가 약간의 미소를 띠며 불쑥 말했다.

"무슨…… 뜻이지?"

"어젯밤 석 대의 차가 우리 집에 들이닥쳤고 경찰이 압수 수색 영장을 제시하고 모두 다 가져갔어. 모두 다……. 네가 원하던 게 이런 거 아니었니?"

이나는 잠시 어떻게 대답을 해야 할지 몰랐다. 압수 수색이 그렇게 빨리 이뤄질 거라고는 그도 강 변호사도 미리 생각하지 못했으니까.

엔젤스 윙 오늘 밤 전격 압수 수색 실시. 이해리 실신, 백진우 바지에 오줌을 쌌다고 함. 기다리십시다. 정의가 승리합니다. ─무진 시장 비서 주서경.

어젯밤 문자로 이미 알게 되어서 그리 보였겠지만 해리는 창백해 보였다.

"오늘 급하게 변호사를 구했는데 출국 금지 신청까지 되어 있대. 내가 임신 중인 게 문제가 되긴 하겠지만 우린, 그러니까 백 신부님하고 난 구속될 거 같아. 모든 걸 잃을지도 모르고. 네가 원하던 게 이런 거잖아."

"……내가 그런 걸 원했다고 왜 생각하는지 모르겠다."

"네가 신고했잖아."

이나가 해리를 돌아보았다. 해리는 선글라스를 썼다. 이나는 자신이 선글라스를 가지고 나오지 않은 것을 후회했다. 이쪽은 저쪽의 감정을 볼 수가 없이 고스란히 이쪽을 저쪽에 드러내는 꼴이었다.

"나 신고하지 않았어."

이나가 말했다. 해리가 무슨 말인가 하려다가 잠깐 감정이 복

받치는 듯 말을 멈추었다.

"그 사람들 들이닥쳤는데 배 속의 아이가…… 둥글게 뭉쳤어. 너무 아파서 나 그 자리에서 쓰러져 오줌을 쌌어. 양수가 터진 줄 알았지……. 앰뷸런스가 오고."

해리는 감정이 격한 상태로 이야기를 하다가 문득 이나를 보더니,

"너 아이가 뭉치는 거, 양수가 터지는 거, 그런 거……. 아, 넌 모르겠……."

하며 눈물을 흘리기 시작했다. 이나의 목이 턱 하고 막혔다. '엄마가 되어보지 못한 채 마흔이 되는 것이 어떤 일인지 아니, 너는 그건 모르겠지만' 하고 말할 수도 없었다.

그때 이나의 손 안에 든 핸드폰이 몸을 떨었다. 이나는 연달아 들어오는 문자 메시지를 얼핏얼핏 읽었다.

녹음해, 녹음 필수.

서유진이었다. 그러나 새로이 핸드폰으로 녹음을 조작하기에는 두 사람이 너무 가까이 앉아 있었다.

많은 말 금물. 들을 것. 녹음할 수 있으면 할 것.

방금 시청의 주 비서에게 전화 옴, 압수 수색 후 검찰과 접촉했
다고. 구속은 문제없을 거라고 한다고.

강 변호사였다. 벌써들 연락이 된 모양이었다.

"우리 이십 년 만이야. 너 기억해?"

해리가 말을 돌렸다.

"그런 거 같아."

"이나야, 너 마지막에 나에게 했던 말 기억하니?"

"응…… 모르겠어. 솔직히 기억이 안 나."

"그래…… 그렇구나. 나는 너와 헤어지던 이십 년 전 그날을
한 번도 잊은 적이 없는데."

"……세월이 너무 많이 흘렀잖아."

"아직도 기억나. 서울로 전학 간 네가 여름방학에 집에 다니러
왔다가 다시 서울로 갈 무렵에 내게 말했어. 솔직히 해리야, 너
많이 피곤해. 이제 나한테 연락하지 마. 우리 대학 가면 다시 만
나자. 그리고 나 요새 비건인데 네게 누린내하고 생선 비린내도
나고……."

"……그랬어? 내가?"

이나가 놀라 물었다. 해리가 웃었다.

"나는 대학도 갈 수 없는데……. 나는 비건이 뭔지 모르는데.
비건이 뭔지 아무도 가르쳐주는 사람이 없었어. 그때 인터넷도

없었고……. 나는 그 단어를 아직도 잊지 못해. 난 돼지가 된 기분이었어."

"철이 없어도 너무 없었구나. 미안하다. 네가 상처 많이 받았겠구나."

"그리고 네게 도와달라는 편지를 보냈지. 매일 집 앞에서 네 답장을 기다렸어. 네가 읽었다는 표시인 듯이 분명 봉투를 뜯은 흔적이 있는데 내 편지가 다시 반송되었더라고. ……네가 나를 피한다는 것을 알았어. 기억나?"

전혀 기억이 나지 않았다. 나중에 생각한 것이지만 그 당시 그런 일이 있었는지도 잘 기억나지 않았다. 하지만 이나는 그냥 선선히 대답했다.

"미안해, 해리야. 그건 사과할게. 나도 그때 고3이어서 정신이 없었고……."

"아직도 채식주의자이니?"

이나는 웃으며 고개를 저었다.

"왜?"

"식물하고 사람의 유전자가 칠십 퍼센트 같대. ……그걸 알고 그냥 다 때려치웠어. 이제 내가 돼지야. 봐, 이렇게 배도 나오고."

두 여자는 잠깐 웃었다. 정말 오랜만에 만난 친구들같이 그랬다. 순간이었지만 이나는 해리가 그렇게까지 나쁜 여자가 아닐 수도 있다는 희망을 잠깐 느낀 것 같았다. 이 순간 해리는 적어도 순수한 옛 친구로서 그녀 앞에 서 있었으니까.

"……배 속의 아이, 백 신부님 아이야."

그 생각에 보답하듯, 해리가 담담하게 말했다. 막상 순한 그녀의 말에 이나는 깊은 충격을 받았다.

"아이 낳고 곧 밝힐 거야. 그때까지는 비밀로 해줘. 약속할래?"

가슴이 다시 쿵 하고 내려앉았다. 사실 이나가 이것을 발설하면 해리에게는 몹시 불리할 수도 있으리라. 백 신부에게도 그랬다. 아직 엄마와 다른 사람들에 대한 고소는 취하되지 않았으니까 말이다. 그런데도 해리는 이런 모험을 하고 있다. 정말 해리는 이나를 친구로 믿는지도 몰랐다. 이나가 흔들리기 시작했다.

"축하해. ……그렇게 말해주고 싶구나."

"그래, 우리 결혼식도 올릴 거야. 그때까지 그냥 비밀을 지키고 싶어서 그래."

막상 그녀의 목소리는 진실했다. 이나는 이상한 기분에 사로잡히기 시작했다.

"이나 넌…… 내가 가지지 못했던 모든 것을 가졌었어. 이쁘고 나보다 키도 크고 공부도 잘하고. 무엇보다 너에겐 엄마와 좋은 집이 있었잖아. 하지만 난 이제 두 번째 아이를 낳고 두 명의 아이를 입양했으니 네 아이의 엄마야. 이건 내가 너보다 자랑스러워."

"그래, 그러네."

이나는 어색하지만 잠시 웃었다.

"여자 나이 마흔이면 초산 가임 기간이 끝난다는데 넌 이미 포기한 거지?"

이나는 더 어색하게 웃었다. 잠시 이 질문에 어떤 악의가 있을까, 없을까 머뭇거려졌다.

"……해리야."

"그냥 걱정되어서 그래. ……이나야, 세상에 여자로 태어나서 엄마 돼보는 거 너무 좋은데……. 안됐다. 어쨌든 이나야, 나는…… 네가 참 좋았어. 부럽고 좋았어. 그런데 넌 나를 많이 싫어했지."

"그건……."

이나는 더는 대답하지 못했다. 해리는 왜 온 것일까?

"우리 딸 이름 리나…… 네 이름 따라 지은 거 알아?"

이나는 놀라 해리를 바라보았다.

"이나……. 배꽃 리 자를 써서 이나라고 지으니까 리나가 되었어."

"그렇구나."

두 사람은 잠시 웃었다. 이나의 마음 한구석이 싸해지는 느낌이 들었다. 어쩌면 아프고, 어쩌면 섬뜩할 수도 있는 서늘함 같은 것이었다. 그리고 그 무렵의 해리의 스산함 같은 것이 떠올라서 마음이 이루 말할 수 없이 너그러워지고 있었다.

"화가 나서 고발한 너의 마음이 어떻게 하면 돌이켜질까? 나…… 남편 죽고 많이 헤맸어. 지금 생각하면 나쁜 짓도 진짜

많이 했어. 어릴 때부터 나 무시하고 강간하고 그랬던 남자들을
내가 먼저 유혹해서 차버렸어. …… 가진 것 없는 여자가 날 짓밟
은 남자들에게 복수할 수 있는 유일한 무기는 그것뿐이었어. 나
에게는 아무런 무기도 없었어. 그런데 남자들이 의외로 쉽게 넘
어오더라고. 백이면 아흔아홉이 넘어왔어. 넘어오지 않은 그 한
사람은 다음 날이 결혼식이라며 신혼여행 다녀와서 연락했더라.
……여자들이 남자 믿고 사는 걸 보면 한숨이 나와. 너는, 모범
생인 너는 이해할 수 있을까?"

이나는 숨을 죽이고 잠자코 있었다. 사실이라면 더 충격이었다.

"남편 죽고 날 돌보아주시던 시아버지마저 돌아가시고. 내가
무슨 유산이라도 받은 줄 아는데 아니야. ……원래 유산이라는
게 빚하고 같이 상속되는데 정리하고 나니까 무진에 후진 아파트
전셋값 하나 딱 나오더라. 리나랑 무작정 다시 고향으로 왔는데
먹고살 길이 없었어. 그때 전 시장님이 나를 돌봐주셨지. ……그
래서 겨우 살아났어."

해리는 왜 이런 이야기를 늘어놓는 것일까. 이나는 잠시 머뭇
거렸다. 하지만 그 말과 그 억양은 차분했고 약간은 마음을 흔드
는 것들이었다. 진실처럼 느껴지는 대목도 여럿이었다. 이나의 마
음은 갈 데 없고 정처 없는 한 젊고 약한 과부를 따라 흔들렸다.
게다가 그녀는 한때이지만 어린 시절의 친구이기도 했고, 그녀
가 상처를 주었던 사람이었다. 그녀 자신은 좋은 부모를 만나 잘

살았고 잘 교육받았고 해리는 어쨌든 가난했고 상처받았다. 그 미안함이 이나를 끌어 해리의 손을 잡으라고 끈질기게 요구하고 있었다.

"그리고 그분께 배신당했어. 그분을 그리 사랑하지 않았지만 막판에 너무 매몰차게 버리셨어. ……그래서 나 책임져달라고 매달렸지. 애를 가졌는데 먹고살게라도 해달라고……. 그런데 전영웅 시장 비서들이 날 납치해서 강제로 낙태를……. 황 마담이라는 무진의 여우가 의사를 데려다가."

이나가 깜짝 놀라 해리를 바라보았다. 해리의 선글라스 밑으로 눈물이 흘러내리고 있었다. 이나는 마음이 몹시 아팠다.

"그 사람들, 민주주의 진보 한다면서 나를 그렇게 하고 내 폰도 다 빼앗아갔어. 만신창이가 되어서 간신히 집으로 던져졌는데 우리 리나가 이틀을 굶고 울다 지쳐 쓰러져 있더라고. ……그때 자궁을 적출했다고 했어. 그래서 나는 정말 그런 줄 알고 있었는데……."

해리는 두 손으로 얼굴을 가리고 엉엉 울었다. 이나는 어쩔 줄 몰라 하며 해리의 어깨에 손을 얹었다. 해리의 어깨는 뼈만 앙상했고 그녀가 흐느낄 때마다 그 아픔이 이나에게 출렁거리며 밀려드는 파도처럼 흘러드는 것 같았다. 모든 것이 이해가 되었다. 이 모든 것들이……. 이나는 알 수 없는 자괴감을 느꼈다. 인간을 섣불리 판단한 자신이 미워지기까지 했다. 이 세계는 한 여자에게 얼마만큼 잔혹할 수 있는가. 처음부터 아무것도 가지지 않은 여자는 이 세계에서 당하는 것 말고 무엇을 할 수 있다는 말일까. 그러니 그녀가 그들처럼, 혹은 그들보다 앞서 그들이 하는 비열한 방법으로 그들의 방식을 사용한다 한들 그녀에게 돌을 던질 사람이 정말 몇이나 될 것일까.

"신부님 다시 만나 처음으로 사랑이라는 거 알았어. 그리고 정말 기적같이 아이가 생긴 거야. 만일 내게 자궁이 남아 있는 줄 알았다면 피임을 했겠지. 어쨌든 현직 신부인데…… 하지만 후회는 없어. 이 배 속의 아이 너무 소중하고 나 신부님 사랑해. 나를 스쳐간 남자들은 모두 나를 이용했고 때렸고 버렸지. 하지만 신부님은 나를 구원해주셨어. 진짜 사랑해주셨고…… 견뎌주셨고, 지금도 그래……. 이나야……. 그래도 우리…… 나쁜 거지?"

이나는 자기도 모르게 고개를 저었다.

"그렇지 않아."

"모두들 나보고 요부라고 해. 우리의 결합은 잘못되었고 내가 신부를 유혹했다고."

"아니야! 다 지난 일이야. 앞으로 잘 살면 되잖아."

이나는 들썩이는 해리의 어깨를 잡았다.

"해리야, 새로 시작해. 내가 도울 수 있으면 도울게."

이들이라고 새로 시작하지 말란 법은 없었다. 이나가 아무리 그를 싫어해도 해리는 그때도 그를 사랑하고 있었다. 그래, 사랑

156

한다고 한다. 예수의 말대로 누가 이들에게 돌을 던질 수 있을까.

"나 나쁘게 살았어. 나 나쁜 짓 많이 했어. ……하지만 그 사람들도 좋은 사람들은 아니었어. 그렇다고 내 행동이 정당화되는 것은 아니겠지만. ……그래도 그 사람들 내게 너무했어. 조금만 너그럽게 대해주었다면 나 그렇게까지 하지 않았을 텐데……. 그 사람들이 조금만."

이나는 할 말이 없었다.

"이나야, 내가 빌게! 네가 혹시 원하면 무릎이라도 꿇고 빌게! 이나야, 고발 취하해줘. 우리 아기하고 리나 그리고 우리 입양한 아이들까지 한 번만, 이 세상에서 한 번만 정상적인 가족으로 신부님하고 살게 해줘. ……이나야, 내 부탁 들어줄 수 있어? 내게 기회를 줘. 이나야, 너 검찰에 아는 사람 많잖아. 우리 한 번만 용서해줘."

사람은 변하는 걸까. "이나야, 너희 새아버지 무진 대학교 학장이시라며. 나 등록금 좀 해줘"라고 떼쓰던 여고생 해리가 자라기는 한 것일까. 그때 그녀의 편지를 되돌려 보내버리던 이나 자신은 자라난 것일까. 시간은 과연 인간을 성장시키는가?

마지막 말을 하면서 해리는 다시 흐느꼈다. 이나는 그런 해리의 작은 어깨를 안아주고 싶었다. 그러면서 남자들이 해리 앞에서 무너지는 이유를 약간 이해할 것 같았다.

"해리야, 내가 진짜 고발하지 않았어. 내가 고발이라도 했으면 좋겠다. 없던 일로 만들게. ……하지만 도울게. 해리야, 대신 거짓말하지 말고 떳떳이 결혼하고 떳떳이 아이 호적에 올리고 그러고 살아. 내가 도울게."

"그래, 고마워, 이나야……."

만일 해리가 마지막 말만 하지 않았다면 모든 것이 완벽했으리라. 이나는 깜빡 잊고 있었다. 거짓말쟁이들은 아홉 가지의 참에 한 개의 거짓을 얹어 그 마지막 거짓을 앞의 아홉 개의 참과 같이 보이게 한다는 것을. 해리는 마지막 말을 했다.

"그리고 이건 조심스러운데……. 신부님 미워하지 마. 신부님 너 진짜 사랑했대. 진심이 느껴졌어. 어리지만 그때 말이야……."

찬물을 누군가 확 붓는 듯한 느낌에 이나는 깨어났다. 갑자기 해리가 이 모든 것을 녹음하고 있다는 것을 알고 어쩌면 생중계되고 있을 거라는 것도 추측할 수 있었다. 이나는 두려워졌고 덜덜 떨려왔다. 그래서 아무 대답도 하지 않았다. 그제서야 해리가 여유 있는 눈빛으로 이나를 살피고 있다는 것을 깨달았다. 이나가 흔들리던 정확히 바로 그 순간부터.

해리는 그래서 예고 없이 집 앞으로 들이닥쳤던 것이다. 이나가 녹음을 하거나 할 여유를 주지 않게. 그래서 차에 타자고 했던 것이다. 그녀의 차에는 그녀의 장비가 장착되어 있을 테니까. 오 비서가 보여주었던 수많은 녹음들, 사진들……은 해리가 지금보다 훨씬 장비들이 열악했던 시대에 해낸 것이었다.

"불쌍히 여기는 마음. ……절대로 가지지 마시고 마음 단단히 먹으세요. 이런 인간들은 대개 끈질기고 뻔뻔하고 부지런하기까지 해요. 필요하면 엄청 비참한 지경이 된 듯 불쌍하게 굴 거예요. 이들은 가면을 쓴 코스프레엔 달인들이에요. 이 사람들이 제일 좋아하는 사람들 부류가 있어요. 흔히 '상식적으로' 사고하고 늘 '좋은 쪽으로 좋게' 생각하는 사람들, 이게 이들의 토양이에요."

서유진의 말이 떠올랐다. 이나는 자신이 경솔했다는 것을 깨달았다. 어서 여기서 탈출해야겠다는 생각을 했고 문자를 들여다보는 척했다.

"알다시피 엄마가 병원에 계시잖아, 찾으시네. ……나 가봐야겠어, 해리야."

"그렇구나. 내가 꽃바구니라도 사가지고 가봐야 하는데."

"그렇구나, 한번 와. ……한때나마 그런 너를 사람들 말만 듣고 오해해서 정말 미안해. 그런데 병문안 오기 전에 여기 네 아기 아빠께 부탁해서 우리 엄마 고소는 좀 취하해주면 어떨까? 부탁이야. ……잘 가. 결혼식 때 꼭 연락해, 해리야."

"어? 어, 그래."

해리는 예쁘게 웃었다.

집으로 돌아오는 길에 강 변호사가 다시 문자를 보냈다.

이 사람들 엄청 놀라긴 놀란 모양이네요. 백진우 신부가 놀라 나에게까지 문자를 보냈어요. 한 번만 살려달라고.

　"이러시면 제가 원래는, 무슨 말씀이신지 잘 모르겠다고…… 말해야겠죠."

　원목 신부는 이나에게 그렇게 말하면서 고개를 돌렸다. 이나가 피 묻은 로만 칼라를 내밀자 그는 몹시 괴로운 듯했다.

　"제가 그날 밤 하필 거기 서 있었던 것이 결코 우연이라고는 생각하지 않아요."

　"그건 저도 반박할 수 없네요. 어떻게 그 자리에 이나 씨가."

　"최 신부님은 괜찮으신가요? 많이 다치신 건가요?"

　"다른 덴 괜찮은데 눈을 많이 다쳤어요. 잘못하면 실명이…… 될 수도."

　이나는 깜짝 놀라 자기도 모르게 두 손으로 입을 가렸다.

　"신부들이 다구리로 때렸어."

　검은 양복들이 그날 밤 했던 말이 떠올랐다.

　"어떻게 신부님들 여럿이 한 사람을 때리고, 어떻게 그런 데를 드나드시죠? 어떻게!"

라고 묻지는 못했다. 서울에서도 몇 번 그런 신부들을 본 일이 있었다. 이나는 침을 꿀꺽 삼켰다.

"제가 만나 뵈면 안 될까요? 몇 가지 중요하게 드릴 말씀이 있어요."

이나의 말에 원목 신부는 잠시 망설이다가 자리에서 일어나 앞장을 섰다. 그리고 병원 엘리베이터를 눌렀다. 이나는 잠자코 그를 따라갔다. 맨 꼭대기 층에 이르자 카드 없이는 들어갈 수 없는 보안 구역 안에 VVIP 병실이 있었다. 몇몇 간호사들이 원목 신부의 뒤를 따라오는 이나를 주시했다.

"저 신부님 여동생이라고 할까요?"

이나가 작은 소리로 말하자 원목 신부가 대답했다.

"두세요. 어차피 묻지도 않아요. 저 사람들 그런 보안에 이골이 난 사람들이에요."

병실 문을 열자 커다란 소파가 놓인 응접실이 보이고 테이블엔 과일과 포도주가 놓여 있었다. 작은 간이 부엌 같은 것도 보였다. 뭐 이렇게 호화로운 데가 내가 있을 데는 아니다마는, 하는 얼굴로 성모상도 서 있었다. 성모상만 아니었다면 마치 호화 호텔의 스위트룸에 온 것 같은 착각이 들 정도였다. 창밖으로는 요 며칠째 안개가 없는 무진의 바다가 에메랄드 빛으로 빛나고 있었다. 거실에서 조용히 열리는 미닫이문을 열고 들어가자 저만치 넓은 침대 위에는 머리에 붕대를 칭칭 감고 누운 남자가 보였다. 남자

162

는 부어터진 한 눈으로 핸드폰을 들여다보고 있는 중이었다. 최성 미카엘 신부였다. 신부는 들어서는 원목 신부를 보고 미소를 지으려다가 이나를 보고 화들짝 놀라는 것 같았다.

"자매님, 여기서 뵙다니……. 그나저나 한 기자를 여기 데리고 와도 되는 건가? 기자신데? ……아무튼 누추한 병실에 어서 오세요. 심심해서 죽을 뻔하고 있었거든요. 제가 운이 좋아 이 주교님들만 눕는 침대에 누워 있답니다. 호사도 이런 호사가……."

미카엘 신부는 웃다 말고 얼굴의 상처가 아픈지 인상을 찡그렸다. 붕대는 머리를 칭칭 감고 눈 한쪽마저 가리고 있었다. 그나마 드러난 눈도 퉁퉁 부어올라 있어서 만일 원목 신부가 그를 미카엘이라고 하지 않았다면 알아보지 못했으리라.

"최 신부님……."

단 한 번 만난 사람이었는데 이나의 가슴이 약간 아팠다. 그날 밤 달빛 휘황한 바닷가에서 강 변호사가 물었을 때, 이나는 슬프다고 대답했었다. 그 이유가 해리 때문이 아니었다는 것은 분명했다. 그것은 슬픈 일은 아니었다. 백 신부 때문도 아니었다. 그렇다면 나머지 두 사람. 해리의 나체 사진 사이에 옷을 입은 채로 끼어 있던, 해리의 가슴이 자신의 팔꿈치에 가 있던 그 유명한 신부 때문이었던가. 그럴 수도 있었다. 그것은 분노라기보다 슬픔인 게 맞을 것이었다. 그리고 또 한 사람, 최 신부 때문이었던가. 그것도 일리가 있었다. 그의 슬픈 눈이 피 범벅으로 가려져 있는 것을 보았을 때, 떨어져 내렸던 피 묻은 로만 칼라를 주워 들었을 때…… 이나는 두 눈에서 눈물이 부풀어 오르는 것을 분명 느꼈다. 이나는 스스로 반문했었다. 내가 그토록 가톨릭과 성직자들을 사랑했던가.

그때였다. 누군가의 인기척이 들렸다. 세 사람은 놀라 뒤를 돌아보았다. 키가 큰 젊은 남자가 살그머니 미닫이문을 열다가 오히려 이나와 원목 신부를 보고 놀라는 것이었다.

"남 기자! ……아야, 아야."

최 신부가 반색을 하다 말고 상처가 아픈지 붕대 아래로 드러난 눈을 찡그렸다.

"여기 어떻게?"

원목 신부가 반색을 하자 남 기자의 눈이 잠깐 최 신부의 부상을 빠르게 훑고는 약간 슬픈 표정이 되었다.

"눈 부상이 크다고 하던데……. 정말 괜찮은 겁니까? ……제가 무진에서 모르는 게 있겠습니까? 다 아는 방법이 있지요."

"최 신부 다친 거 아는 사람이 없는데…… 참."

원목 신부가 혀를 찼다.

"지금 사람들에게 저는 어머님이 위독하셔서 집에 간 걸로 되어 있어요. 어머니께 주교님 심부름으로 잠시 소망원을 비우는데 연락도 힘들 거라고 했더니 어머니가 '너 북한 가냐?' 이러시더라고요."

최 신부는 말하며 웃었다.

"눈은 실명 위기 맞습니까?"

"우리 어머니식대로 말하면 하느님이 만드신 눈 하느님이 알아서 하시겠지요. 아프지만 않으면 좋겠는데."

최 신부는 남의 일처럼 가볍게 말했다.

"그 하느님이 소망원에서는 영 작동을 안 하셨잖아요. ……그리고 이분은 신부님 여친?"

남 기자라는 사람이 말하자 분위기가 일순 싸늘해졌다. 이나는 순간 당황했다. 가톨릭을 떠난 지 거의 20년이 다 되었는데 그동안 이런 말들이 이렇게 아무렇지도 않아진 것인가 싶기도 했다.

"남 기자님, 여기는 한이나 기자세요. 오승화 화백 따님."

"아, 그러세요. 죄송합니다. 저보다 한발 앞서 다른 언론이 와 계신 줄……."

원목 신부가 정색을 했다.

"남 기자 그리고 한 기자님, 봐주십시오. 저희는 조직에 있는 사람들입니다. 일단 비밀은 지켜주십시오. 일단 우리 최 신부가 다쳐요. ……아니 이미 다쳤지만, 그러니까 진짜 다칩니다."

원목 신부가 정중히 말했고 세 사람은 아무도 말하지 않았다.

"물어보고 싶은 게 있어요. 지금 경찰이나 검찰 발표로는 소망원에서 빼돌린 돈이 교구로 들어갔기 때문에 마치 개인 횡령이 전혀 아닌 듯한 뉘앙스의 말이 돌던데 어떻게 된 겁니까? 정말인가요?”

남 기자가 묻자 최 신부가 갑자기 통증이 오는지 얼굴을 심하게 찡그렸다.

“그게요. ……그게 아니에요. 맞죠. 교구 통장으로 들어간 것 맞아요. 그런데 말입니다. 그 교구 통장에서 돈을 꺼내 쓸 수 있는 사람이 몇 명인지 아시나요? 겨우 손가락 안에 드는 사람들이 그 권리를 가지고 교구의 신부들을 좌지우지하고 있어요. 호화 교구청 짓는다고 돈이 너무 많이 들어가고 나자 이제 일선 신부들과 방계 사업체에서 돈을 엄청 거두기 시작했죠. 그 사람들이 그걸 어디에 쓰는지 아는 사람이 없어요.”

원목 신부가 최 신부 대신 대답했다.

“룸살롱, 골프 그리고 산삼…… 이런 데 쓰죠. 신부님들만 모르고 웬만한 사람들이 다 알아요. 와일드 오렌지에서 다금바리하고 봉화산 송이 먹느라 반은 들어갔을걸요.”

남 기자가 어깨를 으쓱하며 말했다.

“내일 공판이 열리는데 천주교에서 이미 방어적인 문건을 다 돌렸더라고요. 정부와 검찰 그리고 일부 시민 단체가 이 사건을 호도해서 마치 신부들이 횡령한 것처럼 한다. 신부들은 관례대로 교구에 돈을 보냈다. 개인 횡령이 절대 아니다. 그러니 괜찮다. 그게 조금만 더 파보면 그 돈을 모아서 같이들 쓴 건데……. 이 신부들은 아랫사람들 그리고 교구의 심부름을 하느라 이 십자가를 지고 가는 거다. ……어이가 없더라고요. 마치 교구가 하느님인 것 같더라고요."

"맞는 말이네요……. 교구가 하느님……."

최 신부가 통증을 참으며 다시 말했다. 원목 신부가 제지하려는 듯 그를 바라보았지만 그는 그냥 웃었다.

"하느님 맞네요. 교구 신부들이 이렇게 벌도 내리잖아요."

최 신부는 자기의 붕대를 가리키며 말했고 세 사람은 하는 수 없이 웃었다.

"혹시 가톨릭 수뇌부가 그 투서 최 신부님이 쓰셨다는 거 아직 모르죠? 저는 이번 구타가 그것과 관련이 있나 해서요."

남 기자가 묻자, 원목 신부와 최 신부가 동시에 이나를 바라보았다. 이나가 반색을 했다.

"궁금했어요. ……그게 미카엘 신부님이셨군요."

이나는 새삼 최 신부를 바라보며 그것을 또 베껴 자신의 페이스북에 올렸던 백 신부의 파렴치를 생각했다.

"저는 몰랐는데 이제 알았다 해도 말하지 않을게요. 제가 말하면 최 신부님 다치신다면서요?"

이나가 대답했다.

"두 눈 다 뽑혀요. 남은 눈마저……."

최 신부가 익살을 떨었다. 하지만 사람들의 마음은 참담했다.

"하지만 모든 것을 꼭 말해주세요. 지금은 아니더라도 언젠가는 말할 수 있겠죠."

원목 신부와 최 신부의 얼굴이 동시에 어두워졌다.

"그건 아직 아무도 몰라요……. 이제 그게 문제가 되지도 않을 만큼 일이 커졌어요. 그날 와일드 오렌지에 모여서 회의를 한다니까 우리 최 신부가 쫓아간 거예요. 저는 걱정돼서 최 신부 쫓아갔고……. 갔는데 벌써 맞고 있더라고요. 하루 이틀 된 일 아니에요. 그래서 말렸는데."

원목 신부의 표정은 절망스러웠다.

"이렇게 많이들 때리실 줄은 몰랐어요."

최 신부는 허탈하게 웃었다.

"소망원에서 죽어간 그분들 생각하면 이 고통이 뭐라고요."

잠시 침묵이 흘렀다.

"그 투서에 쓰신 거 전부 사실이죠? 루머로 흘러나오는 거 전부 사실이라고 보면 되죠?"

이나가 물었다.

"예, 아마 그보다 조금 더한 것이 진실이다, 가 맞을 거예요. 미안해요, 자매님. 지금은 다는 말을 못 하겠어요."

"얼마나 가톨릭 수뇌부들이 우리 신문사까지 구워놨는지 소망원에 대해 기사를 못 쓰게 해요. 그러나 공판 이야기는 쓸 수 있겠죠. 가톨릭은 이미 명백히 수구가 되었어요. 명동성당에서

87년에 '나와 수녀님, 신부님들을 밟기 전에는 학생들을 못 데려 간다'라고 일갈하던 김수환 추기경님의 부재가 아픕니다.”

남 기자가 말했고 모두들 말이 없었다.

“신부님, 화나요……. 어떻게 이럴 수가 있어요? 신부님들이 이러면 안 되는 거잖아요?”

이나가 더 이상 견디기 힘들다는 듯이 말했다.

“그러면 안 되죠……. 그런데 그러네요.”

최 신부는 힘없이 대꾸했다.

“화나요. 정말 화나요.”

이나가 울먹였다. 최 신부가 퉁퉁 부은 눈 아래로 이나를 바라보았다.

“자매님, 화내지 마세요. 전 안타까워서 그래요. 그들은 독약을 먹고 있어요. 그게 독약인 줄도 모르고, 안 죽네, 맛있네, 이러고 있다고요. 그들이 쥐약이 든 빵을 계속 먹고 있는데, 왜 화가 나요? 안타깝지요, 그 사람들이요. 그들이 제 동료고 선배고 우리 아버지 같은 주교님이신데……. 마음이 타요. 제 눈 아픈 것보다 맘이 더 타고 아파요.”

최 신부의 말 앞에 아무도 입을 열지 못했다. 이나는 새삼 최 신부를 바라보았다. 왜 처음 그와 마주쳤을 때 슬픈 눈이라고 생각했는지 알 것 같았다. 세상에, 자기를 때린 사람들이 쥐약을 먹고 있다는 말을 태연히 털어놓는다. 십자가에 달린 예수가 “아버지, 저 사람들을 용서해주십시오. 저들은 자기들이 무슨 일을 하는지 모르고 있습니다"라고 한 말이 새삼 떠올랐다. 그때 예수는 슬픈 얼굴이었을 거다, 분노에 떠는 게 아니고.

잠시 후 남 기자가 다시 입을 열었다.

"그나저나 한이나 기자, 실례지만 일각에서 한 기자가 이미 고등학교 시절 보좌신부였던 백 신부와 연인 사이였고 한동안 연락이 끊어졌다가 현재 백 신부가 같은 성당 출신인 이해리라는 분과 염문이 나자 질투 때문에 이런 일을 벌이고 있다고 말을 하는데, 거기에 대해서는 어떻게 생각하시나요?"

듣기에 따라서는 몹시 무례한 질문이었다. 이나의 얼굴이 굳어졌다.

"그런 말을 누가……."

이나가 묻자, 남 기자가 기자 특유의 약간 건조한 말투로 대답했다.

"다들 그렇게 말하더라고요. 백 신부와 단짝이셨다고. 하운 바닷가에서 여러 번 같이 있는 걸 본 사람이 있다고……. 그 후에도 계속 흠모하셨다고."

이나의 눈길이 하도 강해서였을 것이다. 남 기자가 당황해하며 대답했다.

"불쾌하시다면 죄송합니다. 하도 소문이 그리 나서 저는 기자로서 확인하는"

"……지금으로부터 이십여 년 전! 제가 고등학교에 막 올라가던 그해, 엄마가 재혼하시고 혼자 방황하던 어린 소녀를 그가 자주 불러냈지요. 소녀에게는 같은 동네에 오랫동안 사귀던 오빠가 있었어요. 그들과 함께 하운의 노을을 보던 어느 날, 그가 아이들을 따돌리고 소녀를 성추행했습니다. 제정신을 가진 여자라면 자신을 성추행한 사제를 어떻게 생각할지는 상상에 맡기겠습니다."

최 신부와 원목 신부 그리고 남 기자의 표정이 딱딱해졌다.

"백진우와 이해리……. 그들은 영혼의 쌍둥이예요. 숨 쉬는 것까지 모두가, 거짓말입니다."

변명은 해야 하는 쪽을 늘 누추하게 만든다고, 그 후로도 이나는 오래 생각했다. 그 변명을 늘어놓는 그 순간까지도 이나는 다시 그 성추행을, 이번에는 사람들 앞에서 당하는 것 같은 자괴감이 들었다. 터무니없는 거짓말이 있고 나면 그 변명은 어떻게 해도 당사자를 초라하게 만들어버리는 것이니까. 이미 더러운 구정물을 덮어써버리고 난 후, 어떤 옷으로 갈아입어도 냄새는 남는다. 그리고 사람들 기억 속의 구정물도.

"전에 어머니 병실에서 최 신부님이 말씀하셨죠. 백 신부 원래 그런 사람 아니었는데 교구의 부패가 심해지면서 반발로 이상해진 것 같다고요. 그럼 부임한 첫 성당에서 저에게 하신 일은 어떻게 설명하시겠어요?"

최 신부의 한쪽 눈이 아래로 내리깔렸다.

"한 기자님, 솔직히 너무 충격적이고 혼란스럽습니다. 정말이냐고 다시 묻고 싶을 만큼!"

원목 신부가 대답했다. 최 신부가 덧붙였다.

"솔직히 저희도 그리 알고 있었어요. 남 기자가 이야기한 그 일을 백 신부가 우리 신부들만 보는 단체 대화방에서 이야기했고 우리도 일종의, 말하자면 사랑싸움인 걸로 알았어요. ……무진 교구 신부들 모두 그렇게 알고 있지요. 그래서 그날 병실에서 어머님께서 그 시절에 이미 그는 나쁜 신부였다고 말씀하셨군요. 집에 돌아와 그 말의 의미를 여러 가지로 곱씹어보았어요. 정말 뜻밖입니다. 어떻게 이런 일이."

"자기가 사람을 잘못 봤다고 생각하기보다 다른 사람이 나쁘다고 생각하는 것이 편하셨나 보죠. ……신부가 사랑싸움에 휘말려 재수가 없다고 생각하는 편이 마음이 편하신 건 아니었을까요? 엄마들이 말하잖아요. 우리 애는 착한데 친구를 잘못 사귀어서……. 혼돈, 분열, 지연……. 맞죠? 악의 삼 요소 중…… 혼돈이요. 그들이 우리에게 준 것."

이나는 이를 악물었다. 얼마간 가라앉았던 수치심이 다시금 꾸역거리며 목줄기를 타고 올라왔다.

7

만나기로 한 이수미는 아직 오지 않고 무진 인권 센터의 컴퓨터 앞에 앉아 있던 서유진이 이나에게 기사를 하나 출력해 보여주었다.

"이 기사 봤어? 역시《무진일보》남 기자밖에 없어."

2011년부터 6년 동안 장장 312명이 참혹하게 죽어간 소망원에 대한 마지막 공판이 있었다. 그날 재판에서 소망원 횡령으로 구속된 신부의 변호인은 마지막 변론에서 "피고인의 품성과 인격으로 봤을 때 희생양을 자처해 혼자 죄를 뒤집어썼다"면서 "그는 영어의 몸이 된 이후 매일 드리던 미사를 드리지 못해 신의 대리인이자 사제로서의 직분을 수행하지 못하는 엄중하고 참혹한 고통을 겪고 있다며 재판부의 혜안과 관용을 당부드린다"고 말했다. 그는 피고가 된 담당 신부가 뇌경색으로 쓰러진 이후 폐질환과 녹내장, 치아 질환, 대장 용종 등 신체적으로도 매우 피폐하다면서 어서 석방되어 매일 미사를 봉헌할 수 있게 해달라고 읍소했다.

또한 함께 기소된, 횡령 혐의의 수녀에 대해서도 평생 가톨릭에 몸 바쳐 결혼도 안 하고 살아왔다며 이 두 분은 소망원 직원들이 저지른 죄의 십자가를 지고 골고다를 올라가고 있다라고 웅변 섞인 변론을 했다. 이때 방청석에 있던 수녀들은 모두 울음을 터뜨렸다.

이들의 처지가 딱한 것은 사실이지만, 불법 감금으로 40일 동안 책 한 쪼가리, 사람 하나 없는 방에서 죽어간 장애인들과 인권 유린으로 죽어간 사람들에 대해서 이들은 예수에게 물어보았을까? 물어본다면 예수는 무엇이라 대답할까? "너희 중에 가장 못한 이에게 해준 것이 바로 나에게 해준 것이다"라고 답하지 않을까. 미사는 대체 무엇하러 매일 드리는 것일까.

—무진 법원: 남귀영 기자,《무진일보》

"기가 막혀. 이 변호사는 뭐며, 울음바다가 되었다는 이 수녀들은 또 뭐야? 어이가 없다. 무진에 사는 사람들 전부 병자야? 이 해리는 폐, 신장, 자궁, 간 반쪽, 위 반쪽밖에 없다더니 이 신부는 폐질환, 녹내장, 치아 질환, 대장 용종……이라네, 참 나. 이 나이에 대장 내시경 하면서 용종 서너 개 안 떼어낸 사람이 어디 있다고. 이걸 병명이라고. 나도 해볼까? 치아 질환, 위장 장애, 신경 쇠약, 노이로제, 심장 이상도 있다. 저런 것들만 보면 아직도 가슴이 쾅쾅 뛰니까."

커피를 내리다 말고 서유진이 웃었다.

"아, 저기 문자 왔다. 이수미 씨 지금 이리로 오고 있는 중인데……. 이것 좀 들어봐. 녹음 파일 하나 보냈네."

서유진은 이수미가 보냈다는 녹음 파일을 틀었다.

—이해리 압수 수색한 지도 벌써 일주일인데 출국 금지까지 했다면서 왜 아직 아무 소식이 없는 거죠? 제가 매일 기도하고 있는데.

—그게…….

이수미와 전화하는 상대는 시장 비서인 주서경인 듯했다.

—그리고 전에 시청에서 서유진 소장님이랑 이야기할 때 내가 주 비서님 입장 생각해서 아무 말도 안 했는데, 이해리 경력 삼 년 조사 뭐가 어려운가요? 그게 법제처까지 해석을 해달라고 줘야 하는 건가요?

—그게 어렵지. 그걸 알아내려고 해도 그쪽 단체에서 뭐, 우리가 자료 달라 하면 주는 것도 아니고, 우리가 수사권이 있는 것도 아닌데 조심스럽지……. 왜 자기까지 그래? 안 그래도 요새 서 소장이 압박해서 힘들어 죽겠는데.

—왜긴요, 뭐 하러 자료를 주지 않는 데다가 자료를 달라고 해요? 그냥 건강보험, 아니 정규직이 가입하는 4대 보험, 그때 그 사회복지 센터 이름으로 이해리의 것을 들었나 아닌가 그것만 알아

보시면 되는데! 그럼 지금 현재 '엔젤스 윙 주간보호 센터'는 바로 직권 취소인데 뭐가 문제라는 건지 이해가 안 가요. 그러니까 무진 인권 센터 분들이나 한 기자, 이런 분들이 자꾸 시청을 불신하는 거잖아요.

─하 참……. 이수미 샘, 자기야, 일이 그렇게 간단한 게 아니라니까, 참.

"이수미 씨는 시장이 이해리와 젊은 시절 그렇고 그런 거 모르는 거죠?"

서유진이 한이나에게 물었다.

"네, 몰라요. 아직 말 안 했어요."

녹음 파일은 다시 이어졌다.

─그런데 이수미 샘, 자기야, 내가 왜 전화했냐면은, 문제가 생겼어. 엔젤스 윙 압수 수색하고 구속영장이랑 출국 금지까지 시켰는데 갑자기 혐의가 없어진 거야. 우리가 알아봤어요. 누군가 막았어. 누군가 높은 분이 이들의 기소를 막았어. 전부 도로 아미타불이 되었어.

─누가요?

─모르지……. 말을 안 해줘. 내 친구가 그러더라고. 어마어마하게 높은 분이 막았다고.

―글쎄, 그게 누구냐고요? ……내가 이해리 컴퓨터에 엄청난 수량의 남자 성기 사진 다 들어 있는 거 봤는데, 누가 막아요?

―우리가 알면 이러겠어? 무진시 시장이 겉은 번드르르 하지만 무슨 힘이 있어? 이해리는 그보다 더 높은 분들하고 친한데. 아, 나도 모르겠다. 큰일이야, 정말.

서유진과 한이나의 눈이 동시에 마주쳤다.

"누가 막았을까요?"

한이나가 물었다. 서유진은 고개를 떨구고 대답했다

"그게……. 검찰을 움직일 정도면……."

"봉침 명단 속에 있는……. 그 수많은 성기 사진들 속의 한 남자?"

두 여자는 자신들도 모르게 한숨을 내쉬었다.

"자, 정리를 좀 해보자. 일단 백 신부와 이해리, 저들은 명예훼손이라는 걸로 고소를 하면서 우리들의 입을 막았어. 우리가 저들의 범죄를 입증하기 위해 가지고 있는 혹은 받은 자료들은 실은 다 불법으로 손에 넣은 것들이야. 금융 거래, 봉침 사진, 주고받은 문자들……. 이것이 양지로 나오려면 검찰의 손을 거치는 수밖에 없어. 시청이 고발한다고 했을 때 우선 내가 말리지 않은 것도 그것 때문이었거든. 그런데 누가 막았다니. 누구지? 이거 다시 다 뒤져야겠다. 박 간사, 우리 받은 봉침 자료들에서 정치인 명단 좀 뽑아주실래요? 이해리에게 표창장 제일 많이 준 정치인이 누군지도요."

얼마 후, 이수미가 도착했다. 이수미는 작고 어린 여자 하나와 함께였다.

"샘들 들으셨죠. 어떤 나쁜 놈이 그거 막았는지 알려달라고 오는 내내 기도했어요. 그리고 역시 한 문이 닫히면 다른 문이 열린다고요. 좋은 소식? 아니다. 그렇게 말하면 안 되겠구나. 암튼 나쁘지 않은 소식이 있어 이분을 모시고 왔어요. 여기는 햇살 어린이집 원장 송채영 씨예요. 이분이 이해리의 아동 학대를 증언하시겠다고 해요. 우리의 생각하고 SNS에 올린 것과는 정반대로 이해리는 아이들을 입양해서 단 한 번도 제 손으로 키운 적이 없대요. 키우기는커녕 가끔 데려가서 학대만 하고 데려왔다고 해요."

"애들을 학대요?"

송채영은 주변을 두리번거렸다. 서유진이 들고 있던 서류를 책상에 놓지도 않은 채로 다가왔다. 그리고 익숙한 솜씨로 송채영의 옆에 섰다.

"대체 이 여자의 악행은 끝이 없군요. 일단 좀 앉으세요. 잠시 녹화를 준비할게요. 괜찮겠지요? 박 간사님, 부탁해요."

서유진은 눈을 감고 잠시 기도하듯 생각에 잠겼다가 입을 열었다.

"여기 오는 분들 대개 경찰서에 갔다가 관공서에도 가보고, 그러고 나서 오시는 분들이에요. 권력자들에게 당하고 어이가 없어서 당연히 해야 할 신고 하고 절차 밟고 그랬는데 안 돼서 오시는 분들이라는 거 잘 알아요. 저희는 모든 힘을 다해 도와드릴 거예요. 그건 확실해요. 그러나 본인도 하나는 각오하셔야 해요. 엄청난 고난이 앞에 있을 거예요. 차라리 좀 당하고 말걸 하는 순간이 올지도 몰라요. 그러나 어떤 경우에도 저희를 믿고 함께 가시겠다고 먼저 약속해주세요. 그리고 필요하다면 앞에 나서서 고발하고 고소하고, 그것도 해야 하고요."

송채영이 피곤에 지친 눈을 들었다.

"할 수 있을까요?"

"무슨 말씀이신지? 자신이 없다는 말씀이신가요?"

"제가 고소당했어요. 이해리에게요. 아동 학대, 유괴, 갈취, 협박……."

"누가 누구를 고소했다고요?"

"이해리가 저를요. 저희는 다 뺏기고 고소당하고 변호사비조차 없어요."

송채영은 눈물을 터뜨렸다.

8

    카메라가 돌아가고 서유진이 송채영의 맞은편에, 이수미와 한이나가 그 뒤에 앉았다.

"본인의 직업과 나이는요."

"저는 송채영입니다. 나이는 마흔일곱 살이고 햇살 어린이집을 칠 년 동안 운영했습니다. 이해리는 어느 날 두 살 난 아이 하나를 데리고 와서 제게 맡기다가 그 이후 배꼽도 떨어지지 않은 아기를 데리고 왔습니다. 누가 아이를 낳자마자 맡겼다고 했어요. 그 아이들이 주찬이, 주민이에요. 그 아이들을 오 년 동안 저희가 키웠습니다."

"잠시만요, 입양한 아이들이란 페이스북에 그녀가 마음으로 낳아 키운다는 아들 둘, 그 아이들 말하는 건가요?"

"예, 그렇습니다."

"한 아이는 배꼽도 떨어지기 전에 데리고 왔다고요?"

"예, 작은 아이 주민이입니다."

이나는 그것이 신데레사 수녀의 아이라는 것을 알았다.

"그리고요?"

"그리고 그녀는 요구했지요. 아이들 크는 사진을 보내달라, 맘카페에 올릴 거다, 이건 모금용이다, 이건 페이스북용이다, 애들을 더 밝게 웃게 해봐라……."

"애들이 무슨 앵벌이용 강아지도 아니고……. 집엔 데려가지 않았나요?"

"거의요……. 주말이나 명절 때도 저희가 보았어요. 돌잔치도 저희가 했고 생일상도 저희가 차렸지요. 이해리는 나타나 사진만 찍고 가버렸어요. 가끔 이해리가 와서 아이들을 데리고 어디론가로 갈 때도 있었어요. 팽목항 같은 데 가서 사진을 찍는다고."

"세월호까지 이용해먹었군요."

"그리고 아이들 사주를 보고 왔는데 큰애가 역적의 살이 들어 있어 자기를 살해할 수가 있어서 보기가 싫다, 작은애는 범죄자 사주다…… 하며 아이들을 기피했어요."

"아니, 신자 아니에요?" 하려는 말을 이나는 억지로 참았다. '숨을 쉬는 것조차 거짓말'이라는 말이 무슨 뜻인지 알 것 같았다. 대신 이수미가 한숨을 내쉬며 말했다.

"사탄아, 물러가라!"

"단골로 다니는 무당이 있는데─무진에서 제일 유명한 무당인데 이해리가 정치인들도 많이 소개해줘서 거기 다 다닌다고 해요. 무진 시청 뒤에 있는 족집게 처녀 무당인가─, 거기서 백 신부님 큰일 있는 것도 미리 예언을 받았었다면서 부적을 가져와서 센터 여기저기에 붙여놓았어요."

"기가 막혀. 무진은 정치를 점집에서 하는군. 이런 이런."

서유진이 혀를 찼다.

"신부가 교구에서 잘리지 말라고 부적을! 코미디가 따로 없군요."

"아무튼 그렇게 저희는 아이들을 키웠지요. 한번은 자기가 신부님 아이를 낙태했다고 울고불고하길래 제가 그 집에 가서 애들 돌보며 산구완 아닌 산구완까지 해줬죠."

"잠깐만요. 이해리가 낙태를요?"

"예, 생각해보니까 그 신부가 아직 신부였던 시절이네요. ……해리가 그냥 아프다고 해서 제가 간호하고 있었지요. 저도 몰랐는데 제가 돌보고 있는 동안 신부가 그 어머니랑 찾아왔더라고요, 미역 싸 들고……. 그때 부엌으로 나가 있는데 이해리가 하도 소리를 질러 알게 되었어요. 전 신자는 아니지만 '신부라는 사람이 저래도 되나' 하고 한심해했던 게 기억이 나요."

"신부님 다시 만나 처음으로 사랑이라는 거 알았어. 그리고 정말 기적같이 아이가 생긴 거야. 만일 내게 자궁이 남아 있는 줄 알았다면 피임을 했겠지. 어쨌든 현직 신부인데."

그날 이나는 해리의 말을 듣고 섣불리 판단했다며 자책했었다. 이나는 자기도 모르게 작게 비명을 질렀다. 어디까지, 대체 어디

182

까지가 거짓말일까. 그녀의 말 속에 단 하나의 참이란 있는 걸까.

"신부랑 헤어진다고 하더니 신부가 조금 있다가 또 드나들더라고요. 그러더니 또 임신을 했어요. 이젠 배 속에 있는 아이도 낳으면 우리에게 맡길 거라고 했어요. 사람들에게는 정자 기증 받았다고 할 거라면서. 요즘 어린이집이라는 게 어린이가 없어서 아이 둘 맡기는 엄마는 최고 고객이에요. 게다가 하나를 더 낳으면 셋. 우리는 솔직히 그녀만으로도 생계가 가능한 것이지요. 그런데 그녀는 어느 순간, 저희가 좀 자기 맘에 안 든다고 생각하면 '널린 게 어린이집이요, 빈 것이 어린이 집 자리'라면서 강짜를 부리기 시작했어요. 저희에게 이십사 시간 어린이를 돌보는 것을 구청에 신고했냐 묻고는, 신고도 없이 자기 애들을 이십사 시간 맡고 돈을 받아온 것은 불법이라며 협박했지요. 정치인 누구누구, 전 시장, 현 시장, 국회의원 누구누구와 주고받은 문자들을 보여주곤 했어요. 저희는 그런 사람들이라곤 텔레비전에서만 보았는데 무서웠어요. 우리는 그녀가 엄청난 백을 가지고 있다고 생각했고, 어린이집의 약점을 이용해 우리들에게 온갖 갑질을 할 때도 참았어요. 생각해보세요. 아이를 핏덩이 때부터 데려다 키웠어요. 아이들은 이미 정이 들 대로 든, 이미 우리 아이들……. 그런데 어느 날부터인가 그녀가 요구를 해오기 시작했어요."

"무슨 요구요?"

"아마 신부님이 센터에 드나든 다음일 거예요. 혹시라도 누군
가 와서 물으면 아이들은 오전에만 맡긴다고 대답해라, 애들하고
자기와 있었던 일에 대해 입 뻥끗 하는 날엔 명예훼손으로 고발
할 거다, '사실 적시에 의한 명예훼손'이라는 게 있다면서 그렇게
말하곤 했죠. 그러겠다고 약속했더니 각서를 쓰라고 하더라고요.
각서를 썼지요. 그러던 어느 날 우리에게 아이들 양육비를 더 내
라고, 자기의 페이스북 등에 와서 찬양하는 댓글을 달라고 하더
라고요. 찬양은 억지로 해드릴 수 있지만 양육비를 더 깎을 수는
없다, 이미 아이들 옷이며 병원비며 따로 한 푼도 안 주는 바람
에 우리도 더 이상 이게 뭐 하는 건지 모르겠다, 라고 하루는 제
가 좀 싫은 소리를 했죠. 그 전화를 끊고 십 분도 안 되어서 이해
리가 나타났어요. 그리고 우리 부부가 보는 앞에서 단 한마디도
없이 아이들 둘을 끌어냈어요."

"인간이 아니네요."

이수미가 말했다.

"인간이 아니에요. ……아이들이 울고 겁에 질려서 절 부르
고……. 어떻게 해요. 저희 부부가 무릎을 꿇고 빌었지요. 아이들
을 그냥 여기 있게 해달라고."

"누가 엄마인지 모르겠네요."

서유진이 말했다.

"한번은 애들이 폐렴으로 병원에 입원한 적이 있어요. 그 사실

을 알고 이해리가 자기 딸 리나와 뛰어왔더라고요. 그리고 사진을 찍고 갔어요."

"네?"

서유진이 물었다.

"무슨 사진을요?"

"리나와 자기가 아이를 간호하는 것처럼 보이는 사진이요. 그리고 그날 페이스북에 보니까 아이가 아파서 마치 자기가 밤새 간호하는 듯한 글과 사진이……. 그리고 아이들 병원비를 모금했어요. ……인간이 아니라고 생각했어요."

송채영은 페이스북을 뒤져 그 사진을 찾아냈다. 아이에 대한 보통 엄마들의, 그러나 상투적인 근심과 세 아이의 엄마로서 자신의 어려움을 적은 글이 있고, 역시나 가슴이 깊이 파인 옷과 민소매 차림의 해리 사진이 있었고 엄청난 양의 댓글들이 기부를 약속하고 있었다.

"저희가 조금 덜 먹고 덜 입고 아껴보겠다고 아등바등하면서 남들이 들으면 터무니없는 가격에 아이들 둘을 키우는 동안 그녀는 가끔 아이들을 데리고 갔어요. 아마도 누군가가 집에 오거나 사진을 찍었거나 했겠죠. 그런데 어느 날 작은아이가 온 얼굴이 벌에 쏘여 통통 부어 온 거예요. 어찌 된 거냐고 물으니 아이는 겁에 질려 울기만 했어요. 그날 하루 종일 제게서 조금도 떨어지지 않으려 해서 제가 얼마나 힘이 들었는지……. 나중에 이야기를 하더라고요. 제가 비위를 거스르지 않게 살살 물었죠. 이해리가 대답했어요. '내가 커피를 마시려고 물을 끓이는데 저놈의 새끼가 자꾸만 포트를 만지려는 거야.' 그때 우리 어린 주민이 나이 겨우 세 살이었어요. '만지지 마라, 만지지 마라 했는데도 이게 자꾸 내 말을 안 듣더니, 내가 커피를 마시려고 일단 물을 따르니까 그걸 또 달라고 해. 너 같은 놈은 혼이 나야 다시는 안 그러겠다 싶어 줘봤더니 이게 컵이 뜨거우니까 그만 놓쳤어. 그래서 얼굴의 껍질이 다 까졌더라고…….'"

비명 소리는 이수미에게서 먼저 나왔다.

"오, 주님! 오, 주님!"

"이해리가 말하더군요. '그래 어떻게 해. 그때 밤이고, 뭐 약도 없고 그래서 벌들 있길래 봉침을 놓아봤지, 괜찮을 거야.'"

작은아이……. 의혹에 의하면 그 아이가 그 신데레사 수녀의 아이였다. 이해리도 그 사실을 알고 있는. 이나의 가슴이 다른 리듬으로 쿵쿵 뛰기 시작했다. 왜 악행은 그들이 했는데 가슴은 이나가 뛰어야 하는지, 이나는 또 생각했다.

"아이는 괜찮지 않았어요. 그길로 아이를 병원에 데리고 가서 벌 쏘인 데 먹는 약 먹이고 밤새 찬물로 찜질하고 연고를 발라주었지요. 아이는 너무 놀라서 밤새 자다 깨다 하다가 눈을 뜨면 '엄마, 아무 데도 가지 마' 하고 또 잠들었다가 눈을 뜨면 '엄마, 아무 데도 가지 마' 하는 거예요."

송채영은 다시 울었다.

"애가 얼마나 무서웠을까 싶어서 제가 가슴이 다 무너지고 어린것이 얼굴—얼굴이라는 데가 얼마나 예민한가요. 쓰리고—이무척 아플 텐데 다른 말은 안 하고 '엄마, 어디 가지 마. 엄마, 어디 가지 마', 이런 말만 하니까……. 그리고 그날이 왔어요. 왜 그랬는지는 잘 모르겠어요. 아마 제 생각에는 그들은 이미 너무 많은 것을 알고 있는 우리가 부담스러워졌던 것 같아요. 어느 날인가 말도 안 되는 걸로 트집을 잡기에 제가 뭐라고 싫은 소리를 한마디 했죠. 그랬더니 그길로 왔어요. 그리고 아이 둘을 개 끌듯이 끌고……."

송채영은 오래 울었다.

"점입가경이네요……. 이건, 이건."

"그녀에게 아이들은 앵벌이하기 위한 강아지보다 못한 존재예요. ……우리 부부는 그 이후로 잠을 자지 못했어요. 문을 열면 아이들이 엄마 하고 올 것 같아서 밤마다……."

여자는 다시 울었다. 누가 엄마이고 누가 보모인지 혼동이 왔다.

"그런데 왜 송 선생님을 고소를 한답니까?"

서유진이 물었다.

"아이들이 억지로 '구름 어린이집'이라는 곳으로 끌려가서 거기에서 이십사 시간 맡겨져 있었나 봐요. 무진에도 어린이집 원장들 모임이 있고 여기는 서로 뻔해서 우리는 금방 알게 되었죠.

큰 녀석이 영특해서 제 전화번호를 알고 있는데 자꾸 전화를 하는 거예요. 처음에는 받으면 '엄마, 언제 우리 데리러 와?' 이러는 거예요. ……그러면 '그래, 선생님 말씀 잘 듣고 있으면 엄마가 금방 데리러 갈게' 하고 약속했는데 점점 이것도 못 할 짓이라는 생각이 들었어요. 어느 날 그 어린이집 원장이 저에게 전화를 했더라고요. '햇살아, 이제 아이들 전화 받지 말아. 아이들이 자기한테 전화하고 나면 하루 종일 울어.' 구름 어린이집 원장 심정도 이해해야 했고, 아이들이 아픈 것도 헤아려야 했고, 그래도 저희 부부는 이해하려고 했어요. 그래서 알겠다고 하고 아이들의 전화를 받지 않았지요."

이나는 서유진의 말을 떠올렸다.

"이 사람들이 제일 좋아하는 사람들 부류가 있어요. 흔히 '상식적으로' 사고하고 늘 '좋은 쪽으로 좋게' 생각하는 사람들, 이게 이들의 토양이에요. 이게 이 사람들 먹이예요. 그래서 상식을 가지고 사는 우리 같은 사람들은 당해내기가 힘들어요. 그러니까 일반적인 생각을 가지고 대하면 절대 안 돼요. 아무리 작은 하나라도 다 의심해야 해요. 그래서 싸움이 정말 힘들어요."

송채영이 다시 말을 이었다.

"그러던 지난봄 어느 날이었어요. 구름 어린이집 원장이 아이들 둘이 잠드는 걸 보고 잠깐 밤에 슈퍼를 간 모양이에요. 그런데 그사이 아이들 둘이 내복 바람에 맨발로 집을 나온 거예요. ……

아직 봄이라 날씨는 찬데 밤에 놀이터 한구석에서 맨발로 떨고 있는 아이들을 다행히 지나가던 젊은 사람이 발견해서…….”

“오, 주여.”

이수미가 눈물을 닦으며 다시 울었다.

“‘너희들 왜 이러고 있니?’ 하니까 애들이 ‘아저씨, 우리 엄마한테 전화 좀 해주세요. 그러면 우리 엄마가 저를 데리러 올 거예요’ 하더라는 거예요. ……큰애는 그때까지 우리 전화번호를 잊어버리지 않았고……. 그래 그 젊은이가 우리에게 전화를 했고 우리가 주소를 알려주니 저희 집에 데리고 왔어요. 내복 바람으로 온 애들을 보는데…….”

서유진이 코를 들이켜며 눈물을 닦았다.

“손발이 꽁꽁 얼었는데……. 그날 밤 아이들이 열이 펄펄 나고, 그래서 제가 먼저 구름 어린이집 원장에게 전화를 했어요. 구름 어린이집 원장도 아이들이 없어진 것에 대한 걱정보다 이해리에게 당할 생각에 식겁하고 있더라고요. 그리고 저희 부부는 그날부터 어린이집도 닫았어요. 이해리가 저희를 불법 이십사 시간 영업으로 고소해서 저희가 입건되었거든요. 게다가 아동 유괴, 약취……. 진실요? 정황요? 그런 거 필요 없어요. 이해리가 고소하면 검찰까지 가요……. 나중에 무죄로 방면되어도 우리같이 하루 벌어 하루 먹는 사람들에게는 이미 치명적이죠. 그래서 사람들이 말하죠. 똥이 무서워서 피하나 더러워서 피하지……. 아니에요. 이해리가 무서워서 피해요. 저도 무서워요. 구름 어린이집 원장도 저도, 우리 모두 그녀가 무서워요."

"그래서 그날 건으로 아동 유괴, 학대, 갈취, 협박으로 고소했다는 거예요? 다른 건 다 알겠는데 갈취는 뭐죠?"

"예, 그게, 이해리가 저희에게서 아이들을 데려갈 때 몇 달 치 양육비를 주지 않은 게 있었거든요. 나중에 전화 통화할 때 제가 '밀린 돈 주세요' 하니까 '무슨 돈? 무슨 돈?' 이러길래 제가 화가 나서, '돈이요, 돈 주시라고요!' 하고 소리를 지른 일이 있어요. 그런데 그걸 녹음해서 뒤를 잘라서 '돈 주시라고요!' 하고 소리 지른 부분을 경찰에 냈더라고요. 전 녹취를 안 했거든요……. 사실과 다르다고 했더니 경찰이 그러면 돈 받은 거래 기록을 가져오라고 했어요. 그달 치 양육비를 안 준 걸 증명하라고요. 증명할 수 없었……어요. 이해리는 현금만 썼고, 줄 때마다 기부금 영수증으로 받아갔어요."

"기부금요?"

"그렇게 해달라고, 그래야 뭐 표창장 받을 때 도움이 된다나 뭐라면서……. 우린 그냥 해달라는 대로……."

"대체 이 인간들 어디까지…… 기가 막혀야 하는지. 내가 도가 니도 겪고 다 겪었는데 보다 보다 이런 인간들은 처음 봐요."

"백 신부가 중재를 좀 하지는 않았나요?"

이나가 물었다. 송채영이 천천히 고개를 들었다.

"그가 이해리의 책사예요. 이해리는 머리가 나빠 그렇게 고발까지 다 생각해내지 못해요. 그가 고발장을 써주고, 그가 법률을 찾아주고, 그가 뒤에서 그녀를 조종해요. ……우리도 처음엔 몰랐는데……. 그녀가 우리에게 화를 내며 '모두 무릎 꿇어요' 하면……."

"아니, 왜 무릎을 꿇으라고 해요?"

한이나가 물었다.

"그 사람들 그래요. 항공사 재벌 사모님인 줄 아는지 툭하면 무릎 꿇으라고 해요."

이수미가 대신 대답했다. 그러자 송채영이 덧붙였다.

"그러면 백 신부가 말해요. '제가 대신 꿇을 테니 용서해주세요, 대표님.'"

한이나는 잠시 어안이 벙벙했다.

"코미디야, 코미디!"

"그래요, 코미디인데……. 당하는 사람에게는 비극이에요. 신부가 먼저 무릎을 꿇고 참회하는 모양을 하는 거예요. ……그걸 보면 우리 모두 무릎 꿇는 수밖에 없어요. 처음에 그렇게 엄청 속았어요. 그러고 나면 백 신부가 침착하고 낮은 목소리로 우리들을 불러 달래면서 말하죠. '이 대표님은 지금 임신 중이시고, 원래 예민하시고, 오직 한 가지 생각밖에 없으세요. 어떻게 하면 장애인들을 잘되게 할까. 그러니 여러분들이 도와주셔야 합니다.'

……우린 처음엔 그래도 신부님인데 싶어 다 속았죠. 그런데 나중엔 그놈이 더 나쁜 놈이다 했어요. 그거 우리 다 알아요, 이제."

비디오가 꺼졌다. 잠시 침묵 후 서유진이 입을 열었다.

"안 되겠다. 아이들까지 건드린 건 정말 안 되겠다."

"저도 뭘 해보겠어요. 기사로 써볼게요."

입술을 한참 깨물고 있다가 한이나가 말했다.

"그래, 아이들 문제인데 뭐라도 시작해요. 이건 검찰하고 경찰하고 시청한테 맡겨놓을 일이 아니야. 다른 건 백번 양보해서 시간이 가면 어떻게든 해결되겠지만 애들은 안 돼. 해보자, 한 기자! 시청 애들한테 맡길 일이 아니네."

서유진이 결심한 듯 말했다.

그때 박 간사가 문을 밀고 들어왔다. 그리고 서유진에게 A4용지를 하나 내밀었다.

"이해리에게 표창을 준 빈도 순으로 정치인들을 추렸어요. 보세요."

서유진이 용지를 받아 들었다. 그리고 잠시 후 그걸 내려놓았다.

"다군요. 다! 이 지역 전, 현 국회의원 몽땅! 이해리에게 표창을 줬어요."

9

"그러니까 그때 그 여자가 아동 학대를 했다고?"

이나는 뉴스텐에 전화를 했다. 팀장과 한 달여 만의 통화였다.

"네, 오늘 녹화도 했고 문자 메시지며 아이들이 화상 위에 봉침 맞아서 학대당한 사진도 있고. 써볼게요. 게다가 이해리 뒤에 이 지역 국회의원들이 모두 포진해 있어요. 누가 비호 세력인지 알 수조차 없어요. 어쩌면 그들 다인지도 몰라요…… 기억하세요? 애거사 크리스티의 소설 『오리엔트 특급 살인 사건』이요. 마치 그 소설처럼요. 거기 보면 열차 안에서 살인 사건이 일어나는데 그 열차에 탄 사람 모두가 범인이잖아요, 꼭 그런 느낌."

"한 기자."

팀장의 목소리는 차분했다.

"예."

"일단 자네가 휴직 중이고, 원칙이 말이야…… 그리고 우린 그리 크지 않은, 말하자면 명분을 중시하는 인터넷 언론이고…… 우리가 무슨 종합지처럼 대한민국에서 일어나는 모든 사건 사고를 시시콜콜 다 다루기는 힘들어. 더구나 지역사회에서 일어나는 일 같은 건."

"……아, 예……."

이나는 약간 머쓱한 기분이 되었다.

"그리고 내가 참, 뭐라 말해야 하나……. 오늘 밤 아마 뉴스가 터질 것 같은데, 최순실의 태블릿 PC가 발견되었다고. 이제 온 언론사, 아니 온 나라가 다 발칵 뒤집힐 거야."

"예? 최순실 태블릿이요? 소문으로만 떠돌던 그 최순실? 아까 인터넷 들어가 봤는데 아무 데도 그런 뉴스는 없던데요?"

"JTBC 손석희 뉴스룸이 먼저 손에 넣었나 봐. 일단 모두가 그 거 숨죽이고 기다리고 있거든. 때가 좀 안 좋네. 뉴스는 타임인 데……. 아무튼…… 보자고. 엄마 괜찮으시지? 내가 다시 연락할 게. 곧 전 기자 회의야."

"네, 며칠 있다가 퇴원하……."

급하긴 급한 모양이었다. 팀장은 서둘러 전화를 끊었다. 자신이 불과 몇 개월 동안 얼마나 변방으로 밀려나 있었나 실감이 났다. 지금쯤 뉴스텐 기자들은 둘러앉아서 가지고 온 정보들을 인트라넷에 취합하고 있을 터였다. 싱싱한 소식들을 날것으로 접하던 그때가 갑자기 그리우면서 이나는 자신이 한없이 촌스럽게 되어버린 기분이었다. 저들은 화제와 세상의 중심에 있고 자기 혼자 그 원 밖으로 밀려나 하염없이 울타리 바깥을 서성이는 기분이랄까.

그때 난데없이 해리의 목소리가, 여고생 해리의 목소리가 이나의 귀에 울렸다.

"……이나야, 너무 서러웠어. 엄마가 살아 있었다면 내가 이런 처지가 되었을까? 내가 주정뱅이에 무능한 아버지만 만나지 않았다면 내 삶이 이랬을까? 나는 왜 이 그지 같은 나라에 가난뱅이 집에서 태어나 이런 일을 겪어야 하니? 대학 가고 싶어. 이나야, 너희 엄마에게 부탁 좀 해줘. 너희 새아버지도 무진 대학교 높은 사람이라며? 내가 뭐라도 한다고! 내가 죽는 거 빼고 다 할 테니 나 등록금만 대주시라고……. 나 돈 조금만 주시라고. 너희 식구들에게는 그 돈 아무것도 아니잖아. 나 혼자 이 무진에 남겨지기 싫어. 나도 너처럼 서울로 가고 싶어. 청담동하고 압구정동하고 강남역에서 아이스크림하고 수제 버거 사 먹어보고 싶어. 이나야, 나는 여기 있는 게 싫어. 죽기보다 싫어. 신장이 문드러지는 것보다 싫어."

"아직도 기억나. 서울로 전학 간 네가 여름방학이 끝날 무렵에 내게 말했어. '솔직히 해리야, 너 많이 피곤해. 그리고 나 요새 비건인데 네게 누린내하고 생선 비린내도 나고……. 우리 나중에 어른 되면 만나자.'"

"······그랬어? 내가?"

"비건이 뭔지 아무도 가르쳐주는 사람이 없었어. 그때 인터넷도 없었고······. 나는 그 단어를 아직도 잊지 못해. 난 돼지가 된 기분이었어. 비건이 뭐야? 수제 버거가 뭐야?"

그날 밤 JTBC가 최순실 태블릿 PC의 존재를 보도했다. 온 나라는 최순실이라는 블랙홀로 빨려 들어가고 있었다.

"내가 '도가니 사건' 시위할 때 온 나라가 광우병 시위로 난리여서 아무도 우릴 바라보지 않았어. 그런데 이제 이해리 사건에서 최순실이 온 뉴스를 덮네. ······악인들은 누가 보호해주는 것 같아."

서유진은 혀를 찼다. 트위터와 페이스북 등에 이해리의 아동학대 사실을 올렸지만 별 반향이 없었다. 최순실 이슈는 이해리뿐만 아니라 소망원까지 가리는 훌륭한 커튼이었다.

이나는 저녁도 굶은 채 망연해 있었다. 집으로 가는 길에 벌써 노을이 지고 있었다. 기분이 몹시 울적해서 누구라도 만나 술이라도 한잔하고 싶었지만 이나에게 그럴 사람이 없었다. 모두가 울타리 안으로 들어가 문을 닫고 있는 것 같았다. 서울에서는 이런 느낌을 가진 적이 없었다. 거기에서는 가끔 "아이 때문에 오늘 저녁 약속은 안 돼"라고 하는 친구들이 훨씬 더 힘겨워 보였으니까.

이나는 이미 어두워진 바닷가 언덕에서 한참 서 있다가 차를 몰아 다시 집으로 향했다. 집 앞 골목으로 들어서 주차하려고 하는데 주위에서 안 보이던 차가 몇 대 서 있는 것이 얼핏 눈에 띄었다. 무언가 약한 전류가 대기 속으로 흐르는 것처럼 미묘한 느낌이 들었다. 무심한듯 주차하고 있는 차들에는 시동이 걸려 있었다. 이나는 잠시 헤아려보았다.

보안 장치는 이나의 집 대문부터 되어 있었다. 물론 CCTV도 있었다. 그러나 그게 필요한 건 어디까지나 사건이 일어난 후일 것이었다. 그런데 이나가 집 대문을 열고 보안 장치를 풀고 정원을 지나 현관으로 들어가 비밀번호를 누르고 다시 보안 장치를 풀 때까지 약 2분 정도의 시간, 그때 누군가가 이나에게 다가오면 그걸 제어할 방법이 없었다. 여기서 다시 되돌아 나갈 수도 있을 것이었다. 그러나 확인하고 싶다는 생각 또한 컸다. 이나는 속도를 줄여 집 앞에 차를 댄 후에 언제든 다시 차를 출발시킬 수 있게 시동을 걸어놓은 채로 강 변호사에게 전화를 걸었다. 이미 사방은 어두웠고 흐린 바다는 캄캄했다. 이나의 집 앞에는 작은 보안등 하나만 켜져 있어 주변은 휑뎅그렁했는데, 차 몇 대는 그 빛이 아닌 어둠 속에 서 있었다. 캄캄해서 그 차 안의 얼굴들은 보이지 않았다.

"아, 웬일이에요? 안 그래도 궁금했어요. ……어머니는?"

강 변호사는 반갑게 전화를 받았다.

"아 예, ……내일 퇴원이세요."

"그래요? 잘됐다, 퇴원하신다니……. 난 일 있어 어제 서울 왔어요. 조금 있다가 내려가려고 해요."

강 변호사는 쾌활하게 말했다. 이나는 식은땀이 흐르는 것을 느꼈다. 겨드랑이 아래로 땀이 뚝뚝 떨어지는 것이 앉은 채로 느껴졌다.

"저기……. 집 앞에 도착했는데 못 보던 차가 몇 대 서 있어요. 하나, 둘, 셋. 세 대."

"엥? 옆집 차 아니고요?"

"아니에요. 저희 집이 끝 집이고 누가 차를 댈 일이 없어요. 처음 보는 차들이에요. 그리고 누군가가 타고 있는 것 같아요."

"안에 누가 있는 게 보여요?"

"안 보여요. 선팅 때문에요."

강 변호사는 잠시 침묵했다.

"차를 돌려 나올래요? 내가 지금 기차를 타면 세 시간 반쯤 후 무진역에 도착할 것 같은데."

이나는 잠시 망설였다.

"무진 경찰서에 있는 경찰을 불러줄까요?"

"저기요, 저 사람들이 누구인지 알고 싶어요."

이나가 말하자 강 변호사는 화들짝 놀랐다. 이나는 결심한 듯 말했다.

"저기요, 제가 화상 전화를 걸게요. 녹화해주세요. 누군지 알고 싶어요. 누가 저들을 보낸 건지."

"미쳤어요! 위험해요, 혼자는!"

이나는 전화를 끊고 강 변호사에게 화상 전화를 걸었다. 강 변호사는 서울의 기차역인 것 같았다.

"이제 이 전화기를 들고 내릴게요. 자연스럽게 통화를 할게요. 녹화된다는 것도 알리고요."

"이 나이에 벌써 심장병으로 죽기는 싫은데……. 왜 그렇게 고집이 세요?"

이나는 화상 전화를 든 채로 시동을 끄고 차에서 내렸다. 그리고 큰 소리로 말했다.

"그래서요, 서울은 지금 최순실 때문에 난리더군요. 이 화상 전화 참 좋다. 녹화도 되나 보죠, 자연스럽게? 앞으로 취재할 때 이 화상 전화를 써야겠다."

이나는 차에서 내려 대문 앞으로 걸어갔다. 강 변호사는 화면 속에서 얼굴을 하염없이 찌푸리고 있었다. 뭐라고 말을 하기가 힘든 모양이었다.

"그래서요, 저희도 당분간 기다려보기로 했는데요."

이나는 열쇠를 넣어 대문을 열고 열쇠고리에 달린 카드로 보안을 풀었다.

"보안이 해제되었습니다."

보안 장치에서 기계음이 흘러나왔다.

"시청에서는 아직 말이 없고요."

등줄기로 땀이 줄줄 흘러내렸다. 차들에서는 아무 움직임이 없었다. 이나는 대문을 밀었다.

"예, 그래서 아마 더 기다려봐야 할 것 같아요."

이나는 대문을 닫고 천천히 정원을 걸어갔다. 정원은 어둠 속에 묻혀 있었다. 대문 밖에서 만일 차 문이 열리거나 닫히는 소리가 난다면 들을 수 있도록 제 발자국 소리가 나지 않게 이나는 일부러 잔디 위를 걸었다. 현관에 도달했을 때 강 변호사가 화상 저쪽에서 말했다.

"무슨 말이라도 해봐요. 나 지금 그냥 열차 올라탔어요. 표도 없이……."

"예, 그래서요. 제가 기사를 써보려고 했는데."

이나는 현관의 비밀번호를 눌렀다. "보안 장치를 풀어주십시오" 하는 멘트가 울렸다. 대문 밖에서는 아직 기척이 없었다. 이제 이걸 풀고 들어가 집 안에서 '경비' 상황을 만들면 일단 안심이었다. 그 사이가 이렇게 길게 느껴지기는 처음이었다. 이나는 열쇠고리에 달린 카드를 보안 장치에 대었다.

"보안이 해제되었습니다"라는 멘트가 울렸다. 그때 대문가에서 기척이 느껴졌다. 이나는 서둘러 현관문을 열었다. 자동차 문이 열렸다가 닫히는 소리가 들렸다. 이나는 뛰듯이 들어가 안에서

'경비'를 눌렀다.

"보안이 시작되었습니다. 편히 쉬십시오" 하는 멘트가 흘러나왔다. 이나는 어둠 속에서 이 층으로 뛰어 올라갔다.

"이나 씨, 잠갔어요?"

강 변호사가 물었다.

"예, 이제 잠시만요. 조용히 해주세요. 아니면 끌게요."

"끄지 말아요. 내가 조용히 할게요."

이나는 화상 전화를 든 채 어둠 속에서 이 층 다락방 창문가로 다가갔다. 잠시 차들은 침묵했다. 차 밖에 서 있던 검은 그림자 하나가 차에 다시 올라타는 게 보였고, 한 대에 이어 다른 한 대 그리고 또 다른 한 대의 검은 자동차가 이나의 집 앞을 떠나갔다. 이나는 다락방의 어둠 속에서 화상 전화의 카메라 방향을 바꾸어 그걸 강 변호사에게 그대로 보여주고 있었다. 다락방에는 이나가 사춘기 시절에 보던 책과 봉제 인형 등이 아직도 남아 있었다. 그들이 모두 떠나고 이나는 그 자리에 무너지듯 앉았다.

"그렇게 꼭…… 사람 힘들게…… 오늘 집에 들어가야 했어요?"

강 변호사가 열차 객실 사이에 서서 물었다.

"모르겠어요. 그냥 더 이상 도망치고 싶지 않았어요. 두렵지만 한번 맞서보고 싶었어요."

강 변호사가 한숨을 내쉬다가 말했다.

"다시는 이런 짓 하지 마세요……. 이것도 무모한 거예요. 다행히 아무 일 없었으니 망정이지."

"죄송해요. 그리고 고맙고요."

"누굴까요? 이해리가 보낸? 아니면 시장?"

"모르죠."

"혹시 번호판 못 외웠죠?"

"예, 그것까지는……. 검은 에쿠스, 하나는 검은 그랜저 같았고요, 하나는 은색 소나타."

"나, 이나 씨 때문에 저녁 약속 하다 말고 달려와 열차 탔어요. 배가 이제 고프네……. 계속 신경 쓰고 있을 거니까 무슨 일 있으면 연락 줘요. 내려서 일단 택시 타고 그리로 갈게요. 고집은 피우지 마시고 무슨 일 있으면 경찰 불러요."

순간 이나는 리나의 고모인 송윤희의 말이 떠올랐다.

"죄송해요. 지난번에 이해리를 추적하러 다니다가 조폭으로 추정되는 사람들에게 협박을 당한 적이 있습니다. 이해리의 영향력이 어디까지인지 솔직히 알 수 없어요. 무진의 조폭들과도 연관이 있는 듯하고 도청까지 가능하다고 들었습니다."

그렇게 밤은 깊어갔다.

10

 라면 그릇을 놓고 강 변호사는 그걸 후루룩후루룩 먹었다. 배가 많이 고팠던 모양이었다. 이나는 거실에 앉아 맥주를 따라 마시고 있었다. 약간 열린 창밖으로 바람이 제법 찼고 쌉싸름한 낙엽 냄새 같은 것이 났다.

 "아, 맛있어요. 참 잘 먹었어요. 참, 이나 씨는 밥 먹었어요?"

 "예, 전 그냥……. 전 맥주면 돼요."

 라면을 다 먹고 나서 강 변호사가 물었다. 밤은 깊었고 달도 없었다. 멀리 고깃배들의 불빛이 길게 갯벌을 비추었다. 밀물이었다. 어쨌든 깊은 밤에 남자 손님이 오는 터라 거실의 불을 다 밝혔더니 검은 바다를 바라보는 거실 유리창이 거울처럼 변해서 이나는 불을 끄고 스탠드를 밝혔다.

 "화가가 사서서 그런가, 참 좋네요, 집이."

 강 변호사는 라면을 먹느라 자신의 이마에 맺힌 땀을 닦고, 그제서야 집을 둘러보며 말했다.

 "영화에서나 보던 집이에요."

"그래요? 원래 여긴 그냥 바닷가였는데 저희 어머니하고 저 위에 살구나무 집의 돌아가신 김치과 원장님이 처음 함께 들어와 집을 지으셨어요. 그땐 딱 두 채였어요. 지금은 집들이 많이 들어서고……."

"이런 집에서 어린 시절부터 살면 어떤 기분일까요? 영화 속의 주인공처럼 되는 건가?"

강 변호사는 이나가 따라준 맥주를 마시며 말했다. 이나가 의아한 표정을 지었다. 이런 질문을 하는 사람을 이나는 곁에 둔 적이 없었다. 아니 해리가 있었던가. 어린 시절 놀러 와서 저녁이 되도록 해리는 가지 않았다. 그때는 엄마는 화실에 박혀 있었고 일하는 아주머니가 저녁을 차려주면 해리는 그 깡마른 몸으로 밥을 두 그릇이나 먹었다.

"이나야, 해리 너무 자주 집에 데리고 오지 마라. 아주머니가 귀찮아하셔."

엄마는 가끔 그렇게 말했다. 그래도 해리는 눈치도 없이 계속 따라와 저녁을 차릴 때까지 집에 가지 않았다. 아주머니가 "해리야, 고만 가고 낼 또 놀자" 하면 해리는 "네" 하고 대답하고도 가지 않았다. 이나는 알았다. 해리가 가고 싶어 하지 않는다는 것을. 그러나 그런 그 아이가 성가셨고, 그래서 이나는 혼자 식탁에 앉곤 했다. 해리는 이나가 밥을 뜨는 것을 멀리서 보다가 영악한 목소리로 방긋 웃으며 그제서야 말하곤 했다.

"이나야, 나 갈게. ……널 또 보자."

이나는 "응" 하고 말하고 뒤돌아보지 않았는데 해리는 참으로 오래오래 신발을 신었다. 왜 그 장면들이 지금 이 깊은 밤 떠올라오는지 알 수 없었다. 그동안 살면서 한 번도 해보지 않았던 회상이었다. 해리는 고픈 배를 잡고 긴 길을 걸어서 자신의 집으로 갔을 것이다. 술고래 아버지가 낮술에 취해 드러누워 자는 그 집. 그러면 해리는 그제서야 라면을 끓이거나 밥을 안쳤을 것이다. 생각해보면 그 어린 해리가 받았을 아픔이 상상조차 되지 않았다. 그런데 왜 이나에게 이 밤, 그 생각이 떠오르는 걸까. 이나는 왜 이제야 그게 마음이 아픈 걸까.

"그냥 원래 여기가 우리 집이라서 한 번도 그런 생각을 해본 일이 없어요."

"그렇구나. 저는 탄광에서 자랐는데 사택에 살았어요. 얼마 전에 다시 가보니까 열두 평 정도 되는데 방 두 개에 화장실과 작은 부엌 하나가 있더라고요. 거기에서 엄마, 아버지, 할머니 그리고 세 형과 누나, 여동생까지 살았어요. 어릴 땐 몰랐는데 다시 가보니 여기서 다 어떻게 잤으며 이 화장실은 다 어떻게 사용했지 싶더라고요."

"그럼 하나 둘…… 모두 아홉 명이……."

이나는 약간 놀라는 표정이었다.

"그랬는데 아버지가 제가 아홉 살 때 사고로 돌아가셨어요. 큰

형이 다시 탄광에 취직하면서 이번엔 형수가 들어와 조카를 낳 았죠."

이나가 어떻게 그런 일이, 하는 표정으로 눈을 동그랗게 떴다. 강 변호사가 조금 웃었다.

"내가 이런 말 하면 친구들이 모두 제게서 새까맣고 폭력이 난 무하고 음울한 어린 시절을 떠올리더라고요. 나중에 그게 더 놀 라웠어요. 내가 가난했고 아버지가 일찍 돌아가셨고 탄광에서 자랐다고 했지, 언제 우리 집이 불행했다고 말한 적은 없는데 말 이지요. 그런데 내가 특별히 말하기 전까지 모두가 내가 아주 불 우한 어린 시절을 보냈다고 생각하더라고요."

약간의 신선한 충격이 왔다. 그의 얼굴에서 느껴지던 촌스럽지 만 밝은 기운에는 사실 그런 어둡고 찌든 신산함이 전혀 없기는 했다.

"전 그런 기억이 나요. 엄마가 탄광 밥집에서 일하셔서 늘 남 은 반찬을 싸 오셨는데, 그래서 늘 저녁엔 맛난 거 먹던 생각. 조 금 늦게 먹었기 때문에 초저녁부터 항상 배가 많이 고프긴 했지 만……. 쉬는 날이면 엄마가 빵을 들통에 쪄서 설탕을 뿌려 주시 던 생각……. 정말 맛있었죠. 우리 형들은, 저야 머리가 나쁩니다 마는 다들 천재기가 있어서—큰형은 우리를 위해 탄광에 가야 했지만— 둘째, 셋째 형은 다들 전교 일 등을 도맡아 했고 책을 무진장 읽었어요. 도서관에서 책을 빌려오면 둘째 형과 셋째 형이 밥을 먹으며 책을 가지고 토론을 했죠. 끼어들 틈도 없었어요. 둘이 얼마나 논리가 경중경중 뛰는지. 우리 집 분위기로 봐서는 우스개 농담을 좀 고차원적으로 하지 못하면 그게 창피했죠. 나중에 형수가 들어와 조카가 태어날 무렵 두 형은 서울로 대학을 갔고, 누나와 여동생은 서울 공장으로 갔어요. 세상 모든 일에 나쁜 측면만 있는 건 아니라서 저는 집이 불편하니까 학교 도서관에서 살았죠. 그래서 공부도 꽤 했고 고등학교 때부터 전액 장학금을 받았어요. 알바를 하려고 보니까 공부를 하는 게 더 돈이 되겠다 싶었는데 잘한 거죠."

이나는 다소 경이로운 눈으로 강 변호사를 바라보고 있었다.

"나중에 변호사 되고 범죄자들을 만났는데, 물론 가난한 집안 출신들이 팔십 퍼센트나 되긴 했어요. 그런데 그 공통점을 보면 가난보다 불화가 더 치명적인 것 같아요. 뭐 어려운 말로 사랑의 부재……. 대개 가난이 사람을 쫓기게 하고 사랑할 능력을 잃어버리게 하니까요. 운이 좋게도 우리 집에서는 한 번도 가족들이 서로 싸우는 걸 못 봤어요. 나중에 대학 와서 잘사는 친구네 갔다가 그 집에서 자는데 그날 밤 그 집 부모님들 엄청 싸우시더라고요. 그때 알았죠. 이렇게 좋은 집에서라도 저렇게 식구가 싸우면 내 멘탈도 견디지 못하겠다."

강 변호사는 웃었다. 그리고 잠시 주머니에서 핸드폰을 꺼냈다. 이 새벽에 문자 메시지가 온 것 같았다. 그는 웃으며 천천히 뭐라고 답장을 쓰더니 핸드폰을 탁자 위에 놓았다. 아내이거나 아마도 여자 친구일 것이라고 이나는 막연히 짐작하면서 왠지 이 빈 집에서 그와 둘이 있는 게 몹시 거북하게 느껴졌다.

"엑스 와이프예요."

이나가 거북해하는 걸 느꼈는지 강 변호사가 말했다. 이나는 "아, 예" 하는 대답 외엔 하기가 힘들었다. 엑스 와이프라니. 그러면 이혼을 했단 말인가.

"아기 낳았다고 사진 보내왔어요. 어젯밤에 낳았다고."

하루 종일 충격의 연속인 듯했다. 이나는 얼핏 웃었다. 하지만 이런 충격은 약간은 신선했다.

"뭐, 나중에 말하게 될 기회가 있겠지만, 우린 결혼 일 년 만에 헤어졌어요. 서로 어렸고 상대를 전혀 다른 사람으로 착각했다는 걸 알게 된 거죠. 그 사람 그러고 다시 결혼해서 미국 갔는데……. 그런데 지난 대선 때에 불쑥 연락이 왔어요. 문자가 온 거죠. '현수야, 너 괜히 진보당 찍지 말고 이번에 문재인 밀어줘' 하고. 참 나……. 그러곤 덧붙이는 거예요. 나 니네 형들하고 형수 그리고 누나들한테도 다 문자 보냈어. 뭐라고 물어보면 네가 잘 이야기해줘……. 그래서 그때부터 간간이 문자로 안부를 전하고 살지요."

"참 쿨하시고 보기 좋네요."

이나가 말했다.

"그렇긴 하죠. 제가 좀 쿨해요. 복잡한 건 딱 질색이에요. 내 친구 녀석들 이혼 많이 처리해주었는데 이혼하고 원수같이 지내는 것 보면 이해가 안 가요."

강 변호사는 거실에 서서 맥주를 마시다가 불쑥 물었다.

"그런데 저 위의 살구나무 집 와인은 잊었어요?"

이나는 의아하게 눈을 뜨며 강 변호사를 바라보았다.

"와인 격언에 이런 게 있죠. '새 와인을 땄으면 옛 와인은 잊어라.'"

그날 게 요리를 먹으며 이나가 노을과 백 신부 그리고 김남우에 대해 생각에 잠겼을 무렵 강 변호사가 했던 말이 떠올랐다.

"네? 아아……. 그게요, 그게."

이나는 맥주를 잘못 삼켜 약간 사레가 들릴 뻔했다. 무슨 이야기를 들은 것일까. 이나는 그저 무심히 받아넘기기로 했다.

"그 와인은 전전전 와인쯤 되는데요."

나름 재치 있게 대꾸했다고 생각하는데 강 변호사가 다시 말했다.

"그래도 제일 비싼 와인이었던 것 같은데……. 어때요. 날 한번 경험해볼 생각은 없나요?"

이나가 자기도 모르게 두 팔로 자기 어깨를 감싸 안았다. 무슨 뜻인지 언뜻 감이 오지 않았고 동시에, 실은 정확하게 느낌이 왔다.

"우리 몇 번이나 봤다고요?"

강 변호사가 하하 웃었다.

"그러네요. 그렇게 말하는 거 보니 내가 아주 퇴짜를 맞은 건 아니군요."

이나는 맥주를 잔에 더 따랐다.

"우리 엑스 와이프 나랑 고등학교 동기예요. 우린 거의 십 년 이상을 같은 학교, 같은 과에 다녔죠. 스터디도 같이 하고……. 거의 떨어진 적이 없어요. 그런데 겨우 일 년을 살고 서로 동시에 말하게 된 거죠. 아, 너는 내가 생각하던 그 사람이 아니었어……. 그때 깨달았어요. 우리 큰형은 중매로 만나 세 번 보고 결혼해서 삼십 년을 잘 살고 있는데요, 뭘……. 나 다음 달 모든 자료 인계하고 뉴질랜드로 가려고요. 원래 다음 주에 가야 하는데 약간 가기가 싫더라고요. 왜 그러지? 하고 생각하고 있었는데 오늘 알게 되었어요. 그게 당신 때문이라는 걸. 당신이 그 괴한에게 무슨 일을 당하면 내가 너무 힘들 것 같더라고요. 왜냐하면 좋아한다는 말도 못 하고 보내는 게 싫으니까. 그래서 이 밤에 왔어요. 어때요, 나하고 혼인 신고를 해보는 건."

이나가 잔을 든 채로 털썩 주저앉았다. 약간 현기증이 일었다.

"음……. 좋아해주셔서 감사해요. 오랜만에 들으니 기분이 나쁘진 않네요. 그런데 이런 청혼은 별로 기대해보지 않아서, 이게 청혼이라면 청혼은 좀. 아무튼."

"아, 그럼 원하시는 그림대로 꽃이나 뭐 와인이나 반지나 사 올

수 있어요. 그런 게 뭐 어렵다고."

"아, 그런 뜻 아니에요. 다만 저는 이제 더는 연애도, 더더군다나 결혼은 생각이 없어요. 그렇게 마음먹은 지 좀 돼요."

이나는 건조하게 대꾸했다. 강 변호사는 이나의 곁으로 다가와 약간의 거리를 두고 앉았다.

"마음이야 바꾸면 되지요. 저도 짐 다 부쳤어요. 친구 놈 집으로 부쳤는데 전화하게 생겼다니까요. 야, 그 짐 풀지 말고 도로 한국으로 보내."

이나는 자기도 모르게 그에게서 약간 더 떨어져 앉았다.

"저 때문에 그러실 필요는."

강 변호사가 말했다.

"계획은 바뀌는 거예요. 그게 더 좋은 거예요."

그는 들고 있던 잔을 이나에게 내밀었다. 건배를 한 두 사람은 잠시 맥주를 몇 모금 더 마셨다.

"학교 다닐 때 민 변호사님이 늘 말씀하셨죠. 이봐, 쓸데없는 고집들은 부리지 말아. 원래부터 좋은 건 이 세상에 없어. 그러니 뭐든 시작부터 해봐. 다 맞추고 뜯어고치고 그러는 거야. 미국 헌법은 이백 년 전—그때 저희 학교 다닐 때의 기준으로—에 만들어져 스물일곱 번 바뀌었어. 스위스 연방법은 프랑스 2월 혁명 있던 1848년에 만들어져 두 번 완전 고치고 백 번 넘게 수정되었어. 그 완벽하다는 독일? 역시 비슷하지. 1949년 이래 지금까지

예순 번 고쳐졌지. 어때? 이건 치욕이 아니야. 변경하고 수정하고 고치는 능력은 민주주의의 큰 힘이야. 그러므로 중요한 것은 적절한 사람을 선출하는 것도 있지만 부적절한 사람을 유혈 사태 없이 물러나게 하는데도 있는 거야."

강 변호사는 어깨를 으쓱했다. 이나는 입을 다물었다.

"내가 너무 심각한 말을 던졌군요. 저 그만 갈게요. 나 담 달에 가기 전까지 대답해줘요. 많이 생각하지 말고 맘 가는 대로. 결혼이, 관계가 생각으로 이루어지는 거면 생각을 많이 해야 하는데 주로 마음하고 몸을 쓸 거니까, 마음 가는 대로, 몸이 가는 대로 하면 더 좋고요."

강 변호사는 일어섰다. 이나는 얼결에 그를 따라 현관까지 갔다. 강 변호사가 그런 그녀를 돌아보았다.

"보통 이럴 때 '왜 나를 좋아하시죠?' 하고 물어보는 것 아닌가요?"

이나가 잠시 멈칫했다.

"좋아하는 데 이유가 있지요……. 보통 자신은 그걸 모른다는 게 함정이지만……. 실은 내가 왜 기분이 엄청 나쁘거나 좋거나 그러지 않지? 하고 생각하는 중이에요."

강 변호사가 이나의 눈을 들여다보았다. 안경 너머로 보니 그의 눈은 조금은 장난꾸러기처럼 검게 빛났다.

"모르겠어요. 언젠가 술 마시고 바다 보려고 헤매다가 이쪽으로 들어선 거 같아요…… 그때 안개 속에서 한 여자가 불 꺼진 집 담을 올려다보고 서 있는 걸 봤어요……"

이나가 놀라 강 변호사를 바라보았다.

"오늘은 바다 쪽에서 올라왔으니 그 집 앞에 서 있지 않아도 되겠네요."

지난번에 집 앞에 데려다주고 나서 했던 강 변호사의 말이 떠올랐다.

"이런 말 하면 어떨지 모르지만, 내 아내였던 그 여자가 그렇게 미국으로 떠난 후, 이제 영영 다시는 우리가 우리일 수 없다는 걸 알게 된 후에 술만 먹으면 그 여자가 살던 집 앞에 가서 서 있었어요. 꼭 어쩌자는 것은 아니었어요. 그때 그 여자가 '그럼 우리 다시 시작하는 거야?' 하고 물었다면 아니라고 했을 거예요. 그런데 그냥 그랬어요. 그때의 나를 보는 것 같았어요."

이나는 부끄러운 모습을 들킨 것처럼 입술을 앙다물었다. 너무 많은 것을 들킨 것 같아 잠시 수치심 같은 것이 느껴져서 자기도 모르게 볼이 살짝 붉어졌다.

"다시 교구청에서 만났을 때 사실 좀 놀랐어요. 이상하게 생각했는데, 그리고 헤어졌는데 자꾸 생각이 났지요…… 그게 다예요. 왜 그랬는지 조금 더 생각해볼 필요가 있긴 해요. 하지만 생각한다고 '그럼 강철아, 그건 왜냐하면……' 하고 생각이 날까요? 다 부질없죠. 저로서도…… 이런 감정은 낯설어요. 하지만 우리에겐 서로 갈 길이 있고 시간은 그리 많지 않아요. 젊은 애들처럼 알콩달콩할 시간 말이에요."

그때 강 변호사의 핸드폰이 다시 울렸다. 강 변호사가 핸드폰을 꺼내 들었다.

"이해리네요. 그녀가 게시물을 올리면 알림이 오게 해놓았거든요. 뭘까요, 이 새벽에."

두 사람은 강 변호사의 핸드폰 앞에 머리를 맞댔다.

이해리
5시간 전

여러분, 축하해주세요.
지난밤 병원에 도착한 지 한 시간 만에
별 진통 없이 무사히 새 생명을 낳았답니다.
너무 순하게 나와서 우리 아이 이름은 순돌이.
예, 아들을 낳았고요.
우리 큰딸 리나를 누나로 하고

우리 주찬이 주민이를 형으로 하는 이 생명.

이 나라의 인구가 줄어가기에

정자 기증으로 낳은 우리 아기 축하해주세요.

비록 아이 아빠는 없지만

여러분이 아빠가 되어주실 거지요?

미혼모라면 떠오르는 그 단어들.

궁상. 청승. 가난. 저는 이런 걸 거부하기에

아이를 낳은 오늘도

드라이어로 머리를 정돈하고 예쁜 옷을 입었어요.

저더러 임산부가 그게 뭐냐는 분들 계시는데

질투하지 마세요.

먹는 거 덜 먹어 이웃과 나누면

이렇게 아이를 낳고도 날씬할 수 있답니다.

그러니 이제 우리가 행복할 수 있다는 걸

꼭 보여드리고 싶어요.

11

그렇게 가을이 깊어가고 있었다. 이제 길가에 선 나뭇잎들은 하나둘씩 떨어져 내리기도 했고, 엄마는 많이 회복되어 다음 개인전을 준비하고 있었다. 새벽이면 이불을 끌어당겨야 하는 시간이 왔다.

서유진은 소위 '최순실 정국' 속에서도 꾸준히 이해리의 아동 학대 사진을 유포했고, 계속해서 무진 경찰서에 고소장을 접수했다. 마치 도가니 사건에서 자애 학원의 고소장을 접수하지 않았듯 경찰은 이번에도 번번이 어깃장을 놓았다. 하지만 서유진의 호소는 맘 카페 및 일부 진보적인 커뮤니티를 중심으로 확산되었다.

"이놈의 경찰들은 어쩌면 이렇게 바뀌지 않니? 저 장 경사는 어떻게 다른 곳으로 발령도 안 나고!"

이해리는 그동안 빌딩을 한 채 더 샀고 뜻밖에도 그 일주일 후 무진시는 그 일대를 고급 아파트 타운으로 개발한다는 공고를 붙였다. 해리는 갓 낳은 아이 순돌이를 키우는 재미에 푹 빠졌고

SNS, 즉 페이스북과 카카오스토리 등에 수많은 팬들을 거느리고 다녔다. 이제 그녀는 섹시한 봉사자 아이콘에서 아기 예수를 품에 안은 성모의 아이콘으로 성장하고 있었다. 백진우는 목사 수업을 받고 있다는 소식을 SNS로 올렸다. 서유진과 한이나에게 아픔을 호소했던 피해자들은 혹시나 했던 희망도 포기한 채로 소식을 끊었다. 오승화 화백은 경찰에서 간단히 조사를 받았고 백진우 신부가 고소한 모든 사건은 그렇게 흐지부지되어 원래 그가 의도한 대로 "나는 이토록 억울하다"는 뉘앙스를 강하게 남기고 실질적으로 종결되었다.

그러던 어느 날 서유진에게서 긴급한 상황을 알리는 문자가 도착했다.

이 나쁜 시청 놈들이 법제처에서 진작 답이 왔는데도 뭉개고 있었어. 오늘 두 시 시청에 들어갈 예정. 이수미, 한이나 같이 참석 바람.

서유진은 문자와 함께 공문 파일을 첨부했다.

내가 정보공개 청구해서 겨우 알아냈는데 그때, 우리가 미팅할 때 벌써 이놈들 이 공문 받고 있었던 거야. 잘 봐봐, 뭐라고 써 있는지.

파일 안에는 이런 내용이 적혀 있었다.

'사회복지사의 자격을 취득한 지 3년 되는 자로서'의 해석은 국립국어원 표준국어대사전에 의거하여 '~로서'는 자격을 취득한 지 3년이 된 자라는 자격을 의미합니다. 그러므로 사회복지사는 자격을 취득하고 3년 동안 봉사해야 센터를 설립할 수 있는 자격을 얻게 됩니다.

이나는 그것을 읽었다.

"대체 국어사전 하나를 찾기 위해 법제처에 공문을 보내 법조문 해석을 의뢰하고 세금으로 계속 그들 운영비를 주고 있었단 말인가요?"

"코미디도 이런 코미디는 처음 봐. 당장 시청으로 가자."

시장은 공석 중이었고 그들을 맞은 것은 늘 만면에 웃음을 띠고 있는 주 비서였다.

"그게요. 자기들이 그렇게 화를 내는 게 일리는 있지. 그런데 봐봐요, 봐봐……. 우리가 받았는데 그간 시청이 도청 정기 감사 받았지, 시장님 싱가포르 외유하셨지, 그 공문이 도착한 걸 아는 과장이 깜빡 잊고 책상에 넣어놓았다가 글쎄, 발령 나서 도청으로 가게 되었는데 그걸 인계를 못 한 거야."

서유진이 팔짱을 긴 채 어이가 없다는 얼굴로 주서경을 빤히 바라보았다.

"주 비서님, 참 이상도 하지요. 압수를 했는데 누군가 축소를 해서 구속도 못 하고, 법제처에서 해석이 왔는데 갑자기 책상 속으로 들어가 나오지를 못 하고……. 만일 제가 정보공개 청구를 하지 않았다면 얼마나 많은 시간이 지나갔을까요?"

"그러니까 이제 절차를 밟아야죠, 절차를."

"무슨 절차를 또 밟아요. 바로 직권으로 승인 취소하시면 되지요."

"그게 그렇지 않아요. 우선 시장님 싱가포르에서 오신 지 얼마 안 되어서 좀 피곤하시니까 담 주에 보고드리고 심의할게요. 조금만 기다려주세요, 예? 뭐 그렇다고 사람 숨 넘어가는 것도 아니고 이해리도 출산했는데 갑자기 쇼크 주면 인간적으로 그건 너무하잖아요. 담 주면 삼칠일 지나니까 그때 합시다. 자, 되셨죠? 참, 이수미 씨는 저하고 자료 몇 가지 더 챙겨주실래요?"

이수미를 거기 두고 시청을 걸어 나오던 그들은 무진 경찰서로 가기 위해 시청 앞 횡단보도에 서 있었다.

"시청과 무진서, 시청과 무진서를 얼마나 오갔는지 아니? 진보면 뭐 하고 보수면 뭐 해. 이놈의 공무원들 복지부동하고……. 경찰들 곤조는 아무 상관이 없어."

"아, 나 정말 여기 온 지 두 달 좀 지났는데 흰머리가 두 개 돋았더라고요. 아줌마는 어떻게 이걸 다 견디세요?"

"흰머리 두 올? 하하, 우리 이나 씨 정말 귀엽구나. ……견디면 못 살지. 그냥 그 하루만 사는 거야. 오늘 하루 너무 스트레스 받지 않게 조심조심. 만일 어떤 사안의 스트레스가 나를 침범하면 단식을 해요."

"단식을요?"

"응. 만일 스트레스가 차면 내 안의 분노가 차오르고 분노가 차면 온몸이 예민해지면서 화기가 올라오거든. 그것도 일종의 에너지야. 과잉 에너지. 그래서 그때는 마음을 조절하기가 힘들어. 이미 몸은 예열을 하고 곧 열을 뿜어내고 마니까 말이야. 마음은 그 열을 받아 엔진이 장착되듯이 로켓포처럼 무언가가 쏘아지는 거야. 그래서 몸의 열을 빼는 거야, 기운을. 그러면 화기도 빠져. 가끔 아이들한테 소리 지르고 있는 나를 발견할 때, 어떤 사안에 지나치게 민감해질 때, 그땐 굶어야 해. 그때 최악은 술을 마시는 거……. 술은 엄청난 에너지를 줘. 분노든, 흥분이든, 낙담이든……."

"아, 그래요, 그렇구나……. 전 그럴 때 막 술 마시고 싶던데요……. 찬 술요, 그러면 좀 식을까 봐서요. 그게 다 휘발유를 붓는……."

"그렇지. 만져봐서 차다 해도 휘발유는 휘발유예요."

두 여자는 신호가 바뀌어 길을 건너려고 차도로 내려섰다가 입을 다물었다. 순간, 이나는 무심코 고개를 돌려 횡단보도 앞에

선 차를 보게 되었는데 그때 엷은 선팅 너머로 김남우와 박치수 시장의 모습이 보였다. 핸들을 잡은 김남우는 조수석의 시장 쪽으로 귀를 기울이며 시장의 이야기를 듣는 듯했는데 그게 뭐가 우스운지 곧 고개를 뒤로 젖히며 웃어댔다. 왜일까. 그럴 때 그 소리가 무엇인지 알 수 없어도 그 어떤 빛깔은 느껴지는 것, 그것은 뭐랄까, 아주 좋지 않은 아우라를 풍기고 있었다. 예를 들면 두 남자가 어떤 가여운 여자 하나를 나쁜 방식으로 소비하고 나서 낄낄거리는 그런 느낌이랄까. 이나가 도중에 입을 다물었기에 서유진의 시선도 똑같이 차 안의 그 둘을 향했다. 두 여자는 길을 건너 무진 경찰서 쪽으로 걸었다.

이나는 약간의 현기증을 느꼈다. 꼭 못 볼 장면을 본 것처럼 구토도 밀려왔다.

노을을 바라보고 있던 그 순간 이나는 바닷가 방파제 위에 앉아 있었다. 그때 뒤에서 억센 남자의 손이 느껴졌고 그대로 이나를 끌고 누웠다. 어둠은 조금씩 내리고 있었다. 오랑우탄 같은 손이 이나의 스웨터를 지나 블라우스 속 가슴으로 들어섰다. 뒤로 목이 거의 졸리듯 잡힌 상태였기 때문에 이나는 반항할 수 없었지만 움직이지 못했던 보다 큰 이유는 이 신부가 자신에게 왜 이런 행동을 하고 있는지 도무지 이해할 수 없었기 때문이었다. 처음에는 언뜻 무슨 위험이 닥쳐 이나를 뒤에서 껴안고 피하는 듯도 느껴졌다. 그것이 아니라면 신부가 왜 자신을…… . 이윽고 이나의 귓불로 뜨거운 김이 느껴졌다. 그제서야 이나는 이 모든 것이 성적인 행동이라는 것을 어렴풋이 깨달았다. 몸을 비틀었지만 막대기처럼 굳어 있는 몸은 더 이상 움직이지 못했다. 너무도 오랜 시간이 영원처럼 흐르고 있는 것 같았다. 모든 소리는 정지했고 어디선가 촛불의 심지가 꺼지는 듯한 냄새가 났다.

멀리서 아이들이 돌아오는 소리가 들리자 백 신부는 뒤에서 포옹하고 있던 손을 풀고 일어나 앉았다. 이나는 그대로 누운 채로 꼼짝하지 못하고 있었다. 그제서야 약간 다급해진 백 신부가 이나를 일으켜 앉혔다. 일어나면서 언뜻 아주 멀리서 누군가가 자신들을 보고 있다가 고개를 돌리는 것을 보았다. 김남우였다. 이나는 그 자리에서 더욱 움직일 수 없었다. 어떤 거대한 빙하 속에 혼자 갇혀버린 것 같았다. 어쩌면 그렇게 이십 년을 이나는 그 빙하 속에서 나오지 못했는지도 모르겠다. 그날 남우가 그렇게 고개를 돌리는 것을 이나가 본 것은 일 초도 안 되는 시간이었다. 그런 것이 있다. 찰나에 파악되는 긴 사연…… . 마치 꿈속에서 가끔 그러듯이 말이다. 그런데 오늘, 건널목을 건너면서 이나는 문득 깨달아야 했다. 김남우와 박치수 시장의 웃음이 무엇을 뜻하는지. 저 둘은 최소한 모든 것을 알고 있고, 저 둘은 최소한 공모자였다.

"왜 그래? 한 기자."

이나는 길거리에 멈추어 섰다. 그리고 길가에 벽을 짚고 서서 헛구역질을 시작했다.

"약속해줘. 앞으로 나쁜 걸 보면 나쁘다고 말해줘."

얼마 전 우연한 재회에서 이나가 말했을 때 굳어지던 남우의 얼굴. 소리를 줄여놓고 뮤트 상태로 이 모든 것을 기억하자 그 말을 했을 때 당황해하던 그의 얼굴이 떠올랐다. 그것이 실체에 가까운 진실이었다.

이해리
5시간 전

아이를 낳고 행복한 삶도 잠깐, 이제는 정말 지쳐갑니다.

왜 나를 그냥 놔두지 않습니까.

저는 가난한 집안에서 태어나 이제껏 행복해본 적이 없습니다.

아홉 살 때 돌아가신 엄마.

내가 마지막에 본 것은 앰뷸런스였습니다.

나는 아직도 앰뷸런스 소리를 들은 날은 잠을 자지 못합니다.

아버지는 엄마가 돌아가신 후 술만 드셨지요.

오빠는 나를 때렸고, 아홉 살 나는 새벽부터 일어나

두 남자의 밥을 지어야 했습니다.

공부가 하고 싶었으나 마치지 못했고

세상 누구도 나를 돌아보는 사람은 없었습니다.

아버지가 싫어 무작정 부산으로 갔다가

거기서 운명의 남자를 만나 사랑에 빠지고

시댁의 반대에도 불구하고 결혼했지요.

임신 7개월 때 그 사고를 만나

남편은 그 자리에서 즉사하고

나는 겨우 살아났으나

아이를 조산하고 말았습니다.

희망을 잃어버리고 자살을 기도했는데

세 번째 자살 기도를 하던 날 날 보고 웃고 있는 우리 리나.

결국 나는 모아두었던 수면제를 버렸고

십자가를 붙들고 하느님을 용서해드렸습니다.

그리고 내 죽은 남편에게 평생 정절을 지키기로 맹세하였고

스물다섯에 과부가 된 여자에게 여전히 삶은 막막하였습니다.

그런데 그다음 날 우리를 용서하지 않으시던

시아버지가 기적처럼 나를 찾아오십니다.

무신론자셨던 시아버지는 꿈속에서 나를 용서하라는

하느님의 말씀을 들으셨다고 했지요.

해리는 내가 보내준 당신의 천사라고 하셨다고.

나는 전율 속에서 꼼짝도 못 하고 서 있었습니다.

이미 내 가슴에는 결핵 3기의 균이 가득 퍼져 있었고

의사는 폐 한쪽을 잘라야 한다고 했지만

그 수술을 받을 돈조차 없어 절망으로 가득하던 그날에

하느님께서는 시아버지의 꿈을 통해

나를 살려주셨던 것입니다.

그 후 시아버지의 장애인 사업을 도와 십 년…….

연로하신 아버님은 돌아가시고 저는 고향으로 돌아와

장애인들을 섬기며 삽니다.

사랑하는 남편과 존경하는 시아버지의 죽음을 보며 알았죠.

바오로 사도의 말대로

이 세상 것들은 모두 쓰레기이며

우리는 다만 천국을 바라보며 산다고.

그렇지 않다면 우리는 너무도 가련한 존재들이라고.

수술로 한쪽 폐를 들어내고

위암으로 다시 위 한쪽을 잘라내고

한쪽의 신장을 들어내며

하늘은 내게 참으로 모진 시련을 주셨습니다.
늘 몸에 열이 오르고 커피만 마셔도 기절하며
술은커녕 드링크제만 마셔도 앰뷸런스에 실려갑니다.

그러나 저는 절망하지 않고 오늘도 힘을 내어 말합니다.
저는 이제 네 아이의 엄마이니까요.
두 아이는 몸으로 낳고 두 아이는 맘으로 낳았습니다.
그러나 저의 이런 가난과 불행한 과거를 이용해
저를 비난하고 음해하는 세력들이 있습니다.
있지도 않은 우리 아이들의 이야기로
소설을 쓰는 무리들이 있습니다.

저는 살고 싶습니다.
저는 이제 행복해지고 싶습니다.
어려분, 이 음해하는 세력들 사이에서 저를 구해주십시오.
가난하고 불행하게 살았다는 것이 죄는 아니지 않습니까?

0.5

　　슬픔에 젖은 해리의 호소는 엄청난 공유로 퍼져 나갔다. 그녀를 지키기 위한 그룹도 만들어졌다. 그녀를 비판하던 레몬그라스 맘 카페는 비난하는 세력들의 해킹으로 잠시 문을 닫아야 할 정도였다. 하지만 이해리의 횡포에 대한 비난은 일부 맘 카페를 중심으로 더 퍼져 나갔고 신문과 방송 또한 '엔젤스 윙 주간보호 센터'의 설립 허가에 대한 비판을 기사화했다. 이제 무진의 시민들은 세 그룹으로 나누어졌다. 하나는 시장과 이해리의 결탁에 관해 비판하는 그룹이고, 둘째는 이해리를 변명하는 그룹들 그리고 언제나 그렇듯 대다수는 침묵하며 사태를 방관하는 그룹이었다.

　거듭되는 언론의 요청을 받던 시장은 어느 날 기자들의 질문에 이렇게 대답했다.

　"지금 철저히 조사 중인 사안입니다. 법제처의 회신이 도착했고 절차를 밟는 중입니다. 시간이 좀 필요합니다."

　그는 더 이상의 질문을 받지 않았다.

"확실해졌어. 처음에는 촉이었는데 이젠 확실한 것 같아요. 시장이 하는 짓이 기막혀요. 이제는 더 이상 물러설 수가 없어."

서유진은 무진 인권 센터 이름으로 성명을 발표했다. 맘 카페 회원들과 함께한 시청 앞 시위는 생중계되었다. '엔젤스 윙 주간 보호 센터'의 설립 취소 및 아동 학대 부분의 기소를 촉구하는 시위였다. 법제처의 정보공개 요청도 서유진에 의해 인터넷에 공개되었다. 이쯤 되자 시장도 더는 물러설 수가 없었다. 국정감사에까지 이 문제가 올라오자 시장은 어느 날 '엔젤스 윙 주간보호 센터'의 폐쇄를 전격 발표했다. 상황은 급박하게 흘러갔다. 다행이었다. 최소한 그들의 범법성의 기반이 사라지는 것일 테니까.

그날 이른 아침 《무진일보》의 남 기자에게 신문사로 전화가 걸려왔다.

"박치수 시장과 이해리의 관계에 대해 말씀드리고 싶습니다."

목소리는 여자였다.

"지금 뵙고 싶습니다. 신문사 지하 카페에서 기다리고 있습니다."

남 기자는 일 분 정도 망설이다가 엘리베이터도 타지 않고 뛰어 내려갔다. 막 문을 연 카페에서 아직 여주인이 청소도 다 끝내지 못했는데 한구석을 차지하고 앉은 남녀가 보였다. 첫눈에 그는 그들이 논란의 중심이 되고 있는 이해리와 그와 함께 일하는 백진우 전 신부인 것을 알아보고 숨이 멈추어졌다. 분명 통화에서 그녀는 "박치수 시장과 이해리의 관계에 대해 말하고 싶다"라고 했었다. 그런데 정작 나타난 것은 본인들이었다. 머릿속으로 빠르게 몇 가지를 상상했지만 어떤 것도 딱히 떠오르지는 않았다. 남 기자는 천천히, 그러나 신중하게 몇 가지 상황들을 예측하며 걸어갔다.

이해리는 아이를 낳은 지 한 달도 안 된 상황에서도 여전히 붓기라곤 없었다. 남 기자는 천천히 자리에 앉았다. 백진우 신부는 예전에 몇 번 멀리서 본 적이 있었는데 이해리를 대면한 것을 처음이었다.

나중에 남 기자는 질문하는 사람들에게 대꾸했다.

"나도 백진우 신부하고 그렇고 그런 사이가 아닐까 의심했는데 막상 둘을 만나니까 그렇지 않다는 확신이 들었어요. 이런 말 좀 하기가 뭣하지만, 이해리 그 여자 그 짧은 만남에서도 날 유혹하더라고요. 파인 가슴, 짧은 치마……. 그 와중에 그 짧은 치마를 입고 다리를 올리는 거야, 마주 앉았는데……. 그리고 눈빛……. 좀 어이가 없었어. 옆에 앉은 남자, 백 신부가 아기 아빠라면 그럴 수는 없지 않겠어?"

"놀라셨죠?"
자리에 앉자 이해리가 입을 열었다.

남 기자는 "아, 예" 하며 웃었다. 이해리가 말을 이었다.

"무진에 제대로 된 기자가 누가 있나 하고 신부님과 제가 찾다가 역시 《무진일보》 남 기자님뿐이라는 생각을 하고 왔어요."

"아, 감사합니다."

"망설이다가 왔어요. 박 시장님 그러시면 안 되죠. 제가 소싯적에 그분과 그렇고 그런 사이, 그러니까 그분이 절 무척이나 좋아하던 사이라는 것은 아시죠?"

이것은 무슨 뜻일까. 남 기자는 긴장으로 등이 굳어지고 있었다.

"아, 저야 뭐, 잘 모릅니다."

"제 말뜻은 그분은 제게 그러시면 안 된다는 거지요. ……저를 모함하는 여자들의 말만 듣고 이러시면 곤란하지요. 이 센터도 그분이 내라고 해서 낸 것인데요……. 그건 아셨나요?"

"아니요, 전혀."

"저희 집에도 자주 놀러 오셨죠. ……앞으로 더 궁금한 것 있으면 언제든지 전화 주세요."

이해리는 왜 이런 이야기를 꺼내는 것인지, 그리고 백진우 신부는 이런 이야기를 하는 그녀 옆에 어떻게 저렇게 태연히 앉아 있는 것인지. 할 말은 딱 이것뿐이라는 듯 이해리는 일어났다. 남 기자는 그들을 따라 얼결에 일어나면서 사태를 정리해보려고 노력했다. 하지만 도무지 이해할 수 없었다.

그날 오후 남 기자의 휴대폰으로 다시 이해리가 전화를 걸어 왔다. 남 기자는 망설이다가 전화를 받았다. 남 기자는 신문사 취재 차량을 타고 무진 외곽의 한 군수가 여비서를 추행한 사건을 취재하러 가는 길이었다.

"남 기자님, 내가 기자님 믿고 이야기한 것 기사화하시면 안 됩니다. 어디까지나 기자님 믿고 이야기한 것이잖아요?"

"네? 무슨 말씀이신지요……."

남 기자가 대꾸했다.

"어떻게 약속을 어기시고 저의 믿음을 배반하십니까? 기사화하시면 전 죽어버리겠습니다."

"대체 무슨 말씀을……."

전화는 그렇게 끊겼다.

"참, 이 여자 뭐야? 돌았나?"

남 기자는 그렇게 말하고 취재 약속을 한 군청으로 갔다. 가서 취재를 하고 화장실에 다녀오다가 무릎을 쳤다. 이해리에게 완벽하게 넘어간 것이라는 걸 그제서야 깨달았던 것이다.

그 시간, 시장에게 두 건의 문자 메시지로 녹음 파일이 전송되었다. 박치수 시장은 녹음 파일을 열었다.

─무진에 제대로 된 기자가 누가 있나 하고 신부님과 제가 찾다

가 역시 《무진일보》 남 기자님뿐이라는 생각을 하고 왔어요.

—아, 감사합니다.

—망설이다가 왔어요. 박 시장님 그러시면 안 되죠. 제가 소싯
적에 그분과 그렇고 그런 사이, 그러니까 그분이 절 무척이나 좋
아하던 사이라는 것은 아시죠?

—아, 저야 뭐, 잘 모릅니다.

—제 말뜻은 그분은 제게 그러시면 안 된다는 거지요. ……저
를 모함하는 여자들의 말만 듣고 이러시면 곤란하지요. 이 센터
도 그분이 내라고 해서 낸 것인데요……. 그건 아셨나요?

—아니요, 전혀.

—저희 집에도 자주 놀러 오셨죠. ……앞으로 더 궁금한 것 있
으면 언제든지 전화 주세요.

시장의 얼굴이 굳어졌다. 그는 두 번째 메시지의 녹음을 켰다.

—남 기자님, 내가 기자님 믿고 이야기한 것 기사화하시면 안
됩니다. 어디까지나 기자님 믿고 이야기한 것이잖아요?

—네? 무슨 말씀이신지요…….

—어떻게 약속을 어기시고 저의 믿음을 배반하십니까? 기사화
하시면 전 죽어버리겠습니다.

박 시장은 전화를 껐다. 그리고 인터폰을 눌렀다.

"주 비서, 들어와, 당장!"

"주 비서 자리에 없습니다."

"어디 갔어?"

"시청 앞에 엄마들이 모였어요. 백여 명은 넘습니다."

"뭐라는데?"

"세 가지입니다. 엔젤스 윙 주간보호 센터 자격의 완전한 취소, 검찰 기소 축소 항의 그리고 아동 학대 기소 주장입니다."

12

다음 날, 시청 앞 시위가 끝날 때쯤 강 변호사의 차가 그들을 기다리고 있었다. 이나와 서유진은 그의 차에 탔다. 서유진이 앞에, 그리고 이나가 뒤에 탔다. 그날 이후 이나는 강 변호사를 만나지 않고 있었다. 난데없는 청혼 아닌 청혼이 당황스럽기도 했기에 그랬을 것이다. 막상 그렇게 가고 나서 강 변호사도 별 연락이 없었다. 다만 아침 저녁으로 문자 메시지가 종종 도착했다. "밥 먹었어요?"라든가, "잘 자요"라든가……, "배고프면 언제든 전화해요. 밥 사줄게요"라든가.

취했던 것은 분명히 아니었을 것이다. 그렇다면 그날 밤 단둘이 있던 집에서 그런 유혹으로 하룻밤을 자려고 했던 것일까, 라고 나쁘게도 생각해보았지만 그것도 아닌 것 같았다. 하지만 혼인 신고라는 말로, 말하자면 청혼을 해놓고 이렇게 연락이 없는 것도 이나는 마음이 상했다. 이나는 일부러 뒷자리에 올라타며 강 변호사와 눈을 마주치지 않으려고 애썼다.

"면허정지 기간 풀렸어요?"

서유진이 묻자 강 변호사가 웃었다.

"제가 원래 무슨 교육 받으면 기간 단축된다 해도 절대 안 받는데 이번에 거기 나갔잖아요. 열흘 꼬박 교육받고 다시 면허 받았어요. 어서 운전하게요. 남 운전시키고 어디 다녀오려니까 이건 원, 영 더 힘이 들어요."

남을 운전시켰다는 것은 이나에게 운전을 시키고 서울을 왕복하던 그 시간을 말하나 보았다. 그리고 열흘 동안 교육을 받은 모양이었다. 이나는 자기도 모르게 피식 웃었다.

"시장이 아주 이상해요. 많이 이상해요."

"예."

강 변호사는 말을 하다 말고 백미러로 이나를 언뜻 보았다. 이나는 얼른 고개를 돌렸다. 부끄러움인지 그리움인지, 하지만 이나의 가슴에서는 이미 무언가가 툭툭 떨어지고 있었다. 발걸음이 허공으로 툭툭 떨어지는 꿈에서처럼. 이나는 이 상황이 두려웠다. 사랑하지 않으면 사람은 누구나 강하다. 이나는 이미 약해지고 있는 자신을 느끼고 있었다. 이건 별로 좋지 않은 사인이었다.

"왜 두 분더러 따로 보자고 했느냐면요, 검찰에서 연락이 왔어요."

"예."

"저기……. 나도 이게 뭔지 잘 모르겠는데."

강 변호사는 잠시 망설였다.

"경찰에서 서 센터장님을 벼르고 있다고 해요. 그러니까 제가, 그래서 그 친구를 만났어요. 이번에 무진 지검으로 온 후배라 자세한 내막은 모른다는데, 이런 이야기를 전했어요. 진짜로 압수수색 들어갔는데 아무것도 없었다고……. 휴대폰도 깨끗했다고. 바꾼 지 얼마 안 된 휴대폰을 들고 있더래요. 그리고 컴퓨터는 지난번 직원이 도둑질해 갔다고……."

"지난번 직원이라면 이수미 씨 말인가요?"

"예……. 그 말끝마다 할렐루야 하는 분……. 하나님이 가라고 했다 하고."

"말도 안 돼."

한이나가 말했다.

"그 안에 성기 사진 들어 있는 거 다 봤다고 그분이 말했어요. 봉침에 대해 전혀 모르고 있었기 때문에 무슨 포르노 사진을 넣어놓은 줄 알았다고."

"그런데 그 컴퓨터가 없었다는 겁니다."

"어떻게 그런 일이…… 있을 수 있어요?"

한이나가 소리쳤다.

강 변호사가 다시 말했다.

"어제 이 말 듣고 집에 와서 생각하고 생각하고 또 생각했어요……. 두 가지로 결론 나요. 하나는 검찰이 거짓말을 하고 있는 경우, 그러니까 검찰이 수색을 했는데 거기에 유력 인사들의 성

236

기 사진이 있었고 그걸 안 검찰이 그 정치인들을 위해 그걸 덮었을 경우요. 충분히 가능해요. 두 번째, '검찰의 말이 맞다. 들어갔는데 아무것도 없었다. 만약을 위해 출국 금지를 시켰고 더 찾았는데 진짜 아무것도 없었다. 컴퓨터는 새것이었고 전화기도 그랬다. 누군가 이들에게 검찰의 수사를 알렸다.'"

"가만히 좀 있어봐, 가만히 좀 있어봐요……. 이해리가 어제 《무진일보》 남 기자에게 왔대요. 난데없이 박치수 시장과 자신의 관계를 아느냐고만 묻고 별말 없이 가고, 다시 오후에 전화가 와서 '왜 그걸 기사화하려고 하느냐, 하지 말아라' 이렇게 말하더래요. 남 기자가 내게 묻더라고. '도대체 이게 뭘까요?' 하더니 어젯밤 다시 전화가 왔어요. '누님, 알았어요. 나를 만나서 한 그 녹음은 박 시장 협박용이었어요!'"

강 변호사가 운전을 하다 말고 운전대를 가볍이 쳤다.

"그렇다면 시청……. 즉 시장이 이 모든 농간……. 그러니까 자기네가 이걸 고발해서 무진 인권 센터의 입을 막고 시간을 번 다음에 이해리 측에게는 누군가 고소해서 압수 수색이 들어갈 테니 치워라 하고 정보를 주면, 우리 측과 이해리를 동시에 잠재우고……. 우리 측에는 이수미를 통해 수사가 축소되었다는 말을 한다……. 이게 결론?"

세 사람은 잠시 침묵했다.

"서 센터장님, 그 녹음 있다고 했지요? 이수미 씨가 보내왔던 거 말이에요."

"주 비서가 '수사가 축소되었어' 하고 말한 녹음요? 예, 있어요."

"그래요, 그거 제출하면 되겠네요. 잘못하면 센터장님이 위험하실 수 있어요. 내가 그거 있다고 하니까 검찰이 그제서야 그걸 가져와보라 하더라고요. 그리고 그걸 녹음한 이수미 씨가 증언을 해주면 돼요. 주 비서가 전화해서—결국 우리 입을 막기 위해—검찰이 수사를 축소했어, 라고 말한 거, 그리고 이수미가 컴퓨터를 뒤졌을 때 남자의 성기 사진이 가득했다는 것, 이거 두 개요."

강 변호사가 말했다.

"알겠어요. 녹음은 이수미가 보낸 것 있으니까요, 성기 사진 본것만 녹음해서 보낼게요. 내가 검찰을 만날 이유도 없겠죠. 그러면……. 참 나, 검찰이 이 세상에서 젤 나쁜 놈들인 줄 알았더니 한 술 더 뜨는 민주 시장이 있었네."

서유진은 센터 앞에서 내리고 이나와 강 변호사 둘이 차 안에 남았다. 이나는 앞자리로 옮겨 타지 않았다. 강 변호사는 차를 몰고 하운의 한 카페 앞으로 갔다.

"괜찮으면 차 한잔 마실 수 있겠어요?"

"그래요."

이나는 일부러 더 쾌활하게 대답했다. 강 변호사는 차에서 내려 이나와 함께 카페 창가에 마주 앉았다. 이나는 그를 마주 바라보기도, 바라보지 않기도 어색해져버린 것을 깨달았다. 너무 오랜만에 느껴보는 감정이 힘겨웠다. 이래서 사랑도 어릴 때 하는지. 어떤 시인이 그렇게 말하지 않았던가. '사랑을 위해 죽는 것도, 전쟁을 위해 죽는 것도 다 젊은이들이다'라고.

"보고 싶었어요."

강 변호사가 말했다. 이나는 약간 의아한 표정을 짓다가 웃었다.

"빨리 운전해주고 싶어서 교육받으러 다니느라고 연락도 못 했어요. 또 이나 씨가 그날 밤에 너무 놀라는 것 같아 시간을 좀 주고 싶기도 했고요."

이나는 아무 말도 하지 못했다.

"뉴질랜드에 짐이 도착했다고 전화 왔어요."

강 변호사는 말했다. 이나는 대답을 할 수 없었다. 그날 강 변호사는 그걸 되돌려 보내라고 말해야 한다고 했으니까.

"그래서 일단 좀 보관하라고 했어요."

"나는 강 변호사님이 해놓은 그 계획을 바꿀 만큼 당신을 내 인생에 개입시켜 생각해본 일이 없어요……."

명백한 거절이었다. 마주 앉은 강 변호사의 얼굴이 약간 굳어졌고 입가에 살짝이지만 경련 같은 것이 일었다.

"저 이렇게밖에 말씀드릴 수가 없어요. 미안합니다."

이나는 말했다. 그리고 알 수 없는 무엇인가가 가슴으로 콱 치받혀 올라 목이 메어왔고 이어 눈가가 뜨거워졌다. 잠시 입술을 앙다물고 눈을 감았는데 어이없게도 눈물이 주르르 흘러내렸다.

이나로서도 몹시 당황스러운 감정이었고 이걸 어떻게 처리해야
할지 그녀 자신도 도무지 알지 못했다. 강 변호사가 이나의 옆자
리로 옮겨 앉았다. 이나는 입술을 앙다물고 핸드백을 뒤졌다. 강
변호사가 손수건을 내밀었다.

"지난번 것도 못 받은 거 알아요? 뭐 새끼를 쳐서 가져온다더
니 블랙홀이네요, 손수건의 블랙홀."

이나는 그의 손수건을 받아 눈물을 닦다가 푸하하하 웃음을
터뜨리고 말았다.

"전에 나한테 말했지요? 말하고 몸이 다른 걸 이야기할 때 몸
을 보라고 했던가요?"

한이나가 손수건으로 눈물을 닦으며 퉁명스럽게 되물었다.

"내 몸이 뭐 어때서요?"

"왜 울어요. 싫으면 그냥 친구로, 그도 아니면 내가 아저씨로,
그도 아니면 잠시 알던 변호사로 남으면 됐지."

이상했다. 점점 더 감정 통제가 힘들어지기 시작했다.

"설마 벌써 갱년기가 온 것은 아니겠지."

지희는 가끔 통화에서 그렇게 말했다. 이나는 손수건으로 눈
물을 닦고 앞에 놓인 커피를 마셨다.

그때 강 변호사의 휴대폰으로 전화가 걸려왔다. 서유진이었다.

"예, 강철입니다."

"강 변호사, 어이없어. 이걸 어쩌지?"

"왜요?"

강 변호사가 물었다.

"센터에 와서 이수미에게 전화를 했어요. 검찰에서 이런다고 하고 증언을 좀 해주든가, 공증을 해주든가 하라니까…… 자기가 다시 계시를 받았는데 하나님이 여기서 손을 떼라 하셨대. 참 어이가 없어."

"아, 무슨. 그게 대체 무슨 소리예요?"

"하나님이 계시를 내렸대. 이 사건에서 손을 떼고 아무 말도 하지 말라고요……. 그 여자 사회복지사 자격증 따서 센터 하나 차리고 싶다고 했거든. 아무래도 시청에서 뭔 언질을 준 것 같아요. 말하자면 엔젤스 윙에게 주던 예산이 거기 승인 취소로 비게 되면 사실 다른 센터 하나에게 정부 보조금을 주게 되어 있거든요."

"하나님이 시청이네요."

"하나님이 돈이지. ……이놈의 돈. ……어이없다, 어쩌지? 다행히도 주 비서가 한 이야기는 녹취가 되어 있으니 내가 제출할 수 있는데."

"그거라도 주세요. 나머지는 한 기자하고 서 센터장님이 증언을 하는 수밖에요. 그리고 직접 주 비서를 취조하라고 할게요. 그나마 녹취라도 있어 다행이에요. 참, 요즘 세상 녹취 없이는 아무것도 할 수 없게 되었군요."

강 변호사는 전화를 끊었다.

"……다 들었죠?"

"네."

"참으로 사람들 참 다양해요. 하나님이 개입하지 말랬다."

이나는 생각에 잠겼다.

"이수미 씨 그나마 무의식이 죄의식을 엄청 느끼긴 했나 봐요. 그 여자의 귀에는 정말 하나님이 그러라고 했다고 들릴 수도 있 겠다 싶었어요."

"그쵸? 그 여자 귀에는 그런 소리가 들릴 수도 있었겠지요. 세 상은 정말 다채로워요. 손수건의 블랙홀도 있고."

이나는 웃었다. 강 변호사가 말했다.

"내가 다시 운전하는 기념으로 밥 사줄 수 있어요. 드라이브해 서 갈 수 있고요. 노을이 더 아름다운 데로 갑시다. 그러면 이나 씨는 새 노을을 살게 될 거예요. 노을은 오늘도 있고 어제도 있 고 그날도 있어요. 그날 노을만 노을은 아니잖아요. 새로운 노을 의 기억은 만들면 돼요."

강 변호사가 먼저 일어나서 이나에게 손을 내밀었다. 이나가 손수건을 그의 손에 올려놓았다. 그러자 강 변호사가 그 손수건 을 주머니에 넣고 다시 손을 내밀었다. 이나는 그의 손 위에 떨리 는 자신의 손을 놓았다.

0.6

　그 길가에 검은 에쿠스 한 대, 검은 그랜저 한 대 그리고 은색 소나타 한 대가 서 있었다. 전날 백 신부는 마침 어머님 댁에 간다며 집을 나섰고 갓 태어난 아기를 포함해 아이들 셋은 모두 어린이집에 가 있었다. 큰딸 리나는 학교에서 하는 캠핑에 가고 없었다. 토요일, 그녀의 집에는 아무도 없었다. 짧은 미니스커트에 정성스레 화장을 한 이해리가 집을 나섰다. 아이를 낳은 지 한 달 남짓 된 여자라고는 믿을 수 없을 만큼 젊었고 날씬한 모습이었다. 그것이 엔젤스 윙 주간보호 센터 CCTV에 찍힌 그녀의 모습이었다. 나중에 확인된 CCTV를 보면 그녀는 걸어가다가 뒤를 돌아보며 잠깐 웃었다. 잠깐이었지만 해리의 미소는 어쩌면 아름다웠다. 그녀는 세상을 다 자신의 손에 넣었다고 생각했을까.

　장 경사는 거기서 CCTV를 멈추었고 그것이 해리의 마지막 사진이 되었다. 그 사진과 함께 《무진일보》에는 다음과 같은 기사가 실렸다.

무진시의 '엔젤스 윙 주간보호 센터' 이해리 대표(36세)가 무진시 인근 야산에서 목을 맨 채로 발견되었다. 평소에 인적이 드문 곳이었는데 인근에서 사냥을 하던 남자 셋이 그녀를 발견해 신고하였다. 그날은 오후부터 안개가 짙었다. 사냥하던 사람들은 사냥개가 하도 짖어 따라가 보니 여자의 시체가 나무에 매달려 있었다고 증언했다. 얼마 전 정자 기증으로 아이를 낳고 산후우울증에 시달려오던 것으로 추정되는 그녀는 최근 무진 시청으로부터 '엔젤스 윙 주간보호 센터'의 허가가 취소되자 몹시 고민해온 것으로 알려졌다. 그녀는 평소부터 우울증을 앓아왔으며 여러 군데에 자신의 자살을 암시하는 글을 꾸준히 전해온 것으로 알려졌다. 경찰은 특별한 외상이나 반항의 흔적이 없고 평소 그녀가 계속 자살하고 싶다는 글을 꾸준히 써온 것으로 미루어보아 자살이라고 단정 짓고 부검은 하지 않기로 했다. 유족으로는 친딸 리나와 막내아들 그리고 입양한 두 아들이 있으며, 유산은 막내아들의 친부라고 자신을 밝힌 백 모 씨에게 상속되어질 것으로 알려졌다.

그리고 그 밑에 이런 기사도 실렸다.

서울 광화문에서 매주 토요일에 열리던 '박근혜 퇴진 촉구 촛불 시위'가 서울과 부산에 이어 전국에서 세 번째로 무진시청 앞에서도 열렸다. 박치수 무진 시장의 특별한 장소 제공으로 이 촛불 시위는 토요일 밤 약 천여 명의 참여로 열렸다. 박치수 무진 시장은 앞에 나서서 시위를 이끌기보다는 촛불을 들고 측근들과 함께 조용히 그 뒤에서 참여하였다. 대표적인 386세대 정치인으로서 그는 민주화와 적폐 척결에 앞장설 것을 다짐하였고, 많은 시민들이 촛불을 든 그를 알아보고 환호하였다. 새로운 시대의 새로운 지도자가 탄생하는 예감이라고나 할까.

몇 달 후, 백진우 신부의 페이스북에는 새로운 단체의 탄생을 알리는 장문의 글이 올라왔다.

백진우
방금

마음이 가난한 사람은 행복하다.
하늘나라가 그들의 것이다.
지금 슬퍼하는 사람은 행복하다.
그들은 위로를 받을 것이다.

온유한 사람은 행복하다.

그들은 땅을 차지할 것이다.

옳은 일에 주리고 목마른 사람은 행복하다.

그들은 만족할 것이다.

자비를 베푸는 사람은 행복하다.

그들은 자비를 입을 것이다.

마음이 깨끗한 사람은 행복하다.

그들은 하느님을 뵙게 될 것이다.

평화를 위하여 일하는 사람은 행복하다.

그들은 하느님의 아들이 될 것이다.

옳은 일을 하다가 박해를 받은 사람은 행복하다.

하늘나라가 그들의 것이다.

마음이 가난했고, 평생을 슬픔 속에서 살았고

온유했고 옳은 일에 배고팠으며 마음이 깨끗했고

박해를 받았던 순결한 여자 이해리는

지금 이 세상에 없습니다.

그녀가 세상을 떠난 지도 백 일이 더 지났고

이제 세상은 촛불로 온통 밝혀지고 있습니다.

때가 오면 모든 것을 세상에 밝히고 결혼식을 올리자고 했던

내 평생의 그녀는 이제 이 세상에 없습니다.

고결하게 이 세상을 살았고 평생 거짓이라곤 몰랐던

그녀의 영혼은 하느님 곁에서 고이 쉬겠지요.

그녀는 거기 가서 그녀를 평생 따라다니며 모함하고 시기했던

사람들을 위해 하느님께 기도하고 있을 것입니다.

저는 무진 시청과 우리 박치수 시장님께 도움을 받아

새로이 '해리 센터'를 개설했습니다.

엄마를 잃은 아이들을 홀로 키우는 아비로서

장애인 기숙 시설과 주간보호 센터,

이 모든 시설들을 통합해 새로운 센터를 만들었습니다.

이 센터에서 새로운 선생님들을 모시고

새로운 대표로서 일하려고 합니다.

여러분의 많은 도움과 격려와 응원이 필요합니다.

저는 내년이면 목사 안수를 받습니다.

하느님을 섬기던 신부든

하나님을 섬기는 목사든 그 의상이 무엇이 문제이겠습니까.

예수님께서도 기도하셨지요.

아버지, 이 사람들이 모두 하나가 되게 하소서.

성녀 같던 해리여. 우리를 위하여 하느님께 빌어주소서.

사진 속에는 백 신부와 새로운 직원들의 모습이 담겨 있었다.
이나는 나중에 그 사진 속에서 백 신부 옆에 웃고 서 있는 이수
미를 보았다.

13

전화는 팀장의 것이었다.

"지난번 소망원 기사 잘했어. 복귀 준비 잘 되었지? 너무 힘들면 좋은 가톨릭 기사 하나 마저 쓰고 올라오지. 이제 뭐, 박근혜도 탄핵되었으니 훈훈한 기사도 좀 쓰자. 나도 정치 기사에 치여죽을 지경이네. ……거기 무진시 외곽에 어떤 신부가 중증 장애인 센터를 운영하는데 그 신부가 정부 보조 없이도 훌륭하게 해내고 있다는 평이야. 가보면 놀랍게도 자신의 것이라곤 하나도 없고……. 요새 거기에 봉사자들이 가서 그렇게 감동받고 온다고 하던데……. 그런 데 가서 좀 이쁜 기사 하나 써봐요. 소망원에, 이해리에 그동안 무진에 대해 너무 못 볼 것만 봤잖아. 무진이 뭐 그리 나쁜 곳도 아니고 악의 소굴도 아닌데. 가 봐. 이름은 민들레 마을이라고 하더라고."

위치는 어렵사리 찾을 수 있었다. 이나는 바닷가에서 좀 떨어진 곳에 있는 민들레 마을을 찾아갔다. 그곳을 설립한 원장 신부는 한쪽 다리를 절고 있었다. 현대 의학으로 도저히 치료할 수 없는, 알 수 없는 병을 다섯 가지나 앓고 있다는 그는 지치고 힘들어 보였다. 장애인들 시설을 둘러보고 이나는 사제관으로 초대를 받았다. 스무 평 남짓한 사제관은 아주 작은 그의 침실 그리고 직사각형의 작은 식탁과 네 개의 소박한 의자만 있는 가난한 곳이었다.

"보시다시피 아무것도 없어요."

원장 신부는 웃었다. 한눈에도 가난해 보였다. 보통 사제관은 사적인 장소라 잘 초대하지 않는 곳인데 그는 스스럼이 없었다. 정말 아무것도 가지지 않았기에 자유로울 수 있나 보았다.

"지난 크리스마스에 주교님께서 여기 오셨다가 제 사제관에 들어오셨죠. 허리가 아프신데 '제가 의자조차 없습니다' 하니까 나중에 식탁을 선물로 보내셨더라고요. 그런데 너무 좋은 것이었어요. 주교님 몰래, 여기 봉사 오시는 자매님께 부탁해서 그걸 물렀어요. 그리고 중고로 식탁을 샀어요. 담에 주교님 오시면 여기 앉으시라고 해야죠."

원장 신부는 커피를 손수 내오며 말했다.

"처음 이 일을 시작한 것은 제가 첫 부임지로 갔던 무진 아주 외곽의 어느 본당에서였어요. 어느 겨울날 외출을 하고 돌아오는 길―저녁 무렵이었던 것 같아요―에 버스 정류장에서 쓰러져 있는 한 노숙인을 보았죠. 그냥 지나칠 수 없었어요. 생각해보세요. 그는 몹시 아파 보였고 날은 저물고 추워지고 있었어요. 본당―

시골 본당이라야 너무도 작은 곳이었지요—에 연락해 사무장님에게 되는대로 뭐라도 가져오십사 했어요. 저는 그때 차가 없었고, 그래서 우리는 리어카로 그분을 성당으로 모셔갔지요. 성당에는 사제관에 제 방밖에는 없었어요. 초라한 사제관에 그분을 모셨는데 솔직히 안 되겠더라고요. 옷을 모두 벗기고 제 사제관 목욕탕의 욕조에 물을 받아 그분을 씻겼습니다. 악취가…… 장난이 아니었지요. 옷을 다 버려야 해서 동네 어르신들에게 옷을 얻어다 입혀드린 다음 먹을 것을 드리고, 다음 날 병원에 모시고 갔지요. 의사들이 그 사람을 슬금슬금 피하더라고요. 간경화 말기…… 복수는 너무 심하게 차올라 배는 남산만 하고 이미 얼굴색은 물론이고 온몸이 썩어 들어가기 시작했다고, 그 악취는 단순히 몸에서가 아니라 이미 내장 자체가 썩어 들어가면서 나는 것이라고요. ……그냥 모시고 가서 편히 돌아가시게 하라고요……. 다시 사제관으로 모시고 왔어요. 물도 잘 넘기지 못하던 양반이, 그러나 담 날부터 죽을 드시기 시작하더라고요. 그분을 제 침대에 모시고 저는 난로를 피운 거실에서 잤지요. 그런데 이분이 깨어나면 저에게 욕을 있는 대로 하시는 거예요. 처음에는 어이가 없었지만 이해했어요. 이분이 얼마나 억울했을까, 살면서 얼마나 분한 일이 많았을까……. 욕을 하고 호통을 치시기에 나중엔 '예, 어르신, 잘못했습니다. 잘못했습니다' 했죠. 이상하게 욕하던 언성이 조금씩 낮아지기 시작했어요. 그리고 그 언성이 낮아지면서 몸의 체취가 점점 약해지기 시작하더니 배가 조금씩 들어가기 시작하고…… 봄이 올 무렵, 그분은 일어나 멀리까지 나다니기 시작하더라고요. 다시 병원으로 모시고 갔지요. 의사가 믿을 수 없다는 표정을 짓더라고요. 완치……"

이나는 메모하다가 말고 다소 감동한 눈으로 그를 바라보았다. 그의 얼굴에는 행복한 미소가 감돌았다. 그의 언사는 참으로 겸손했다.

"그럼 일종의 기적이 일어난 것인가요?"

원장 신부는 빙그레 웃었다.

"모르겠어요. 남들이 그러더라고요. ……그분이, 그런데 성격이 엄청 괄괄하시거든요. 어느 날 놀러 간다고 나가시더니 노숙자 세 분을 더 데리고 집으로 오셨어요. 가뜩이나 좁은 사제관에 똑같이 아프고 똑같이 냄새나고 똑같이 욕하는 분들을……. 더는 사제관에 그분들을 다 모실 수가 없어 비닐하우스를 임시로 짓고 난로를 피워 그분들을 모셨지요. 그렇게 세 명이 열 명이 되고 열 명이 스무 명이 되어서……. 더 이상은 제힘으로 할 수 없다고 느꼈을 때 저는 기도했어요. 그런데 그때 기적같이 어떤 분이 이 땅을 내주셨지요. 어떻게든 해보라고. 처음엔 여기에 컨테이너 세 개를 가져다 놓고 천막을 치고 민들레 마을을 열었어요. 조금씩 성금들이 답지했고, 그래서 오늘에 이르렀습니다."

말을 하는 동안에도 원장 신부는 계속 머리와 어깨와 다리를 만졌다. 알 수 없는 통증에 가끔은 실신을 하기도 한다고 했다. 사람들은 악의 세력이 천사 같은 신부님을 괴롭히는 거라고 했고 신부는 가끔 얼굴을 찡그려 고통을 참을 뿐 자신의 아픔에 대해서는 일체 침묵으로 일관했다. 이나는 메모를 마치고 그의 안내로 민들레 마을 뜰을 걸었다. 삼천여 평의 넓은 대지에 삼 층짜리 수용원 두 동과 작은 사제관 하나 그리고 피정의 집이 있었고, 그 사이사이에 멋진 소나무들과 정원이 자리를 잡아가고 있었다.

"우리 수용인들은 멀리 나가 걷지도 못해요. 그래서 이분들에게 좋은 정원을 주고 싶었어요. 틈만 나면 이 정원을 가꾼답니다."

멀리서 보니 민들레 동산이라 이름 붙인 곳에서 장애인들이 돌을 쌓는 작업을 하고 있었다.

"소나무들이 참 좋으네요."

그녀가 말했다.

"그래요. 소나무는 참으로 좋은 나무예요. 우리 장애인들에게 저렇게 좋은 정원을 마련해주고 싶었어요. 앞으로는 유실수도 좀 심고 꽃들도 더 심으려고요. ……그때 한 번 더 놀러 오세요."

"예, 그럴게요……. 그런데 이건 처음 보는 나무예요. 참 이쁘네요."

이나가 키는 작은데 커다란 그루터기 모양으로 생긴 나무 하나를 가리키자 원장 신부가 약간 당황하는 빛을 보였다.

"예, 그건 모과예요. 모과 중에 특별히 아주 좋은 것……. 일부러 그랬어요. 나중에 우리 어려워지면 보태려고요."

이나는 약간 의아했지만 무슨 뜻인지 더 물어보려다 말았다.

"감사했습니다, 원장 신부님. 저는 이제 가봐야 할 것 같아요. 기사가 나오면 링크를 보내드릴게요."

원장 신부는 다리를 절며 이나를 배웅했다.

"어디로 가시나요? 무진시? 어머님은 괜찮으시다고 들었는데……."

"예, 많이 나으셔서 곧 개인전을 여세요. 죽음이 스치고 지나가니 아무래도 사람이 변하시더라고요. 저는 이 근처에 있는 '안드레아의 집'으로 가요. 여기서 가깝다고 내비게이션에는 나오던데."

"아, 거기 누구?"

"예, 최성 미카엘 신부님을 뵈려고요."

"아, 잘 알죠. 눈은 괜찮은가 모르겠어요. 뵈면 안부 전해주세요."

이나는 민들레 마을을 떠나 안드레아의 집으로 향했다. 민들레 마을 같은 곳을 보면 아직도 이 세상에 희망이라는 게 좀 있는 것 같았다.

"가톨릭 떠난 지 그리 오래되었다면서 신부들 타락한 거 보고 왜 그렇게 울었어요?"

며칠 전 저녁을 먹으며 강 변호사가 물었었다.

"그러니까요. 왜 그런지 나도 잘 몰라요. 그냥……. 그러니까 나는 죄짓고 있으니까, 그래도 그들은 거기서 좀 온당하게 남아있어 주기를 바랐던 것 같아요. 그래야 우리도 돌아갈 곳이 있으니까. 그래야 언제든 돌아가고 싶어질 테니까요. 그게 슬펐나 봐요."

강 변호사는 한숨을 쉬다가 노을을 바라보는 이나의 어깨를 안았었다.

"나는 마르크스의 말이 제일 기억에 남아요. '종교는 번민하는 자의 한숨이며 인정 없는 세계의 심장인 동시에 정신 없는 상태의 정신이다. 그것은 민중의 아편……' 너무나 정확했어요. 적당히 쓰면 고통을 덜어주고 사람을 쉬게 하면서 스스로 가진 저항력을 북돋아주지요. 그러나 그것에 빠지면 그땐…… 중독자가 되는 거지요."

안드레아의 집은 거리상으로는 민들레 마을에서 얼마 되지 않았지만 산골로 들어가 다시 비포장도로를 7킬로쯤 달려야 나오는 곳에 있었기에 생각보다 도착 시간이 늦었다. 허름한 작업복을 입은 미카엘 신부가 입구에서 풀을 베다 말고 손을 흔들며 이나의 차를 맞아주었다. 미카엘 신부는 입구에서 이나의 차를 탔고 둘은 1킬로쯤 더 산을 올라가 작은 숙소 앞에 멈추었다. 병원에서 퇴원하기 전 그를 면회하고 한 달 만이었다. 그는 지금 안드레아의 집이라는 곳에서 요양 아닌 요양 중이었다.

안드레아의 집은 무진 교구의 원로 신부 안드레아가 지은 피정의 집이었다. 완전한 생태 마을을 지향하는 그 집은 에너지 제로의 집이었다. 먹는 음식, 버리는 음식, 화장실 모두가 이러한 불편을 감수하게 만드는 것이었다. 이것도 새로운 가톨릭 운동 중의 하나로 이나는 민들레 마을과 더불어 취재할 생각이었다. 오랜만에 이해리, 소망원, 이런 일에서 놓여나 영혼의 생수 같은 것을 좀 마시고 싶었나 보았다.

이나가 좀 늦어서 그는 이미 점심 식사를 차려놓고 많이 기다린 모양이었다.

"죄송해요. 민들레 마을에 들렀다 오느라고요. 신부님, 눈은 좀 어떠세요?"

이나는 웃으며 최미카엘 신부의 얼굴을 마주 보았다. 그리고 깊은 충격이 그녀의 가슴을 치는 것을 느꼈다. 미카엘 신부의 한 눈은 여전히 맑고 슬펐으나 다른 한쪽은 빛이 없었다. 빛이 없는 그 눈은 빛과 함께 슬픔도 잃었다. 이제 그 슬픈 빛은 한쪽 눈에서만 빛나고 있었다. 그는 퇴원 무렵 이미 말했었다.

"한쪽 눈이라도 남겨주신다면 하느님께 감사드려요, 자매님."

"신부님……. 설마 죄송한데요, 그거 위선은 아니시죠?"

당돌하지만 이나가 물었다.

"위선……. 그럴 수도 있을 거예요. 저도 잘 모르겠어요."

미카엘 신부는 웃었다.

"하지만 이미 눈이 실명되도록 정해진 거라면 두 눈이 멀지 않은 것만으로도 감사해야죠. 한쪽 눈이 있으면 신부 계속할 수 있어요. ……많이 생각했어요. 만일 제가 감사드리지 않으면 원망하겠죠. 그런데 원망해서 내 눈이 나으면 그리하겠는데…… 그거 아니잖아요."

"망할 놈의 교구하고 그 미친 신부들은 벌을 받았나요?"

미카엘 신부는 웃었다.

"모르겠어요. 경고들 받으신 것 같아요."

"소망원은요?"

미카엘 신부는 깊은 한숨을 내쉬었다.

"그게……. 가톨릭이 손을 떼었어요. 그래서 더 부패하기로 유명한 다른 종교 단체로 갔어요. ……이제 얼마나 거기서 더 죽어들 갈지 생각만 해도 가슴이 철렁해요. 애초에 장애인들을 그렇게 감옥처럼 격리시켜 수용한다는 발상 자체가 이 모든 것들을 초래했어요. ……어쨌든 거기 신부들 철수해서 다 좋은 본당으로 발령받았고요. 그 본당에 가기 전 신도들에게 '이분들은 직원들의 비리를 뒤집어쓰고 골고다의 언덕을 거쳐왔다'고 하는 주교님의 서신이 전달되었어요. 다들 잘사는 본당으로 발령났어요."

이나는 한숨을 내쉬었다. 그때 안드레아 신부가 옷을 털며 방

안으로 들어섰다. 자그마한 키에 하얀 수염이 숲 속의 산신령 같
았다. 방 안에는 이미 작은 식탁에 된장국과 채소 그리고 작은
생선 튀김이 올라와 있었다. 안드레아 신부는 한때 무진 교구의
유명한 원로 신부였다. 그는 지금의 무진 주교에게 맞서 무진 주
교좌성당 앞에서 텐트를 치고 단식 농성을 한 적도 있었다. 그러
나 그 단식 농성 20일째인가 그는 홀연히 텐트를 걷고 사라져 이
곳으로 왔다.

식사를 마친 후 미카엘 신부가 매실 차를 타 왔다.

"신부님, 그때 왜 농성 그만두셨어요? 일설에는 주교에게 이 땅
을 살 돈을 받고 그만두었다는 말까지……."

이나로서는 어디까지나 기자로서의 냉정함을 가지고 질문한 거
였다. 그러나 그 순간 안드레아 신부의 눈이 날카롭게 번득였다.
그가 많이 노여워한다는 것을 알 수 있었다. 그러나 그다음 순간
다시 파도가 파도를 덮듯이 그 노여움의 빛 다음에 슬픔 같은 것
이 그 눈빛에 어렸다. 이나는 자신이 그에게 상처를 주었음을 깨
달았지만 아무 말도 하지 않았다. 언젠가 《무진일보》의 남 기자가
"한이나 씨, 그 신부를 좋아해서 이러는 것이라고 하던데" 할 때
의 수치감이 떠올라왔다. 이나는 미안한 마음이 들었다.

"죄송해요. 기자로서 이렇게밖에……."

"농성 왜 그만두었느냐면……. 그래요, 그 의심은 내가 이해를
해야겠지."

노신부는 잠시 침묵하다가 다시 입을 열었다.

"내가 그때 주교에게 요구한 것이 그것이었지요. 겸손해라, 소통해라, 비리 밝혀라……. 단식하고 열아홉날째였던 것 같아요. 은퇴를 앞둔 늙은 동기 신부가 찾아왔어요. 학창 시절에도 라틴어를 참 못했고 겨우 신부가 된 이였죠. 솔직히 우리 동기들도 다 그를 무시해서 그는 평생 한직을 떠돌았어요. 그는 이념도 없어요. 솔직히 그냥 촌스러운 시골 신부야. ……그가 찾아와 내 손을 꼭 잡더니 이래저래 이야기를 하다가 밤이 되었어요. 내가 '여기서 하루 자고 가지, 뭐. 가봤자 산골에 신자들도 얼마 있는 것도 아니고' 하니까 가야 한다는 거예요. 내가 '어디 예쁜 할망구라도 감춰놨어?' 하니까 이 신부가 '그럼' 하며 어떤 할망구가 있는데 그 할망구 때문에 가야 한다고 하는 거예요. 그러고는 이야기를 들려주더라고요. 신자가 백 명 조금 안 되는 무진군 산골에서 성당을 맡고 있는데 새벽 미사를 하면 신자가 열 명쯤 온다나 봐요. 그런데 어느 날부터인가는 다섯 명으로 줄었다가 또 조금 늘었다가 이러더라는 거예요. 이 사람들 몇 명 때문에 성당 전기세 나가고 잠 설치고 내가 새벽 미사 드려야 하나 싶어서 새벽 미사를 좀 줄일까 하고 있는데, 어느 날 어떤 자매가 찾아오더니 신부에게 이런 말을 하더라는 거예요. '신부님, 저희 아들이 장애인이라 낮에 잠깐 도우미가 오기 전에는 꼼짝도 못 합니다. 미사를 너무나 오고 싶은데 올 수가 없어요. 그런데 새벽에 일어나 신부

258

님께서 다섯 시 반이면 성당의 불을 환히 켜시고 그 앞에 성모님 상까지 밝혀주시면 혼자 매일 미사 책을 펴놓고 신부님이 지금쯤 성호를 그으시겠지, 지금쯤 입당 성가를 부르시겠지 하며 미사를 따라 합니다. 신부님, 저는 그 낙으로 살아요.' 그래서 그 신부는 새벽에 깨면 꼼짝을 하기 싫다가도 미사를 안 오는 그 자매가 하루 종일 병자랑 같이 있어 못 와도 성당에 불 켜지는 거 멀리서 보고 기도한다고 해서 하는 수 없이 매일 새벽 일어난다고 하더라고요. 자기는 늘마에 그 자매 불 켜주기 위해 신부 하는 것 같다고 웃는 거예요……. 그 신부 간 다음에 밤새 비가 내렸어요. 스무날째……. 비가 오는 새벽에 나는 깨어났어요. 추웠어요. 단식을 하면 배고픈 건 어느 순간에 잊혀지는데 사실 참 추워요. 우리 몸의 열이라는 것이 대개 소화기가 운동하면서 내는 열이라고 하니까. 그때 갑자기 눈물이 터져 나왔지요. 난 지금도 그게 은총이었다고 생각해요. 그냥 이런 생각이 떠올랐어요. 나는 누구에게 등불 하나 밝혀준 적이 있었나? 너는 종교에 다가가서 결국 신에게서 멀어졌구나……. 겸손하라고? 안드레아 너는? 소통하라고? 안드레아 너는? 비리 밝히라고? 안드레아 너는? ……참 많이 울었습니다."

안드레아 신부는 주름진 손으로 수염을 한 번 쓸어내렸다.

"내가 비난하던 그 주교가 갖고 있는 모든 것이 내 안에 있어서 내가 그를 알아보았던 것이었어요. 여기 있는 우리 미카엘 신부 같은 사람은 주교 그 사람 안에 있는 거 들여다보지도 못해. 주교 그 사람 안에 있는 게 이 사람 안에는 별로 없어서 이 사람은 그걸 보기가 힘들어……. 하지만 나는 알았던 거예요. 내가 주교와 닮은 이여서 나는 그를 알아볼 수 있었다는 걸. 그러니 나 또한 그와 같은 자리에 오르면 언제든, 아니 그보다 더 나쁜 짓을 할 수 있는 인간이구나……. 아무튼 그때 일어나 텐트를 걷고 이리로 들어왔어요."

차는 따뜻했다. 이나는 찻잔을 두 손으로 감싸 쥐고 있었는데 그의 말을 듣는 순간 알 수 없는 소름이 온몸을 훑고 지나가는 것을 느꼈다. 늙고 쪼글거리는 얼굴의 안드레아 신부는 하얀 수염이 산신령처럼 길었는데 얼굴은 이제까지의 시련에 상관없이 하회탈처럼 웃는 표정이었다. 저렇게 오래 교구의 비리와 싸워온 사람이 어떻게 웃는 상일 수가 있을까. 이나는 순간 기습을 당한 것처럼 신선한 충격을 받았다. 문득 서유진의 말이 떠올랐다.

"네 자신을 망치는 싸움을 해서는 안 돼. 더 사랑할 수 없이 증오로 몰아가는 싸움을 해서는 안 돼. 그러다가는 적과 닮아버려요. 비결은 이거야. 미워해서가 아니라 그들에게 훼손당한 그 가치를 더 사랑하기에 싸워야 해."

안드레아 신부는 잠시 웃었다. 마치 옛이야기를 이어가듯 말을 이어갔다.

"예수님은 말이에요. 어떻게 생각하면 참 편파적이에요. 기계적

평등주의자가 아니야. 나는 가끔 생각하곤 했지, 예수님은 제자를 모으실 때 맨 처음에 베드로와 안드레아 형제를 부르시지. 그리고 요한과 야고보 형제를……. 그리고 그 이후에 중요한 일이 있을 때면 자주 '베드로, 요한 그리고 요한의 형 야고보만을 데리고 가셨다'고 성경에 써 있어요. 그때 안드레아의 마음은 어땠을까. 한때는 베드로와 안드레아 형제, 요한과 야고보 형제……, 처음에 이렇게 넷을 데리고 가셨는데 어느덧 예수님이 베드로만 데리고 가시고 안드레아는 부르지 않으셔. 그때 셋이 중요한 자리에 불려 가고 뒤에 남은 안드레아는 무슨 생각을 했을까……. 안드레아는 참으로 겸손한 사람이야. 마귀가 유혹을 할 때 그에게 시기심을 일으킬 만도 하지. '왜 너만 차별하니? 네가 어디가 어때서 너만 쏙 빼놓는 거야?' 할 수 있는데 그는 그러지 않았어. 사실 예수를 배반하도록 유혹하려면 유다보다 그가 더 쉽지 않았을까? 그런데 그는 그러지 않았어요. 그는 끝까지 자신을 드러내지 않았어. ……그 이후에 그의 이름은 성경 어디에도 없어. ……나는 그의 이름을 세례명으로 받았는데도 항상 마음속으로 말하곤 했지. 왜 나만 이렇습니까. 쟤는 뭐가 잘나서 저걸 주셨습니까. 내가 더 잘했는데, 내가 더 많이 했는데, 내가 더 열심히 했는데, 왜 저 나쁜 놈이 주교입니까?"

뜻밖에도 노신부의 눈에는 눈물이 핑 돌았다. 노신부는 잠시 감정을 다스리려는 듯 홀홀 소리를 내며 차를 마셨다.

"……이 산골에서 먹는 것도 남기지 않고 싸는 것도 남기지 않고, 하느님 지으신 이 자연에 모두 돌려드리고 그렇게 이름 없이 들꽃처럼 산새처럼 가고 싶다고 결심했어요. 나는 진정 안드레아처럼 살고 싶었어요. 예수님의 제자가 되었다가 그 이후 성경에서 완전히 사라져가는 안드레아……. 나는 평화를 얻었어요."

안드레아의 집은 작은 피정 집이었다. 산골에 와서 먹고 자고 쉬고 기도하고 가는데, 알아서 돈을 놓고 가고 그 돈마저 없으면 일을 해주고 가면 되는 곳이었다. 이나는 민들레 마을뿐만 아니라 이곳도 연계해서 기사를 쓰고 싶었다. 이 세상에, 그래도 아직은 숨 쉴 곳이 있다는 말을 해주고 싶었다. 그것이 복귀 기사가 되면 좋을 것 같아서였다. 이나의 마음은 따뜻하게 데워지고 있었다. 멀리서 아른아른 아지랑이가 어리고 있었다. 이곳 남녘에는 봄도 먼저 당도하리라. 이 기사를 쓰고 나면 서울로 떠나야겠지. 다시 한 번 기자로서 좋은 인생을 시작하고 싶었다. 대통령은 탄핵되었고, 어쩌면 우리가 꿈꾸던 새 세상이 올지도 모르니까 말이다.

차를 마시고 메모를 마친 후에 미카엘 신부가 그녀를 배웅했다. 차를 타러 주차장까지 내려가던 길에 이나는 문득 민들레 마을을 떠날 때 들은 원장 신부의 인사가 떠올랐다.

"민들레 마을 원장 신부님이 안부 전해달라고……."

"아, 그래요?"

몇 걸음 더 걷다가 이나가 물었다.

"그분은 왜 아파요? 병원에도 안 가시는데 계속 아프신가 봐요."

미카엘 신부는 뜻밖에도 깔깔 웃었다.

"왜요?"

"누가 오면 그래요……."

이나가 짚이는 게 있다는 듯이 날카롭게 그를 올려다보았다.

"저희 선배예요. 우리들 사이에서는 다 알아요. 우리랑 있거나 혼자 있을 때 멀쩡하다가 누가 오면 아파요. ……진짜 그러는지 아닌지 우린 모르죠. 아무튼 그전에 제가 좀 아파서 병가를 내고 거기서 몇 달 쉰 적이 있었어요. 어느 날 그 신부가 나를 부르더니 부탁을 하더라고요. 일이 급한데, 무진 제일시장에 가서 할머니에게 뭘 좀 받아 오라고. 떡이라도 받아 오나 싶었는데 다른 사람을 시킬 수는 없다고 하더라고요. 그래서 제가 찾아갔더니 정말 시장 좌판에서 생선을 파는 할머니가 신부님 오셨냐고 내 손을 잡더니 들어가 쇼핑백을 가지고 나왔어요. 내 생애 그렇게 많은 돈을 받아보긴 처음이었어요. 현찰이었어요. 할머니가 내 손을 꼭 잡더니 '신부님, 우리 좋은 일 하시는 민들레 신부님께 이 늙은이의 정성을 꼭 전해주세요' 하시는 거예요. 그날 운전을 하고 오며 내내 울었어요. 대체 저 할머니는 이 돈을 만들기 위해 얼마나 많은 새벽을 잠에서 힘겹게 깨어났으며 얼마나 많은 먹고 싶은 것을 참았으며 얼마나 많이 예뻐진다고 유혹하는 화장품을 사지 않았을까……. 민들레 신부가 내가 돌아오는 걸 기다리더니—그의 말대로 트렁크에 받은 것을 싣고 왔어요— 내가 도착하자마자 차 열쇠를 받아 휘익 나가버리더라고요. 그러고는 그날 저녁을 다 먹었는데도 오지 않는 거예요. 사실은 살짝 호기심이 일었어요. 그렇게 많은 현금 기천만 원을 가지고 나간 신부는 도대체 어딜 가서 무엇을 하고 있단 말일까? 평소에는 안 그랬는데 그날은 그게 유독 궁금했어요. 밤늦은 시간, 그가 전화를 했더라고요. 주차장으로 내려오라고. 아마 아랫사람들 시키기엔 눈이 그랬고 그나마 제가 후배 신부라서 편했나 싶어 내려갔어요. 그가 도와달라고 해서 트렁크를 열었어요. 소나무 분재 세 개가 들어있더라고요. 그가 말했어요. 이거 놓칠까 봐 강릉까지 다녀왔어. 엄청 귀한 거야. 이게 개당 천만 원이 넘어."

이나는 자신의 차가 보이는 주차장 입구에서 멈추어 섰다. 미카엘 신부의 슬퍼 보이는 한 눈이 그녀와 마주쳤다.

"이 나무는 뭐죠? 참 신기하게 생겼어요."

아까 민들레 마을을 떠날 때 이나가 묻자 당황하던 그의 모습이 떠올랐다.

"그거 모과인데, 사실 별거 아니에요. 나중에 우리 마을 어려워지면 쓰려고."

그게 무슨 뜻인지 그때는 이해하지 못했었다. 무언가 물어보려

264

다가 멈칫했던 자신이 떠올랐다.

"그러니까 그 소나무, 그 분재들, 그 희귀한 나무……. 그러니까 사제관에 있는 그 허름한 식탁이며 침대 말고 우리가 상상도 못하던 그 식물이 돈으로……. 그게 그렇게 비싸다면……. 그러니까 아무것도 가지지 않은 게 아니라 일반인들은 전혀 모르는 고가의 식물로 축재를……. 오 마이 갓이군요. 감쪽같이 속을 뻔했어요. ……아, 말도 안 돼요. 어떻게 신부가 그런 일을."

미카엘 신부는 고개를 떨구다가 문득 휘청이는 이나를 보았고 이내 그녀의 옷소매를 잡았다.

"……어, 자매님. 왜 그러세요."

이나는 휘청했고 그 자리에 주저앉았다. 다시 헛구역질이 올라와 그녀는 길거리의 나무를 잡고 잠시 눈을 감았다. 구토는 나오지 않았고 신 침만 입에 가득 고여왔다. 이나는 거기에 잠시 서 있었다. 미카엘 신부가 이나를 붙들었다.

"다시 올라가 좀 쉬다가 가세요. 자매님, 어디가 많이 아프신 거예요? 아까 오래만에 뵈어서 그런지 얼굴도 해쓱하시고."

"아니에요, 신부님………."

이나는 문득 입을 닫았다. 미카엘 신부가 이나를 데리고 주변의 벤치로 가서 앉혔다. 이나는 큰 숨을 몇 번 들이켜고는 내쉬었다. 얼마간 시간이 지났을까 이나가 입을 열었다.

"마지막으로 잡은 지푸라기마저 놓쳐버리고 저 깊은 바닥으로 가라앉는 기분이에요."

"이해합니다. 자매님, 제가 괜한 이야기를 했나 봐요."

이나는 잠시 이를 악물었다가 갑자기 뒤로 고개를 젖히고 허탈하게 하하하 웃었다.

"해리는 결코 자살할 아이가 아니에요. ……그녀의 재산을 고스란히 가지게 된 백 신부는 아직도 페이스북 같은 SNS를 통해 하느님과 자선을, 그리고 그렇게 죽은 해리까지 팔아먹고 있어요. 이제 사람들은 하느님은 물론이고 인간이 가진 마지막 자비심과 연대감과 약한 자에 대한 선의, 페미니즘과 진보까지도 팔아 돈을 얻고 있어요……. 신부님, 저는 그런 이 세상에 아무 희망도 느끼지 못했어요. 이런 세상에서 결혼을 하여 가족을 만들고 아이를 낳는다는 게 가능할까요?"

미카엘 신부의 고개가 푹 떨어졌다.

"저도 가끔 그런 생각을 해요. ……이 세상에서 희망이라는 것을 가질 수 있을까……. 그런데 자매님, 어떻게 신부가, 어떻게 교회가, 어떻게 주교가 그럴 수가 있어? ……그렇게 생각하면 안 된다고 예전에 제가 존경하던 교수 신부님이 그랬어요. 그러니까 신성한 서품의 자리를, 신성한 교회를, 신성한 주교직을 우리는 찬탈당한 거라고. 그 인격을 미워하기 전에 그 빼앗긴 교회를, 빼앗긴 성직을 선한 싸움으로 찾아와야 한다고. 그 선한 싸움의 도

구는 하나뿐이에요. 사랑, 단호한 사랑, 그리고 신의 뜻에 순명하는 것. 우리가 모두 그냥 자주 잘못에 빠지는 인간임을 인정하는 것. 인간은 긍휼의 대상일 뿐이라는 것 잊지 마세요."

잠시 이나는 침묵했다. 미카엘 신부도 입을 다물었다.

"신부님, 신부님은 정말 행복하세요? 정말 아무렇지도 않으세요?"

미카엘 신부가 힘없이 웃었다.

"눈을 하나 빼앗긴 것도 억울한데, 앞으로의 삶을 그것을 한탄하면서 보내면 그건 정말 어리석은 것이지요. 괜찮아요. 행복합니다."

미카엘 신부의 말은 조용했으나 단호했다. 이나의 얼굴이 약간 고통스럽게 일그러졌다.

"저 안토니아예요. 한이나 안토니아."

"예, 기억해요. 자매님."

"신부님, 절 위해 기도해주세요……."

"예, 그럴게요. 이제껏도 기도했었는데 더 열심히 할게요."

"……한없이 약해지고 있어요. 그러니 기도해주세요."

미카엘 신부는 고개를 끄덕이며 환하게 웃었다.

"결국은요, 자매님. 이 세상에 우리가 남기고 갈 것은 우리가 사랑했다는 사실이에요. 그것이 좋은 결과를 맺었든 그렇지 않았든……. 그것도 아니면 삶은 너무 비루하고, 우리는 그냥 고급

먹이를 찾는 짐승에 가깝겠죠. 그러면 너무 비참하잖아요."

"신부님, 저는 당황스럽고 두려워요."

이나는 고개를 떨구었다가 들었다.

"모든 게 엄마 때문이라고 생각했었어요. 모든 게 노을 때문이었고 모든 게 그 사람 때문이었다고 생각했었어요. 엄마가 이혼을 했기 때문이었고 계부가 싫었기 때문이었다고 생각했어요. 당연히 불행했고 그래야 할 것 같았어요. 슬퍼하는 게 당연하고 불행한 게 당연하고 비관적인 게 당연하다고 믿으며 살아온 것 같아요. 진부했어요……. 그러지 않을 수 있다는 거, 슬픔 속에서도 우리는 기쁨을 찾을 수 있다는 거, 탄광에서 가난하게 자라도 행복할 수 있다는 거, 성추행을 당해도 남자를 미워하지 않을 수 있다는 것을 몰랐어요. 불행한 어린 시절이 있었어도, 그럼에도 불구하고 우리는 다시 밝게 살아갈 수 있다는 거 생각도 하지 못했어요. 눈을 잃어버리도록 매를 맞아도 미워하지 않을 수 있다는 것―신부님, 그러셨지요. 쥐약을 먹고 있는 사람들을 어떻게 미워해요. 안쓰럽지―, 그러니 한 눈을 잃어도 감사할 수 있다는 것은 꿈도 꿔보지 못했어요. 그런데 이제 제 삶 속으로 그런 놀라움들이 도착했어요, 신부님."

미카엘 신부는 따뜻한 눈으로 이나를 바라보고 있었다. 기우는 봄볕이 그의 얼굴에 노랗게 드리워졌다.

"그것들은 그들의 거짓말들보다 훨씬 더 신선하고 아름답고 다

채로웠어요. 마음속에서 맑은 샘물이 솟아나는 것 같아요. 그러니 멋진 거예요, 그러니까. 그렇죠? 그렇게 믿어도 되는 거죠? 이제 저도 믿고 싶어요. 성추행 때문이었다고, 나는 어떤 남자와도 오래 만날 수 없다고, 내 인생은 아버지가 나를 버릴 때부터 저주받았다고, 어차피 나는 아버지, 새아버지, 하느님 아버지 그리고 나를 떠난 남자들을 포함…… 모든 남자와는 인연이 없어, 싫어, 다시는 상처받지 않을 거야, 라고 이젠 생각하지 않아도 되죠? 그렇지요?"

이나가 말하자 미카엘 신부가 활짝 웃으며 그녀를 가볍게 안았다. 그녀는 그 순간 그의 어깨에 얼굴을 묻었고 그리고 잠시 울었다.

돌아가는 길에 노을이 산자락 너머에서 불타고 있었다. 이나는 잠시 차를 세우고 그걸 바라보았다. 이나의 전화로 문자 메시지가 도착했기 때문이었다.

아, 친구 녀석이 더 이상은 짐을 보관할 수 없다고 해서 제가 그냥 간다고 했어요. 알지요? 미국, 스위스, 독일의 헌법이 바뀌었다는 거……. 이나 씨가 곧 서울로 가면 이제 언제 볼 수 있을까요. 더는 조르지 않을게요. 그러니 일단 갈게요. 언제든 원하면 연락 주세요.

이나는 잠시 그 문자를 바라보다가 새로운 문자를 보냈다.

뉴질랜드에 가지 말아요. 내가 할 말이 있어요. 나도 서울에 가지 않을지도 모르겠어요. 나의 계획을 변경했어요. 미국, 스위스, 독일 헌법보다는 덜 바꾼 것인가요? 한 시간 후에 무진에 도착합니다. 저기 노을이 걸렸는데 이미 천오백 년 전에 루미라는 시인이 이렇게 말했다고 해요. 노을은 이미 불타는 새벽이다. 사랑합니다.

이나의 차는 산 아래로 내려가 무진으로 가는 국도로 들어섰다.

작가 후기

이 글을 다 써갈 무렵 섬진강가에 소망하던 작업실을 하나 마련했다.

글을 쓰고 고치며 어떻게든 나를 사랑하고 위로하기로 하고 안간힘을 쓰던 나날이었다. 나를 둘러싼 세상보다 그 세상에 반응하고 싶어 하는 나 자신과 싸우며 글을 마쳤는데 글을 다 마치고 나서 이제 울어도 괜찮다 싶은 때는 또 눈물도 안 나왔다. 엎친 데 덮친다고 나이 오십이 넘은 내가 갑자기 이제 대체 '어떻게' 살아야 하나, 이렇게 사는 게 맞는 건가, 이런 생각마저 드는 날에는 웃음조차 나오지 않았다. 내게 삶이란 이리 오래 살아도 그리 익숙해지지 않는 광야길 같았나 보다.

올해로 소설을 쓴 지 딱 삼십 년이 된다. 내가 낳은 나의 맏이도 딱 서른이 되었다. 수많은 풍파면 풍파, 영욕이면 영욕을 얻었다. 개인적으로도 그렇고 사회적으로도, 문학적으로도 모두 그랬다. 가끔 다섯 사람분의 삶을 살아낸 듯한 짙은 피로가 나를 덮곤 했다. 문 바깥에서는 여전히 광풍이었다. 그러나 세상 사람들의 평판에 슬퍼한다면 그들이 멀리서 날 두고 칭찬한다고 기뻐 뛰는 것보다 더 어리석으리라.

단테가 말하고 마르크스가 인용한 대로, "그들로 하여금 떠들게 하고 나는 나의 길을 갈 뿐." 이 세상 사람 모두가 자기가 살아온 발자국으로 평가되는 것이다. 하루 이틀이 아니라 삶 전체의 궤적으로 말이다.

가끔 생각한다. 내가 고발하고 싶었던 그들을 위해 기도할 자신이 없었다면 불의를 고발하지 못했을 것이다. 나마저 분노와 증오에 휩쓸려 간다면 차라리 어떤 것이라도 시작하지 않았을 것은 확실하다. 나는 매일 아침 일어나 오늘 이 날씨, 이 풍경과 더불어 단순하게 행복해지는 걸 선택하게 해달라고 기도했다. 왜냐하면 오늘 나는 여기 있고 이게 전부니까. 어쩌면 인간이 쌓은 언어들, 이념들 혹은 평가들은 그저 허구에 불과했다. 오히려 내게는 저 티없는 하늘, 한없이 투명한 블루의 바람, 물 위로 힘차

게 깃을 치며 먹이를 물고 날아오르는 새들, 누가 뭐래도 꿋꿋이 피어나는 작은 들꽃들, 평생 다이어트를 해본 일 없는 순박한 여자들, 순하게 그늘진 골목길들, 한 손에 읽던 책을 쥐고 개와 함께 강변을 걷는 할머니……. 내게는 이런 것들이 더 구체적이었고 더 삶에 가까웠다. 나는 내게 주어진 이 모든 것들을, 그것이 내 맘에 들든 그렇지 않든 감사하고 감사하리라 다짐했던 것이다.

그리하여 모든 원고를 끝낸 오늘 비 개인 섬진강가에 의자를 하나 내놓고 모차르트를 듣는다. 박새 부부는 어제오늘 빗속에서도 쉴 새 없이 먹이를 나른다. 며칠 만에 보는데 눈에 띄게 홀쭉해져 있다. 어미 노릇 힘든 거 내가 안다……. 어미……, 어찌 보면 유전자의 조작이고 종족 생존의 방편이며 진화의 결과이겠지만 그것은 아마도 사랑이다. 사랑. 신의 모상이며 우리에게 찍힌 유전자의 낙인, 우주 운행의 원리.

저먼 아이리스는 노랑 보라로 황홀하고, 갓 심은 수국은 뿌리를 잘 내리고 있다. 인스턴트 쌀국수에 야생 고수를 몇 개 흩트리니 부러운 게 없다. 수리하러 온 분이 집을 둘러보더니 새와 고양이가 물을 먹을 단을 벽돌로 만들어주겠다 하신다. 내가 집을 얻자마자 길고양이 먹이를 내놓은 걸 보신 거다.

내가 누굴 고발하고 고소당하고 정의를 위해 뛴다고 소리 지르고 지지하고 실의에 빠진 동안 우리 마당의 모란은 뚝, 뚝 지고 작약은 살며시 고개를 들었다. 꽃보다 어여삐 상추가 피어나고 뿌리지 않아도 깻잎들 돋아난다. 새벽부터 일어나 미사에 다녀온 후 지난겨울 얼어버린 수국 가지를 자르고 비로소 앉아 쉰다.

불의와 싸우고 미사에 다녀오고 정원을 가꾸는 것, 이게 다 다른 일이 아니다. 혹여 내게 앞으로의 집필이 허락된다면 남은 삼십 년도 그리하리라. 그리하여 다시 한 번 책상 앞에 압핀으로 꽂아 놓은 폴 엘뤼아르의 글을 읽어본다.

미화된 언어나 진주를 꿴 듯 아름답게 포장된 '말'처럼 가증스러운 것은 없다. 진정한 시에는 가식이 없고 거짓 구원도 없다. 무지갯빛 눈물도 없다. 진정한 시는 이 세상에 모래사막과 진창이 있다는 것을 안다. 왁스를 칠한 마루와 헝클어진 머리와 거친 손이 있다는 것을 안다. 뻔뻔스러운 희생자도 있고 불행한 영웅도 있고, 훌륭한 바보도 있다는 것을 안다. 강아지에도 여러 종류가 있으며 걸레도 있으며 들에 피는 꽃도 있고 무덤 위에 피는 꽃도 있다는 것을 안다. 삶 속에 시가 있다.

이 소설은 다른 모든 소설이 그렇듯 모두 허구이며, 여기에서 당신이 언뜻 어떤 이를 떠올린다면 그것은 당신의 사정이다. 다른 어떤 소설보다 취재를 많이 했지만 다른 어떤 소설보다 도와주신 분들의 이름을 기꺼이 밝히기 어려운 소설도 처음 쓴다. 다만 몇 분에 대해서는 예의를 갖출 수 있겠다.

먼저 《가톨릭 일꾼》에 실린 칼럼을 일부 인용하도록 허락하신 유대칠 님, 기사를 일부 인용할 수 있도록 허락해준 《영남일보》 조정혁 기자, 대구 희망원 노조 여러분, 다만 하느님께서만이 그 진실을 아시는 여러 신부님들……. 그리고 저를 위해 기도해주셨던 모든 분들께 이 자리를 들어 감사를 드린다. 설사 가톨릭을 비판하더라도 과감한 기록을 남기라고 격려해주셨던 마산 교구 배기현 주교님과 늘 자상하게 염려해주시고 기도해주셨던 대전 교구 유흥식 주교님께는 특별한 감사를 드린다.

하느님의 가호가 그분들과 함께 있기를, 나도 언제까지나 기도하고 싶다.

2018년 여름
공지영

해리 2

초판 1쇄 2018년 7월 30일

지은이 | 공지영
펴낸이 | 송영석

주간 | 이진숙 · 이혜진
기획편집 | 박신애 · 정다움 · 김단비 · 정기현 · 심슬기
디자인 | 박윤정 · 김현철
마케팅 | 이종우 · 김유종 · 한승민
관리 | 송우석 · 황규성 · 전지연 · 채경민

펴낸곳 | (株)해냄출판사
등록번호 | 제10-229호
등록일자 | 1988년 5월 11일(설립일자 | 1983년 6월 24일)

04042 서울시 마포구 잔다리로 30 해냄빌딩 5·6층
대표전화 | 326-1600 **팩스** | 326-1624
홈페이지 | www.hainaim.com

ISBN 978-89-6574-662-1
ISBN 978-89-6574-660-7(세트)

이 도서의 국립중앙도서관 출판예정도서목록(CIP)은 서지정보유통지원시스템 홈페이지
(http://seoji.nl.go.kr)와 국가자료공동목록시스템(http://www.nl.go.kr/kolisnet)에서 이용
하실 수 있습니다.(CIP제어번호: CIP2018021654)